中国的未来会更好吗？

未来几十年，中国将走向何方？

季羡林——著

国际文化出版公司
·北京·

图书在版编目（CIP）数据

中国的未来会更好吗？ / 季羡林著 . -- 北京 ：国际文化出版公司，2018.5（2023.1 重印）
ISBN 978-7-5125-1032-6

Ⅰ . ①中… Ⅱ . ①季… Ⅲ . ①散文集－中国－当代Ⅳ . ① I267

中国版本图书馆 CIP 数据核字 (2018) 第 052185 号

中国的未来会更好吗？

作　　者	季羡林
责任编辑	李　璞
策　　划	白　丁
美术编辑	丁鉷煜
出版发行	国际文化出版公司
经　　销	国文润华文化传媒（北京）有限责任公司
印　　刷	天津画中画印刷有限公司
开　　本	710 毫米 ×1000 毫米　16 开 18.5 印张　270 千字
版　　次	2018 年 5 月第 1 版 2023 年 1 月第 2 次印刷
书　　号	ISBN 978-7-5125-1032-6
定　　价	42.00 元

国际文化出版公司
北京朝阳区东土城路乙 9 号　邮编：100013
总编室：（010）64271551　传真：（010）64271578
销售热线：（010）64271187
传真：（010）64271187-800
E-mail：icpc@95777.sina.net

自序——一个老知识分子的心声[①]

按我出生的环境，我本应该终生成为一个贫农。但是造化小儿却偏偏要播弄我，把我播弄成了一个知识分子。从小知识分子把我播弄成一个中年知识分子；又从中年知识分子把我播弄成一个老知识分子。现在我已经到了望九之年，耳虽不太聪，目虽不太明，但毕竟还是"难得糊涂"，仍然能写能读，焚膏继晷，兀兀穷年，仿佛有什么力量在背后鞭策着自己，欲罢不能。眼前有时闪出一个长队的影子，是北大教授按年龄顺序排成了的。我还没有站在最前面，前面还有将近二十来个人。这个长队缓慢地向前迈进，目的地是八宝山。时不时地有人"捷足先登"，登的不是泰山，而就是这八宝山。我暗暗下定决心：决不抢先加塞，我要鱼贯而进。什么时候鱼贯到我面前，我就要含笑挥手，向

① 本文选自《季羡林全集》，写于1994年。

人间说一声“拜拜”了。

干知识分子这个行当是并不轻松的。在过去七八十年中，我尝够酸甜苦辣，经历够了喜怒哀乐。走过了阳关大道，也走过了独木小桥。有时候，光风霁月，有时候，阴霾蔽天。有时候，峰回路转，有时候，柳暗花明。金榜上也曾题过名，春风也曾得过意，说不高兴是假话。但是，一转瞬间，就交了华盖运，四处碰壁，五内如焚。原因何在呢？古人说：“人生识字忧患始。”这实在是见道之言。“识字”，当然就是知识分子了。一戴上这顶帽子，“忧患”就开始向你奔来。是不是杜甫的诗：“儒冠多误身”？“儒”，当然就是知识分子了，一戴上儒冠就倒霉。我只举这两个小例子，就可以知道，中国古代的知识分子们早就对自己这一行腻味了。“诗必穷而后工”，连作诗都必须先“穷”。“穷”并不一定指的是没有钱，主要指的也是倒霉。不倒霉就作不出好诗，没有切身经历和宏观观察，能说得出这样的话吗？司马迁《太史公自序》说：“昔西伯拘羑里，演《周易》；孔子厄陈蔡，作《春秋》；屈原放逐，著《离骚》；左公失明，厥有《国语》；孙子膑脚，而论兵法；不韦迁蜀，世传《吕览》；韩非囚秦，《说难》、《孤愤》；《诗》三百篇，大抵圣贤发愤之所为作也。”司马迁算了一笔清楚的账。

世界各国应该都有知识分子。但是，根据我七八十年的观察与思考，我觉得，既然同为知识分子，必有其共同之处，有知识，承担延续各自国家的文化的重任，至少这两点必然是共同的。但是不同之处却是多而突出。别的国家先不谈，我先谈一谈中国历代的知识分子，中国有五六千年或者更长的文化史，也就有五六千年的知识分子。我的总印象是：中国知识分子是一种很奇怪的群体，是造化小儿加心加意创造出来的一种“稀有动物”。虽然“十年浩劫”中，他们被批为“一心只读圣贤书”的“修正主义”分子。这实际上是冤枉的。这样的人不能说没有，但是，主流却正相反。几千年的历史可以证明，中国知识分子最关心时事，最关心政治，最爱国。这最后一点，是由中国历史环境所造成的。在中国历史上，没有哪一天没有虎视眈眈伺机入侵的外敌。历史上许多赫然有名的皇帝，都曾受到外敌的欺侮。老百姓更不必说了。存在决定意识，反映到知识分子头脑中，就形成了根深蒂固的爱国心。“天下兴亡，匹夫有责”，不管这句话的原形是什么样子，反正它痛快淋漓地表达了中国知识分子的心声。在别的国家是没有这种情况的。

然而，中国知识分子也是极难对付的家伙。他们的感情特别细腻、锐敏、脆弱、隐晦。他们学富五车，胸罗万象。有的或有时自高自大，自以为“老子天下第一”；有的或有时却又患了弗洛伊德讲的那一种“自卑情结”（inferiority complex）。他们一方面吹嘘想“究天人之际，通古今之变”，气魄贯长虹，浩气盈宇宙。有时却又为芝麻绿豆大的一点小事而长吁短叹，甚至轻生，“自绝于人民”。关键问题，依我看，就是中国特有的“国粹”——面子问题。“面子”这个词儿，外国文没法翻译，可见是中国独有的。俗话里许多话都与此有关，比如“丢脸”、“真不要脸”、“赏脸”，如此等等。“脸”者，面子也。中国知识分子是中国国粹“面子”的主要卫道士。

尽管极难对付，然而中国历代统治者哪一个也不得不来对付。古代一个皇帝说：“马上得天下，不能马上治之！”真是一针见血。创业的皇帝决不会是知识分子，只有像刘邦、朱元璋等这样一字不识的，不顾身家性命，“厚”而且“黑”的，胆子最大的地痞流氓才能成为开国的“英主”。否则，都是磕头的把兄弟，为什么单单推他当头儿？可是，一旦创业成功，坐上金銮宝殿，这时候就用得着知识分子来帮他们治理国家。不用说国家大事，连定朝仪这样的小事，刘邦还不得不求助于知识分子叔孙通。朝仪一定，朝廷井然有序，共同起义的那一群铁哥儿们，个个服服帖帖，跪拜如仪，让刘邦“龙心大悦”，真正尝到了当皇帝的滋味。

同面子表面上无关实则有关的另一个问题，是中国知识分子的处世问题，也就是隐居或出仕的问题。中国知识分子很多都标榜自己无意为官，而实则正相反。一个最有典型意义又众所周知的例子就是“大名垂宇宙”的诸葛亮。他高卧隆中，看来是在隐居，实则他最关心天下大事，他的“信息源”看来是非常多的。否则，在当时既无电话电报，甚至连写信都十分困难的情况下，他怎么能对天下大势了如指掌，因而写出了有名的《隆中对》呢？他经世之心昭然在人耳目，然而却偏偏让刘先主三顾茅庐然后才出山“鞠躬尽瘁”。这不是面子又是什么呢？

我还想进一步谈一谈中国知识分子的一个非常古怪、很难以理解又似乎很容易理解的特点。中国古代知识分子贫穷落魄的多。有诗为证：“文章憎命达。”文章写得好，命运就不亨通；命运亨通的人，文章就写不好。那些靠文章中状元、当宰相的人，毕竟是极少数。而且中国文学史上根本就没有哪一个伟大文学家中过状元。《儒林外史》是专写知识分子的小说。吴敬梓真把穷苦潦倒的知识分子写活了。没有中举前的周进和范进等的形象，真是入木三分，至今还栩栩如生。中国历史上一批穷困的知识分子，贫无立锥之地，决不会有面团团的富家翁相。中国诗文和老百姓嘴中有很多形容贫而瘦的穷人的话，什么“瘦骨嶙峋”，什么“骨瘦如柴”，又是什么“瘦得皮包骨头”，等等，都与骨头有关。这一批人一无所有，最值钱的仅存的“财产”就是他们这一身瘦骨头。这是他们人生中最后的一点“赌注”，轻易不能押上的，押上一输，他们也就“涅槃”了。然而他们却偏偏喜欢拼命，喜欢拼这一身瘦老骨头。他们称这个为“骨气”。同“面子”一样，“骨气”这个词儿也是无法译成外文的，是中国的国粹。要举实际例子的话，那就可以举出很多来。《三国演义》中的祢衡，就是这样一个人，结果被曹操假手黄祖给砍掉了脑袋瓜。近代有一个章太炎，胸佩大勋章，赤足站在新华门外大骂袁世凯，袁世凯不敢动他一根毫毛，只好钦赠美名“章疯子”，聊以挽回自己的一点面子。

中国这些知识分子，脾气往往极大。他们又仗着“骨气”这个法宝，敢于直言不讳。一见不顺眼的事，就发为文章，呼天叫地，痛哭流涕，大呼什么“人心不古，世道日非”，又是什么“黄钟毁弃，瓦釜雷鸣”。这种例子，俯拾即是。他们根本不给当政的最高统治者留一点面子，有时候甚至让他们下不了台。须知面子是古代最高统治者皇帝们的命根子，是他们的统治和尊严的最高保障。因此，我就产生了一个大胆的“理论”：一部中国古代政治史至少其中一部分就是最高统治者皇帝和大小知识分子互相利用又互相斗争，互相对付和应付，又有大棒，又有胡萝卜，间或甚至有剥皮凌迟的历史。

在外国知识分子中，只有印度的同中国的有可比性。印度共有四大种姓，为首的是婆罗门。在印度古代，文化知识就掌握在他们手里，这个最高种姓实际上也是他们自封的。他们是地地道道的知识分子，在社会上受到普遍的尊敬。然而却有一件天大的怪事，实在出人意料。在社会上，特别是在印度古典戏剧中，少数婆罗门却受到极端的嘲弄和污蔑，被安排成剧中的丑角。在印度古典剧中，语言是有阶级性的。梵文只允许国王、帝师（当然都是婆罗门）和其他高级男士们说，妇女等低级人物只能说俗语。可是，每个剧中都必不可缺少的丑角也竟是婆罗门，他们插科打诨，出尽洋相，他们只准说俗语，不许说梵文。在其他方面也有很多嘲笑婆罗门的地方。这有点像中国古代嘲笑“腐儒”的做法。《儒林外史》中就不缺少嘲笑“腐儒”——也就是落魄的知识分子——的地方。鲁迅笔下的孔乙己也是这种人物。为什么中印同出现这个现象呢？这实在是一个有趣的研究课题。

我在上面写了我对中国历史上知识分子的看法。本文的主要目的就是写历史，连鉴往知今一类的想法我都没有。倘若有人要问："现在怎样呢？"因为现在还没有变成历史，不在我写作范围之内，所以我不答复，如果有人愿意去推论，那是他们的事，与我无干。

最后我还想再郑重强调一下：中国知识分子有源远流长的爱国主义传统，是世界上哪一个国家也不能望其项背的。尽管眼下似乎有一点背离这个传统的倾向，例证就是苦心孤诣、千方百计地想出国，有的甚至归化为"老外"，永留不归。我自己对这个问题的看法是：这只能是暂时的现象，久则必变。就连留在外国的人，甚至归化了的人，他们依然是"身在曹营心在汉"，依然要寻根，依然爱自己的祖国。何况出去又回来的人渐渐多了起来呢？我们对这种人千万不要"另眼相看"，当然也大可不必"刮目相看"。只要我们国家的事情办好了，情况会大大地改变的。至于没有出国也不想出国的知识分子占绝对的多数。如果说他们对眼前的一切都很满意，那不是真话。但是爱国主义在他们心灵深处已经生了根，什么力量也拔不掉的。甚至泰山崩于前，迅雷震于顶，他们会依然热爱我们这伟大的祖国。这一点我完全可以保证。只举一个众所周知的例子，就足够了。如果不爱自己的祖国，巴老为什么以老迈龙钟之身，呕心沥血来写《随想录》呢？对广大的中国老、中、青知识分子来说，我想借用一句曾一度流行的，我似非懂又似懂得的话：爱国没商量。

我生平优点不多，但自谓爱国不敢后人，即使把我烧成了灰，每一粒灰也还是爱国的。可是我对于当知识分子这个行当却真有点谈虎色变。我从来不相信什么轮回转生。现在，如果让我信一回的话，我就恭肃虔诚祷祝造化小儿，下一辈子无论如何也别再播弄我，千万别再把我弄成知识分子。

1994年

目录

第一章 决定中国前途的中国精神

第二章 未来世界，中华文化必将复兴

第三章 中国青年与现代文明

第四章 我对未来的梦与希望

第五章 那些真正的中国人

第一章 决定中国前途的中国精神

我只有一个信念、一个主旨、一点精神，那就是：写文章必须说真话，不说假话。

谈中国精神

郑州社科联的青年学者窦志力同志，冒着北国的寒风，不远千里，从郑州来到北京，把自己的新著《中国精神》这一部长达四十万言的著作送到我手中，并且让我写一篇序。说句老实话，我现在以望九之年被文债压得喘不过气来，原打算立即婉言谢绝的。但是，一想到这个书名：中国精神，我立刻想到中国诗圣杜甫的四句诗："好雨知时节，当春乃发生，随风潜入夜，润物细无声。"正当我们全国人民群策群力，意气风发，锐意弘扬和创造我们的精神文明时，这一部书难道不是一场"当春乃发生"的"及时雨"吗？

再说句老实话，我现在实在挤不出时间细读这样一部巨著。我只能大体翻看一下，看看全书的目录和结构，找出我自己认为必读的几个章节，细读了一番，其余的只能望一望它而已，我决不冒充我曾读过全书。

就我翻阅所及，我觉得这是一部好书。有资料，有分析，有见解，有论断，而且有一些见解很精辟，发前人之所未发。虽然我不敢说，对他的意见我全部同意；但是我却不能不佩服这位青年学者思想之敏锐，对中国精神分析之细致。有的话切中时弊，发人深省。这些都是作者近几年来奋发努力、锲而不舍的结果，我应该向他祝贺。

我对中国精神，或者笼统说东方文化，没有多么深的研究。由于自己好胡思乱想，所以也悟出了一些道理，不敢敝帚自珍，曾写过一些文章，得到的反响总起来说是积极的。但自知是“野狐谈禅”，并不敢沾沾自喜。

我同作者的意见有的是一致的，有的是近似的。比如，他从五个方面来概括中华民族的基本精神：爱国爱民的献身精神，勤劳智巧的创业精神，忠诚无畏的勇敢精神，仁爱孝敬的重德精神，追求光明进步的革命精神。对他这样的概括，我是同意的。

鲁迅先生的《且介亭杂文》中有一篇文章叫《中国人失掉自信力了吗？》。他在文章中写道：“我们从古以来，就有埋头苦干的人，有拼命硬干的人，有为民请命的人，有舍身求法的人……虽是等于为帝王将相作家谱的所谓‘正史’，也往往掩不住他们的光耀，这就是中国的脊梁。”鲁迅先生这一段话，同窦志力同志在上面列举的五条对比一下，可以发现许多共同的东西。

多少年以来，总有一个问题萦回在我的心中：什么是中华民族最优秀的传统？几经思考的结果，我认为是爱国主义。我们是唯物主义者，不能说，中国人天生就是爱国的。存在决定意识，必须有一个促成爱国主义的环境，我们才能有根深蒂固的爱国主义。只要看一看我们几千年的历史，这样的环境立即呈现在我们眼前。在几千年的历史中，我们始终没有断过敌人，东西南北，四面都有。虽然有的当年的敌人今天可能已融入中华民族之中，但是在当年，他们只能算是敌人。我们决不能把古代史现代化，否则我们的苏武、岳飞、文天祥等等一大批著名的爱国者，就都被剥去了爱国的光环，成为内战的牺牲者。

但是，爱国主义并不一定都是好东西。我认为，我们必须严格区分正义的爱国主义和邪恶的爱国主义。在过去的历史上我们中国基本上一直是受侵略、受压迫、受杀害的，因此我们的爱国主义是正义的。而像日本军国主义者和德国法西斯，手上涂满了别国人民的鲜血，而口中却狂呼爱国，这样的爱国主义难道还不是最邪恶的吗？这样的爱国主义连他们本国的人民也是应该挺身而出痛加挞伐的。今天，我们虽然已经翻了身，享受了独立自由的生活；但是心怀叵测的一些列强仍在觊觎敌视。因此，我们仍然要努力发扬正义的爱国主义精神，这是我们神圣的职责。

现在我们已经改革开放，正处在市场经济的大潮中，正处在一个重要的转型期中，我们仍然要弘扬中国文化中国精神的精髓，这一点我在上面已经谈过了。但是我们的中国精神和以中国文化为核心的东方文化，其作用就仅仅限于中国和东方吗？否，否，绝不是的。自工业革命以后，几百年来，西方列强挟其分析的思维模式，征服自然，为人类创造了空前辉煌的文化，世界各国人民皆蒙其利。然而到了今天，众多弊端都显露了出来，举其荦荦大者就是环境污染、生态平衡破坏、新疾病产生、臭氧层出洞，等等。如果其中一项我们无法遏止，人类前途就处在危险之中。有没有拯救的办法呢？有的。“三十年河东，三十年河西”，西方不亮东方亮，唯一的一条拯救之路就是以东方综合思维模式来济西方之穷，在过去已有的基础上改弦更张，人类庶几有被拯救的可能，这就是我的结论。

给别人的书写序而侈谈自己的主张，似乎不妥。但我并不认为是这样的。我这样写不过表示我们“心有灵犀一点通”而已。

1996年12月10日

（本文为窦志力《中国精神》序言）

中国的民族性

我一向认为，世界上不同的民族都有不同的民族性。那么，我们中华民族怎样呢？我们中华民族当然不能例外。

中华民族是一个伟大的民族，勤劳、勇敢、智慧，对人类做出了巨大的贡献。这是谁也否认不掉的。我自以生为中国人为荣，生为中国人自傲。如果真正有轮回转生的话，我愿生生世世为中国人。

但是——一个很大的但是，环视我们四周，当前的社会风气，不能说都是尽如人意的。有的人争名于朝，争利于市，急功近利，浮躁不安，只问目的，不择手段。大抢大劫，时有发生；小偷小摸，所在皆是。即以宴会一项而论，政府三令五申，禁止浪费；但是令不行，禁不止，哪一个宴会不浪费呢？贿赂虽不能说公行，但变相的花样却繁多隐秘。我很少出门上街；但是，只要出去一次，必然会遇到吵架斗殴的。在公共汽车上，谁碰谁一下，谁踩谁一脚，这是难以避免的事，只须说上一句：对不起！就可以化干戈为玉帛；然而，对不起！谢谢！这样的词儿，我们大多数人都不会说了，必须在报纸上大力提倡。所有这一切，同我国轰轰烈烈、红红火火的伟大建设工作，都十分矛盾，十分不协调。同我们伟大民族的光荣历史，更是非常不相称。难道说我们这个伟大民族“撞”着什么“客”了吗？

鲁迅先生是最热爱中华民族的，他毕生用他那一支不值几文钱的金不换剖析中国的民族性，鞭辟入里，切中肯綮，对自己也决不放过。当你被他刺中要害时，在出了一身冷汗之余，你决不会恨他，而是更加爱他。可是他的努力有什么结果呢？到了今天，已经换了人间，而鲁迅点出的那一点缺点，不但一点也没有收敛，反而有增强之势。

有人说，这是改革开放大潮社会转轨之所致。我看，恐怕不是这个样子。前几年，我偶尔为写《糖史》搜集资料读到了一本十九世纪中国驻日本使馆官员写的书，里面讲到这样一件事。这一位新到日本的官员说：他来日本已经数月，在街上没有看到一起吵架的。一位老官员莞尔而笑，说：我来日本已经四年，也从来没有看到一起吵架的。我读了以后，不禁感慨万端。不过，我要补充一句：日本人彬彬有礼，不吵架，这十分值得我们学习。对广大日本人民来说，这是完全正确的。但是对日本那一小撮军国主义侵略分子来说，他们野蛮残暴，嗜血成性，则完全是另一码事了。

不管怎样，中国民族性中这一些缺点，不自改革开放始，也不自建国始，更不自鲁迅时代始，恐怕是古已有之的了。我们素称礼仪之邦，素讲伦理道德，素宣扬以夏变夷；然而，其结果却不能不令人失望而且迷惑不解。难道我们真要礼失而求诸野吗？这是我们每一个中国人所面临的而又必须认真反省的问题。

1998年7月16日

文化与气节

气节也属于伦理道德范畴。但是在世界各国伦理道德的学说和实践中，没有哪一个国家像中国这样强调气节。在中国古代典籍中，讲气节的地方不胜枚举。《孟子 · 滕文公下》也许是最具有典型意义的：

> 富贵不能淫，贫贱不能移，威武不能屈，此之谓大丈夫。

这样的“大丈夫”是历代中国人民的理想人物，受到广泛的崇拜。

中国历来评骘人物，总是道德文章并提。道德中就包含着气节，也许是其中最重要的成分。中国历史上有一些大学者、大书法家、大画家等等，在学问和艺术造诣方面无疑都是第一流的，但是，只因在气节方面有亏，连他们的学问和艺术都不值钱了，宋朝的蔡京和赵孟頫，明朝的董其昌和阮大铖等等是典型的例子。在外国，评骘人物，气节几乎一点作用都不起，审美观念中西也有差别。“岁寒然后知松柏之后凋也”这样的伦理道德境界，西方人是难以理解的。

寅恪先生是非常重视气节的，他给予气节新的解释，赋予它新的涵义。

对于王静安先生之死，他在《清华大学王观堂先生纪念碑铭》中写道：

> 士之读书治学，盖将以脱心志于俗谛之桎梏，真理因得以发扬。思想而不自由，毋宁死耳。斯古今仁圣所同殉之精义，夫岂庸鄙之敢望。先生以一死见其独立自由之意志，非所论于一人之恩怨，一姓之兴亡。

写到这里，已经牵涉到爱国主义问题。

1990年

（本文节选自《陈寅恪先生的道德文章》）

爱国主义

爱国主义在中国有极悠久的历史传统。中国的知识分子，古代所谓“士”，一向有极强的参政意识。“天下兴亡，匹夫有责”，就是这种意识的具体表现。从孔子、孟子、墨子等等先秦诸子，无不以治天下为己任。尽管他们的学说五花八门，但是他们的政治目的则是完全一致的。连道家也不例外，否则也写不出《道德经》和《南华经》。他们也是想以自己的学说来教化天下的。

仔细分析起来，爱国主义可以分为两种：狭义的与广义的。对敌国的爱国主义是狭义的，而在国内的爱国主义则是广义的。前者很容易解释，也是为一般人所承认的，后者则还需要说一下。中国历代都有所谓忠臣，在国与国或民族与民族之间的矛盾中出现的忠臣，往往属于前者。但也有一些忠臣与国际间的敌我矛盾无关。杜甫的诗“致君尧舜上，再使风俗淳”，确实与敌国无关，但你能不承认杜甫是爱国的吗？在中国古代，忠君与爱国是无法严格区分的。君就是国家的代表，国家的象征，忠君就是爱国。当然，中国历史上也出现过一些阿谀奉承的大臣。但是这些人从来也不被认为是忠君的。在中国伦理道德色彩极浓的文化氛围中，君为臣纲是天经地义。大臣们希望国家富强康乐，必须通过君主，此外没有第二条路。有些想“取而代之”的人，当然不会这样做。但那是另一个性质完全不同的问题，与我现在要谈的事情无关。真正的忠君，正如寅恪先生指出来的那样，“若以君臣之纲言之，君为李煜亦期之以刘秀”。这是我所谓的广义的爱国主义。

至于狭义的爱国主义，在中国也很容易产生。中国历代都有外敌。特别是在北方，几乎是从有历史以来，就有异族窥伺中原，不时武装入侵，想饮马黄河长江。在这样的情况下，为国家抛头颅、洒热血者，代有其人。这就是我所谓的狭义的爱国主义。

这里有一个关键问题，必须分辨清楚。在历史上曾经同汉族敌对过的一些少数民族，今天已经成为中华民族的一部分。有人就主张，当年被推崇为爱国者的一些人，今天不应该再强调这一点，否则就会影响民族团结。我个人认为，这个说法是完全不能接受的。我们是历史唯物主义者，当年表面上是民族之间的敌对行为，是国与国之间的问题，不是国内民族间的矛盾。这是历史事实，我们必须承认。怎么能把今天的民族政策硬套在古代的敌国之间的矛盾上呢？如果是这样的话，我们全国人民千百年所异常崇敬的民族英雄，如岳飞、文天祥等等，岂不都成了破坏团结的罪人了吗？中国历史上还能有什么爱国者呢？这种说法之有害、之不正确，是显而易见的。

1990年

（本文节选自《陈寅恪先生的道德文章》）

再谈爱国主义

爱国主义这样一个题目，不知道有多少人写了文章，做过发言。我自己在过去的一些文章中也曾谈到过这个题目。如果说我对这个题目有什么贡献的话，那就是，我曾指出来，不要一看爱国主义就认为是好东西。爱国主义有两种：一种是正义的爱国主义，一种是邪恶的爱国主义。日寇侵华时中日两国都高呼爱国，其根本区别就在于一个是正义的，一个是邪恶的。如果有人已经做过这样的论断，那就怪我老朽昏庸，孤陋寡闻，务请普天下大方家原谅则个。

我既不是哲学家，也不是思想家，但好胡思乱想。俗话说：愚者千虑，必有一得。我希望，这一句话能在我身上兑现。简短直说，我想从国籍这个角度上来探讨爱国主义。按现在的国际惯例，每个人都必须有一个国籍。听说有人有双国籍，情况不明，这里不谈。国际法大概允许无国籍。二战期间，我滞留德国。中国南京汪伪政府派去了大使。我是绝对不能与汉奸沾边的，我同张维到德国警察局去宣布自己无国籍。

爱国的国字，如果孤立起来看，是一个模糊名词。哪里的国？谁的国？都不清楚。但是，一旦同国籍联系在一起，就十分清楚了。国就是这个国籍的国。再讲爱国的话，指的就是爱你这个国籍的国。

如果一个国家热爱和平，决不想侵略、剥削、压迫、屠杀别的国家，愿意同别的国家和平共处。这样的国家是值得爱的，非爱不行的。这样的爱国主义就是我上面所说的正义的爱国主义。反之，如果一个国家，特别是它的领导人，专心致志地侵略别的国家，征服别的国家，最终统一全球，天上天下，唯我独尊。这样的国家是绝对不能爱的，爱它就成了统治者的帮凶。爱国主义与国际主义是相通的，是互有联系的。保卫世界和平是两者共同的愿望。

要举具体的例子嘛，就在眼前。二战期间，西方一个德国，领袖是希特勒。东方一个日本，头子是东条英机。两国在屠杀别国人民的时候，都狂呼爱国主义。这当然就是我上面所说的邪恶的爱国主义。两个国家，两个头子的下场是众所周知的。

这种情况已经是俱往矣。然而到了今天，居然还有一个大国，亦步亦趋地步希特勒、东条英机的后尘，手舞大棒，飞扬跋扈，驻军遍世界，航空母舰游弋于几大洋。明明知道，别的国家是不可能从外面进攻它的，却偏搞什么导弹防御系统。任何国家屁大的事，它都要过问。不经过它的批准，就是非圣无法。联合国它根本看不起，它就是天下的主人。

有这个国家国籍的人们的爱国主义怎样表现？这个国家，特别是它的领导人值不值得爱？这是有这个国家国籍的人们要慎重考虑的问题。我一个局外人不敢越俎代庖。

2002年12月27日

沧桑阅尽话爱国

我1946年回到北大任教，至今有五十三年是在北大度过的。在北大五十三年间，我走过的并不是一条阳光大道。有光风霁月，也有阴霾漫天；有"山重水复疑无路"，也有"柳暗花明又一村"。一个人只有一次生命，我不相信什么轮回转生。在我这仅有的可贵的一生中，从"春风得意马蹄疾"的少不更事的青年，一直到"高堂明镜悲白发"的耄耋之年，我从未离开过北大。追忆我的一生，"虽九死其犹未悔"，怡悦之感，油然而生。

前几年，北大曾召开过几次座谈会，探讨的问题是：北大的传统到底是什么？参加者很踊跃，发言也颇热烈。大家的意见不尽一致。我个人始终认为，北大的优良传统是根深蒂固的爱国主义。

倘若仔细分析起来，世上有两类截然不同的爱国主义。被压迫、被迫害、被屠杀的国家和人民的爱国主义是正义的爱国主义，而压迫人、迫害人、屠杀人的国家和人民的"爱国主义"则是邪恶的"爱国主义"，其实质是"害国主义"。远的例子就不用举了，只举现代的德国的法西斯和日本的军国主义侵略者，就足够了。当年他们把"爱国主义"喊得震天价响，这不是"害国主义"又是什么呢？

而中国从历史一直到现在的爱国主义则无疑是正义的爱国主义。我们虽是泱泱大国，实际上从先秦时代起，中国的“边患”就连绵未断。一直到今天，我们也不能说，我们毫无“边患”了，可以高枕无忧了。

历史事实是，绝大多数时间，我们是处在被侵略的状态中。在这样的情况下，我们中国在历史上涌现的伟大的爱国者之多，为世界上任何国家所不及。汉代的苏武，宋代的岳飞和文天祥，明代的戚继光，清代的林则徐等等，至今仍为全国人民所崇拜，至于戴有“爱国诗人”桂冠的则不计其数。唯物主义者主张存在决定意识，我们祖国几千年的历史这个存在决定了我们的爱国主义。

在古代，几乎在所有国家中，传承文化的责任都落在知识分子的肩上。在欧洲中世纪，传承者多半是身着黑色长袍的神父，传承的地方是在教堂中。在印度古代，文化传承者是婆罗门，他们高居四姓之首。东方一些佛教国家，古代文化的传承者是穿披黄色袈裟的佛教僧侣，传承地点是在僧庙里。中国古代文化的传承者是“士”。传承的地方是太学、国子监和官办以及私人创办的书院。在世界各国文化传承者中，中国的士有其鲜明的特点。早在先秦，《论语》中就说过：“士不可以不弘毅，任重而道远。”士们俨然以天下为己任，天下安危系于一身。在几千年的历史上，中国知识分子的这个传统一直没变，后来发展成为“天下兴亡，匹夫有责”。后来又继续发展，一直到了现在，始终未变。

不管历代注疏家怎样解释“弘毅”，怎样解释“任重道远”，我个人认为，中国知识分子所传承的文化中，其精髓有两个鲜明的特点：一个是爱国主义，一个就是讲骨气、讲气节。换句话说，也就是在帝王将相的非正义的面前不低头；另一方面，在外敌的斧钺面前不低头，“威武不能屈”。苏武和文天祥等等一大批优秀人物就是例证。这样一来，这两个特点实又有非常密切的联系了，其关键还是爱国主义。

中国的知识分子有源远流长的爱国主义传统，是世界上哪一个国家也不能望其项背的。尽管眼下似乎有一点背离这个传统的倾向，例证就是苦心孤诣千方百计地想出国，有的甚至归化为“老外”不归。我自己对这个问题的看法是：这只能是暂时的现象，久则必变。就连留在外国的人，甚至归化了的人，他们依然是“身在曹营心在汉”，依然要寻根，依然爱自己的祖国。何况出去又回来的人渐渐多了起来呢？我们对这种人千万不要“另眼相看”，也不要“刮目相看”。只要我们国家的事情办好了，情况会大大地改变的。至于没有出国也不想出国的知识分子占绝对的多数。如果说他们对眼前的一切都很满意，那不是真话。但是爱国主义在他们心灵深处已经生了根，什么力量也拔不掉的。甚至泰山崩于前，迅雷震于顶，他们会依然热爱我们这伟大的祖国。这一点我完全可以保证。对广大的中国老、中、青知识分子来说，我想借用一句曾一度流行的，我似非懂又似懂的话：爱国没商量。

我生平优点不多，但自谓爱国不敢后人。即使把我烧成了灰，我的每一粒灰也还会是爱国的，这是我的肺腑之言。

1999年

无敌国外患者国恒亡

这是一句颇常引用的古语，一般人很难理解透彻的。试想一个国家，不管是历史上的，还是现在的，外无敌国外患，边境一片平静，内则人民和睦，政治清明，民康物阜，不思忧患，这难道不是人间乐园吗？

然而，一部人类历史却证明了另外一个真理。人们嘴里常说的一些俗话，也证明了另外一种情况。常言道："人无远虑，必有近忧。"这一句简单明了的话，几乎每个人都有这种经验。至于一个国家，例子也可以举出一些来。唐明皇时代经过了开元、天宝之治，天下安康，太仓里的米都多得烂掉。举国上下，忘乎所以。然而"渔阳鼙鼓动地来"，唐明皇仓皇逃蜀，杨贵妃自缢马嵬，几乎亡了国。安禄山是胡人，现在胡人已多半融入中华民族大家庭中，当时却只能算是敌国。明皇的朝廷上下缺少了敌国外患的忧患意识，结果是皇帝被囚废，人民遭了大殃。对我们来说，这实在是一面明镜，也充分证明了"无敌国外患者国恒亡"这个真理。

当前，我国人民，在改革开放以来，生产有了发展，生活有了提高；但是，根据我的观察和我自己的亲身体验，忧患意识却大大地衰退，衰退到快要消失的地步。有的人争名于朝，争利于市，好像是真正天下太平，可以塞高了枕头，酣然大睡了。

从国际上来看，原来的两个超级大国只剩下了一个，它已忘乎所以，以国际警察自命，到处挥舞大棒，干涉别人的内政。但是，一些人，包括我自己在内，下意识里认为，大棒反正不敢挥舞到我们头上来，我们一点忧患意识也用不着有了，心安理得地大唱卡拉OK，大吃麦当劳。环顾世界，怡然自得。

然而，正在这千钧一发的关头上，宛如石破天惊一般，以美国为首的北约，竟敢冒天下之大不韪，用导弹轰炸了我们的驻南使馆，造成了人员伤亡，房舍破坏。这本是一件极坏的事情；然而，坏事变成了好事，一声炸弹响，震醒了我们这些酣睡的人们，震清了我们的脑袋瓜。使我们憬然省悟，世界原来并不和平，敌国外患依然存在。这一声炸弹震醒了我们的忧患意识，使我们举国上下奋发图强，同仇敌忾，团结更加强固，这大大有利于我们国家的进步与建设。

现在回到本文的标题上，我们真不得不从内心深处感激我们的古人。他们充满了辩证思维，显示了无比的智慧。我想，我们全体炎黄子孙都会为此而感到无上的骄傲的。

1999年5月13日

一个信念，一个主旨，一点精神

我向不敢以名人自居，我更没有什么名作。但是当人民日报出版社的同志向我提出要让我在《名人名家书系》中占一席地时，我却立即应允了。原因十分简单明了，谁同冰心、巴金、萧乾等我的或师或友的当代中国文坛的几位元老并列而不感到光荣与快乐呢？何况我又是一个俗人，我不愿矫情说谎。

我毕生舞笔弄墨，所谓“文章”，包括散文、杂感在内，当然写了不少。语云：“当局者迷，旁观者清。”自己的东西是好是坏，我当然会有所反思；但我从不评论，怕自己迷了心窍，说不出什么符合实际的道道来。别人的评论，我当然注意；但也并不在意。我不愿意像外国某一个哲人所说的那样“让别人在自己脑袋里跑马”。我只有一个信念、一个主旨、一点精神，那就是：写文章必须说真话，不说假话。上面提到的那三位师友之所以享有极高的威望，之所以让我佩服，不就在于他们敢说真话吗？我在这里用了一个“敢”字，这是“画龙点睛”之笔。因为，说真话是要有一点勇气的，有时甚至需要极大的勇气。古今中外，由于敢说真话而遭到厄运的作家或非作家的人数还算少吗？然而，历史是无情的。千百年来流传下来为人所钦仰颂扬的作家或非作家无一不是敢说真话的人。说假话者其中也不能说没有，他们只能做反面教员，被钉在历史的耻辱柱上。

但是，只说真话，还不能就成为一个文学家。文学家必须有文采和深邃的思想。这有点像我们常说的文学的思想性和艺术性的问题。我说“有点像”，就表示不完全像，不完全相等。说真话离不开思想，但思想有深浅之别，有高下之别。思想浮浅而低下，即使是真话，也不能感动人。思想必须是深而高，再济之以文采，这样才能感动人，影响人。我在这里特别强调文采，因为，不管思想多么高深，多么正确，多么放之四海而皆准，多么超出流俗，仍然不能成为文学作品，这一点大家都会承认的。近几年来，我常发一种怪论：谈论文艺的准则，应该把艺术性放在第一位。上面讲的那些话，就是我的“理论根据”。

谈到文采，那是同风格密不可分的。古今中外，有成就的作家都有各自的风格，泾渭分明，决不含混。杜甫诗：“清新庾开府，俊逸鲍参军。”这是杜甫对庾信和鲍照风格的评价。而杜甫自己的风格，则一向被认为是“沉郁顿挫”，与之相对的是李白的“飘逸豪放”。对于这一点，自古以来，几乎没有异议。这些词句都是从印象或者感悟得来的。在西方学者眼中，或者在中国迷信西方“科学主义”的学者眼中，这很不够意思，很不“科学”，他们一定会拿起他们那惯用的分析的——“科学的”解剖刀，把世界上万事万物，也包括美学范畴在内肌分理析，解剖个淋漓尽致。可他们忘记了，解剖刀一下，连活的东西都立即变成死的。反而不如东方的直觉的顿悟、整体的把握，更能接近真理。

这话说远了，就此打住，还来谈我们的文采和风格问题。倘若有人要问：“你追求的是一种什么样的文采和风格呢？”这问题问得好。我舞笔弄墨六十多年，对这个问题当然会有所考虑，而且时时都在考虑。但是，说多了话太长，我只简略地说上几句。我觉得，文章的真髓在于我在上面提到的那个“真”字。有了真情实感，才能有感人的文章。文采和风格都只能在这个前提下来谈。我追求的风格是：淳朴恬澹，本色天然，外表平易，秀色内涵，形式似散，经营惨淡，有节奏性，有韵律感，似谱乐曲，往复回还，万勿率意，切忌颟顸。我认为，这是很高的标准，也是我自己的标准。别人不一定赞成，我也不强求别人赞成。喜欢哪一种风格，是每一个人自己的权利，谁也不能干涉。我最不赞成刻意雕琢，生造一些极为别扭，极不自然的词句，顾影自怜，自以为美。我也不赞成平板呆滞的文章。我定的这个标准，只是我追求的目标，我自己也做不到。

我对文艺理论只是一知半解，对美学更是门外汉。以上所言，纯属野狐谈禅，不值得内行一顾。因为这与所谓“名人名作”有关，不禁说了出来，就算是序。

1995年11月3日

（本文为《赋得永久的悔》自序）

学术良心或学术道德

“学术良心”，好像以前还没有人用过这样一个词，我就算是“始作俑者”吧。但是，如果“良心”就是儒家孟子一派所讲的“人之初，性本善”中的“性”的话，我是不信这样的“良心”的。人和其他生物一样，其“性”就是“食、色，性也”的“性”；其本质是一要生存，二要温饱，三要发展。人的一生就是同这种本能作斗争的一生。有的人胜利了，也就是说，既要自己活，也要让别人活，他就是一个合格的人。让别人活的程度越高，也就是为别人着想的程度越高，他的“好”，或“善”也就越高。“宁教我负天下人，休教天下人负我”，是地道的坏人，可惜的是，这样的人在古今中外并不少见。有人要问：既然你不承认人性本善，你这种想法是从哪里来的呢？对于这个问题，我还没有十分满意的解释。《三字经》上的两句话“性相近，习相远”中的“习”字似乎能回答这个问题。一个人过了幼稚阶段，有意识地或无意识地会感到，人类必须互相依存，才都能活下去。如果一个人只想到自己，或都是绝对地想到自己，那么，社会就难以存在，结果谁也活不下去。

这话说得太远了，还是回头来谈“学术良心”或者学术道德。学术涵盖面极大，文、理、工、农、医，都是学术。人类社会不能无学术，无学术，则人类社会就不能前进，人类福利就不能提高；每个人都是想日子越过越好的，学术的作用就在于能帮助人达到这个目的。大家常说，学术是老老实实的东西，不能掺半点假。通过个人努力或者集体努力，老老实实地做学问，得出的结果必然是实事求是的。这样做，就算是有学术良心。剽窃别人的成果，或者为了沽名钓誉创造新学说或新学派而篡改研究真相，伪造研究数据，这是地地道道的学术骗子。在国际上和我们国内，这样的骗子亦非少见。这样的骗局决不会隐瞒很久的，总有一天真相会大白于天下的。许多国家都有这样的先例。真相一旦暴露，不齿于士林，因而自杀者也是有过的。这种学术骗子，自古已有，可怕的是于今为烈。我们学坛和文坛上的剽窃大案，时有所闻，我们千万要引为鉴戒。

这样明目张胆的大骗当然是决不允许的。还有些偷偷摸摸的小骗，也不能不引起我们的戒心。小骗局花样颇为繁多，举其荦荦大者，有以下诸种：在课堂上听老师讲课，在公开学术报告中听报告人讲演，平常阅读书刊杂志时读到别人的见解，认为有用或有趣，于是就自己写成文章，不提老师的或者讲演者的以及作者的名字，仿佛他自己就是首创者，用以欺世盗名，这种例子也不是稀见的。还有，有人在谈话中告诉了他一个观点，他也据为己有。这都是没有学术良心或者学术道德的行为。

我可以无愧于心地说，上面这些大骗或者小骗，我都从来没有干过，以后也永远不会干。

我在这里补充几点梁启超在他所著的《清代学术概论》中谈到的清代正统派的学风的几个特色："隐匿证据或曲解证据，皆认为不德。""凡采用旧说，必明引之，剿说认为大不德。"这同我在上面谈的学术道德（梁启超的"德"）完全一致。可见清代学者对学术道德之重视程度。

此外，梁启超上书中还举了一点特色："孤证不为定说。其无反证者姑存之。得有续证，则渐信之。遇有力之反证则弃之。"可以补充在这里。

1997年12月

（本文节选自《我的学术总结》）

慈善是道德的积累

我是搞语言的，要我来讲道德，讲慈善，实在是有些惶恐。

什么是道德？这是一个大问题，可以写一本书。简单说来，道德是一种社会意识，是一种不依靠外力的特殊的行为规范。道德以善与恶、美与丑、真与伪等概念调整人与人、人与社会之间的关系。我国正处在一个大发展、大变革时期，稳定是第一位的，一定要处理好人与人、人与社会之间的关系。除了法律、行政手段的进一步强化和完善以外，道德是社会稳定发展必不可少的行为规范和调节手段。

在中国的传统道德中，伦理道德有很重要的位置，伦理就是解决人与人之间关系的，儒家讲的三纲六纪就是规定了君臣父子夫妇兄弟朋友之间关系的准则。这里有糟粕的地方，因为人与人之间应该是平等的，不应该谁是谁的纲。儒家强调要处理好人的各方面社会关系，还有许多值得批判吸收的东西。比方对父母的关系，中国人讲孝，这个孝字在英文里没有这样一个词，要用两个词才能表述这个意思。所以西方的老人晚年是十分凄凉的。中西的道德是有区别的。我举个例子，我在欧洲住的年头不少，我看小孩子打架，一个十六七岁，一个七八岁，结果小的被打倒了，哭一阵爬起来再打。要在中国就会有人讲了，大的怎么欺侮小的呢。他们那儿没人管，他们认为力量、拳头是第一位的，不管你大小，只要把别人打倒就是正当的。西方道德中也有对我们有用的。我国传统的伦理道德应批判继承，精华留下，糟粕去掉。对外国好的，也可以学习，不要排斥。

慈善是良好道德的发扬，又是道德积累的开端。孟子说："恻隐之心，仁之端也。"一个社会的良好的道德风尚，一个人良好的道德修养，不是从天上掉下来的，要宣传教育，要舆论引导，更要实践、参与。慈善是具有广泛群众性的道德实践。慈善可以是很高的层次，无私奉献，也可以有利己的目的，比如图个好名声，或者避税，或者领导号召不得不响应；为慈善付出的可以很大也可以很少，可以是金钱也可以是时间、精神，层次很多，幅度很大，不管在什么条件下，出于什么动机，只要他参与了，他就开始了他的道德积累。所以我主张慈善不要问动机。毛泽东同志讲动机与效果的辩证统一，我的理解，效果是决定因素。"四人帮"有个特点，就是抓活思想，抓活思想就是追究动机。过去有句古话，有心为善，虽善不赏，无心为恶，虽恶不罚，这是典型的动机唯心主义。

2001年

真理愈辨愈明吗？

学者们常说："真理愈辨愈明。"我也曾长期虔诚地相信这一句话。

但是，最近我忽然大彻大悟，觉得事情正好相反，真理是愈辨愈糊涂。

我在大学时曾专修过一门课"西洋哲学史"，后来又读过几本《中国哲学史》和《印度哲学史》。我逐渐发现，世界上没有哪两个或多个哲学家，学说完全是一模一样的。有如大自然中的树叶，没有哪几个是绝对一样的。有多少树叶就有多少样子。在人世间，有多少哲学就有多少学说。每个哲学家都认为自己掌握了真理，有多少哲学家就有多少真理。

专以中国哲学而论，几千年来，哲学家们不知创造了多少理论和术语。表面上看起来，所用的中国字都是一样的；然而哲学家们赋予这些字的含义却不相同。比如韩愈的《原道》是脍炙人口、家喻户晓的。文章开头就说："博爱之谓仁，行而宜之之谓义，由是而之焉之谓道，足乎己无待于外之谓德。"韩愈大概认为，仁、义、道、德就代表了中国的"道"。他的解释简单明了，一看就懂。然而，倘一翻《中国哲学史》，则必能发现，诸家对这四个字的解释多如牛毛，各自自是而非他。

哲学家们辨（分辨）过没有呢？他们辩（辩论）过没有呢？他们既

“辨”又“辩”，可是结果怎样呢？结果是让读者如堕入五里雾中。眼花缭乱，无所适从。我顺手举两个中国过去辨和辩的例子。一个是《庄子·秋水》：“庄子与惠子游于濠梁之上。庄子曰：‘鲦鱼出游从容，是鱼乐也。’惠子曰：‘子非鱼，安知鱼之乐？’庄子曰：‘子非我，安知我不知鱼之乐？’”我觉得，惠施还可以答复：“予非我，安知我不知子不知鱼之乐？”这样辩论下去，一万年也得不到结果。

还有一个辩论的例子是取自《儒林外史》：“丈人说：‘你赊了猪头肉的钱不还，也来问我要，终日吵闹这事，哪里来的晦气！’陈和甫的儿子道：‘老爹，假如这猪头肉是你老人家自己吃了，你也要还钱。’丈人道：‘胡说！我若吃了，我自然还。这都是你吃的！’陈和甫儿子道：‘设或我这钱已经还过老爹，老爹用了，而今也要还人？’丈人道：‘放屁！你是该人的钱，怎是我用的钱，怎是我用你的？’陈和甫儿子道：‘万一猪不生这个头，难道它也来问我要钱？’”

以上两个辩论的例子，恐怕大家都是知道的。庄子和惠施都是诡辩家。《儒林外史》是讽刺小说。要说这两个例子对哲学辩论有普遍的代表性，那是言过其实。但是，倘若你细读中外哲学家“辨”和“辩”的文章，其背后确实潜藏着与上面两个例子类似的东西。这样的“辨”和“辩”能使真理愈辨愈明吗？戛戛乎难矣哉！

哲学家同诗人一样，都是在作诗。作不作由他们，信不信由你们。这就是我的结论。

1997年10月2日

论怪论

“怪论”这个名词，人所共知。其所以称之为怪者，一般人都不这样说，而你偏偏这样说，遂成异议可怪之论了。

我却要提倡怪论。

但我也并不永远提倡怪论。

历史的经验告诉我们，一个国家、一个民族，需要不需要怪论，是完全由当时历史环境所决定的。如果强敌压境，外寇入侵，这时只能全民一个声音说话，说的必是驱逐外寇，还我山河之类的话，任何别的声音都是不允许的。尤其是汉奸的声音更不能允许。

国家到了承平时期，政通人和，国泰民安，这时候倒是需要一些怪论。如果仍然禁止人们发出怪论，则所谓一个声音者往往是统治者制造出来的，是虚假的。二战期间德国和意大利的法西斯，是最好的证明。

从世界历史上来看，中国的春秋战国时代，怪论最多。有的甚至针锋相对，比如孟子讲性善，荀子讲性恶，是同一个大学派中的内部矛盾。就是这些异彩纷呈的怪论各自沿着自己的路数一代一代地发展下去，成为中华民族文化的渊源和基础。

与此时差不多的是西方的希腊古代文明。在这里也是怪论纷呈，发展下来，成为西方文明的渊源和基础。当时东西文明两大瑰宝，东西相对，交相辉映，共同照亮了人类文明发展的前途。这个现象怎样解释，多少年来，东西学者异说层出，各有独到的见解。我于此道只是略知一二。在这里就不谈了。

怪论有什么用处呢?

某一个怪论至少能够给你提供一个看问题的视角。任何问题都会是极其复杂的，必须从各个视角对它加以研究，加以分析，然后才能求得解决的办法。如果事前不加以足够的调查研究而突然做出决定，其后果实在令人担忧。我们眼前就有这种例子，我在这里不提它了。

现在，我们国家国势日隆，满怀信心向世界大国迈进。在好多年以前，我曾预言，二十一世纪将是中国的世纪。当时我们的国力并不强。我是根据近几百年来欧美依次显示自己的政治经济力量、科技发展的力量和文化教育的力量而得出的结论。现在轮到我们中国来显示力量了。我预言，五十年后，必有更多的事实证实我的看法，谓予不信，请拭目以待。

我希望，社会上能多出些怪论。

2003年6月25日

观秦兵马俑

好像从地下涌出来一样，千军万马的兵马俑一个个英姿勃发地突然站立在大地上。说是千军万马，决不是夸大之词。仅就已知的俑的数目来看，足足够编成一个现代化的师。有待于发现的还没有计算在内。

你说这是一个奇迹吗？我同意。这几乎是全世界到中国来参观兵马俑的外国朋友的一致的意见，他们中间有的人甚至说，秦兵马俑这一个奇迹超过了举世闻名的万里长城。但是，同时我也可以不同意。我们伟大的祖国是文明古国，在现在的九百多万平方公里的土地上，十亿人口正在从事于万马奔腾的社会主义现代化的伟大建设工作。这是地面上的奇迹，是明明白白地摆在光天化日之下的，是人们都能够看到的。但是在地下呢？谁也说不清楚，究竟还有多少像秦兵马俑这样的奇迹暂时还埋藏在那里。就连邻近兵马俑的地带，地下情况我们也还不很清楚，何况是这样辽阔的大地呢？

在兵马俑没有涌出来以前，想来地面上也不过是一片青青的庄稼，或者一片荒烟蔓草。这一块土地，同另外任何一块土地完全是一模一样的。两千多年以来，不知道有多少人脚踩过这一块土地，也许在上面种过庄稼，种过菜，栽过树，养过花；也许在上面盖过房子，修过花园。谁也不会想到，就在自己的脚下，竟埋藏着这样多这样神奇的国宝。中国古人有一句现成的话说：“地不爱宝”。现在也许是大地忽然不再爱这些宝贝了。于是兵马俑这样的国宝就一下子涌到地面上来。

今天我们不远千里来到这里，无非是想看一看这些国宝，这些奇迹。一路之上，从西安城一直到这里，看到的当然都是地面上的东西。车过秦始皇陵，看到一个高高的土丘，上面郁郁葱葱，长满了石榴树。因为天气不好，骊山只剩下一片影子，黑魆魆地扑人眉宇。田地里长满了青青的蔬菜，间或也能看到麦苗。麦苗长得还很矮小，但却青翠茁壮。在骊山的阴影压迫之下，这麦苗显得更加青翠，逗人喜爱。

但是在西安引人注意的却不是这些青翠茁壮的麦苗，西安是一个最容易让人发思古之幽情的地方。只要一看到秦始皇陵和骊山，人们的思潮就会冲决这两个地方，向外扩散。我现在正是这样。我的心思仿佛长上了翅膀，连绵起伏，奔腾流泻。看到半坡，我自然就想到了蒙昧远古的祖先。接着想到的是我们汉族公认的始祖轩辕黄帝，他的陵墓距离西安不算太远。骊山当然让我想到周幽王和骊姬。始皇陵里埋着妇孺皆知的秦始皇。茂陵是汉武帝的陵墓。这一位雄才大略的大皇帝把自己的大将和大臣都埋葬在身边，霍去病和卫青的墓都在茂陵附近。这两个杰出的年轻的大将军在死后还在赤胆忠心地保卫着自己的主子。

至于唐代，那遗迹更是到处可见。很多地方都与中国文学史上一些非常显赫的诗人的名字联系在一起。抬头一看，低头一想，无一不让你想到唐代诗歌的黄金时代，想到一些脍炙人口的诗句。这里简直是诗歌的王国，是幻想的天堂，是天上彩虹的故乡，是人间真情的宝库。走过灞桥，我怎能会不想到当年折柳赠别的那一些名句和那种依依不舍的友情呢？看到蓝田这个地名，我自然就想到了王维的辋川别墅，想到那些意境幽远的短诗。终南山抬头就能够见到，一看到终南山：

终南阴岭秀，积雪浮云端。
林表明霁色，城中增暮寒。

吟咏这首诗的声音，就在我耳边响起。车子驰过城西北的那一些原，我不由自主地低吟：

五陵北原上，万古青蒙蒙。

走过咸阳桥，杜甫的名句：

耶娘妻子走相送，尘埃不见咸阳桥。

自然就在我耳边响起。我仿佛看到在滚滚的黄尘中唐代出征军人的身影，他们的父母妻子把臂牵袂，痛哭相送。一走过渭水——

秋风生渭水，落叶满长安。

这样的诗句马上把我带到了长安的深秋中，身上感到一阵阵的凉意。一想到秋天，我马上就想到春天：

云里帝城双凤阙，雨中春树万人家。

这样春雨中的情景立刻就把千树万树枝头滴着红雨的杏花带到我眼前来，我身上感到一阵阵的湿意。从帝城我联想到大明宫：

九天阊阖开宫殿，万国衣冠拜冕旒。

我仿佛亲眼看到当年世界的首都长安的情景，大街上熙熙攘攘，挤满了人，在黄皮肤的人群中夹杂着不少皮肤或白或黑、衣着怪异、语言奇特的外国学者、商人、僧侣、外交官。

……

总之，在我乘车驶向秦俑馆的路上，我眼前幻影迷离，心头忆念零乱，耳旁响着吟诗声，嘴里念着美妙的诗句，纵横八百里，上下数千年，浮想联翩，心潮腾涌。我以前在任何时候任何地方都没有过这样复杂的感情，我是既愉快，又怅惘；既兴奋，又冷静，中间还掺杂上一点似乎是骄傲的意味。

就这样，转眼之间，我们已经到了秦兵马俑馆。

所谓兵马俑馆，是一个硕大无比的大厅，目测至少有几个足球场大。在进入大厅之前，我们先参观了大厅旁边的一间小厅，中间陈列着正在修复中的一辆铜车、四匹铜马。四匹铜马神采奕奕，仿佛正在努力拉着铜车奔驰。一个铜军官坐在车上，驾驭着这四匹马。看到这样精致绝伦的艺术国宝，我们每个人都不禁啧啧称叹：想不到宇宙间竟有这样神奇的珍品，我心中那一点骄傲的意味不由得更加浓烈起来了。

走进了大厅，站在栏杆旁边向下面的大坑里望去，看到一排排的坑道，坑道中，前排的兵俑和马俑都成排成行地站在那里。将军俑、铠甲武士俑、骑马俑等等，好像都聚精会神地站在那里，静候命令，一个个秩序井然，纪律严明，身体笔直，一动也不动。兵俑中间间杂着一些马俑，也都严肃整齐，伫立待命。我原以为，这些兵俑都是一个模子里塑制出来的，千篇一律，不会有什么变化。但是仔细一看才发现，他们的面部表情几乎每一个都不相同：有的像是在微笑，有的像是在说话，有的光着下颔，有的留着胡子，个个栩栩如生，而又神态各异，没有发现一个愁眉苦脸的。他们好像是都衷心喜悦地为大皇帝站岗放哨。他们的“物质待遇”好像是很不错，否则怎么能个个都心满意足呢？我简直难以想象，当年的艺术家是怎样塑制这些兵马俑的。数以万计的兵马俑竟都能这样精致生动，不叫它是宇宙间一大奇迹又叫它什么呢？

我的思潮又腾涌起来，眼前幻象浮动，心头波浪翻滚。蓦地一转眼，我仿佛看到坑里的兵俑和马俑一齐跳动起来。兵俑跑在前面，在将军俑的率领下，奋勇前进。马俑紧紧地跟在后面。有的兵俑骑上马俑，放松缰绳，任马驰骋。后排坑道里那些还没有被完全挖出来的兵俑和马俑，有的只露出了头，有的露出了半身，有的直着身子，有的歪着身子，也都在那里活动起来。在这里，地面高高低低，坎坷不平。它在我眼中忽然变成了海浪，汹涌澎湃，气象万千。兵俑和马俑正从海浪中挣扎出来。有脑袋的奋勇向前。连那些没有脑袋的也顺手抓起一个脑袋，安在脖子上，骑上马俑，向前奔去，想追上前面那些成行成排的俑，一齐飞出大厅。那四匹铜马拉着铜车四马当先，所向无前。连乾陵的那两匹带翅膀的飞马也从远处赶了来，参加到飞腾的队伍中去。它们一飞出大厅，看到今天祖国已经换了人间，都大为惊诧与兴奋。它们大声互相说着话："我们一睡就是几千年，今天醒来，看到河山大地花团锦簇，人民群众意气风发。我们虽然都有了一把子年纪，但是身子骨还很硬朗。我们休息了这么多年，正有用不完的劲。我们也一定要尽上一份力量，决不能后人。现在是大显身手的好时候了，干呀！干呀！"边说边飞，浩浩荡荡，飞向天空，飞向骊山：

骊山高处入青云，仙乐风飘处处闻。

现在我耳边响起的不是缓歌慢奏的仙乐，而是兵马杂沓，金鼓齐鸣，这些声音汇成了三界大乐，直干青云，跟随着兵俑和马俑，把我的心也夹在了中间，飞驰掠过八百里秦川。

这八百里秦川可真是一块宝地啊！在若干千年中，我们的先民在这里胼手胝足，辛勤耕耘，才收拾出来了现在这样的锦绣河山。就拿西安这一个地方来说吧。在汉唐时期，以它那光辉灿烂的文化，吸引了成千上万的外国朋友，不远万里，来到这里，或学习，或贸易，或当外交官。西安俨然成了当时世界的中心。城中盛况，依稀可以想象。这一点我在上面已经谈到。今天，又发现了数目这样多、塑制又这样精美，能同世界奇迹长城媲美的兵马俑，锦上添花，又招引来了全国各地的人士和世界各国的朋友，云集此处，都瞪大了眼睛，惊叹不止。在我们来的路上，外国朋友乘坐的车子，络绎不绝。现在在秦俑馆内，外国朋友，男女老幼，穿着五光十色的衣服，说着稀奇古怪的语言，其数目远远超过国内人民。在这样的情况下，做为一个中国人，人们会想些什么呢？别人的心思我无法揣度，我说不出；但是我自己的心思我是清楚的。我在来的路上的那一点淡淡的骄矜之意、幸福之感，现在浓烈起来了。为生为一个中国人而感到骄矜与幸福，难道不是我们共同的感觉吗？

我就是怀着这样的骄矜之意与幸福之感，依依不舍一步三回首地离开了秦俑馆的。此时天色已经渐渐地晚了下来，骊山山顶隐入一层薄薄的暮霭中。浩浩荡荡的兵俑和马俑的队伍大概已经飞越了骊山，只留下一片寂静，伴随着我驰过八百里秦川。

1982年10月29日草稿

1982年11月16日修改

1985年1月14日抄出

虎门炮台

从小学起，学中国历史，就知道有一次鸦片战争，而鸦片战争必与林则徐相联系，而林则徐又必与虎门炮台相联系。

因此，虎门炮台就在我脑筋里生了根。

可是虎门炮台究竟是什么样子呢？我说不出。正如世界上其他事物一样，倘还没见到实物，往往以幻想填充。我的幻想并不特别有力，它填充给我的不过是一片荒凉的海滩，一个有雉堞的小城堡，上面孤零零地架着一尊旧式的生铁铸成的大炮，前面是大海，汪洋浩瀚，水天渺茫，微风乍起，浊浪拍岸，如此而已。

今天由于一个偶然的机会，我竟然来到了这里。我眼前看到的实际情况与我的幻想不同，这是意中事，我丝毫不感到奇怪。但是，这个不同竟然是这样大，却不能不使我大吃一惊了。炮台在海滩上，这用不着奇怪，也不可能有别的可能。但是，这海滩却与荒凉丝毫也不沾边，却是始料所不及。这里杂花生树，绿木成荫。几棵粗大的榕树挺立着，浓荫匝地，绿意扑人。从树干的粗细来看，它们已经很老很老了。当年海战时，它们必已经站立在这里，亲眼看了这一场激烈的搏斗。它们必然也随着搏斗的进行，时而欢欣鼓舞，时而怒发冲冠，最终一切寂静下来。当年活着的人早已不在了，只有它们年复一年地守候在这里，跟着季节的变化而变化，一直守候到现在。现在到处是一片生机，一片浓绿，雉堞犹存，大炮还在，可无论如何也令人无法把当前情况与一百五十多年以前的残酷的战争联系在一起。这个古战场我实在无法凭吊了。

可是我的回忆还是清楚的。当年外国的侵略者凭其坚船利炮，想在这一块弹丸之地的海滩上踏上我们神圣的国土。他们挥舞刀枪，惨杀我们的士兵。我们的士兵义愤填膺，奋起抵抗，让一批批的入侵者陈尸滩头，最后不得不夹着尾巴逃掉。我们的士兵也伤亡惨重。统率我军杀敌的关天培将军以身殉国。至今还有七十五位忠勇将士的尸体合葬在山坡上，让后人永远凭吊。当时林则徐以钦差大臣的身份在后面不远的山头上督战。这一场搏斗伸正义于海隅，振大汉之天声，是我们中华民族永不磨灭的伟业，是我们全民族的骄傲。今天虽然已经时过境迁，当年的事情早已成为历史陈迹，然而我们今天来到这里，又有哪一个人不觉得我们阵亡的将士仍虎虎有生气，而缅怀往事，感到无限振奋呢？

当我们走出炮台去参观林则徐销毁鸦片烟池的时候，我们又为另一种情景而无限振奋。林则徐把从殖民主义强盗手中没收来的二百多万公斤之多的鸦片烟，倒入一个大水池中，先用海水把鸦片泡成糊状，然后再倾入石灰，借石灰的力量把鸦片烟销毁，最后放出海水把残渣冲入海中。据说，他当时邀请了不少的外国人来参观。外国老爷大概怀疑这销烟的行动，也乐意来亲眼看一看。当他们看到林则徐是真销毁，而销毁的数量又是如此巨大时，都大为吃惊。他们哪会想到，在清代末叶贪官污吏横行霸道之时，竟然还有林则徐这样的硬骨头，他们对中华民族不得不油然起尊敬之心。那么，林则徐以一介书生，凛然代表了民族正气，功业彪炳青史，直至百多年之后的今天，还让我们感佩敬仰，不是完全可以理解的吗？

时间是一种非常古怪的东西。有忧伤之事，它能让你慢慢地渐渐地忘掉，否则你会活不下去的。有欢乐之事，它也能让你慢慢地渐渐地忘掉，否则永远处在快乐兴奋之中，血压也难免升高，你也会活不下去的。这一慢一渐，既可感，又可怕，人们必须警惕。独有英雄业绩、民族正气，却能让你永志不忘，而且弥久弥新。这才真正是民族历史的脊梁，一个民族能生存下去，靠的就是这个脊梁。我们在山顶上林则徐的塑像下看到镌刻着的他的两句诗：

苟利国家生死以，岂因祸福避趋之。

真可以说是掷地作金石声。这一位时间巨人的形象在我眼前立刻更高大了起来，他不是值得我们全体炎黄子孙恭恭敬敬地、诚诚恳恳地学习一辈子吗？

1988年5月30日

余思或反思

（《牛棚杂忆》节选）

“文化大革命”结束后十六七年以来，我一直在思考有关这一次所谓“革命”的一些问题。特别在我撰写《牛棚杂忆》的过程中，我考虑得更为集中，更为认真。这可以算是我自己的“余思”或者“反思”吧。

我思考了一些什么问题呢？

首先是：吸取了教训没有？

世人都认为，所谓“无产阶级文化大革命”，既无“文化”，也无“革命”，是一场不折不扣的货真价实的“十年浩劫”。这是全中国人民的共识，决没有再争论的必要。在这一场空前绝后（我但愿如此）的浩劫中，我们人民在精神和物质两个方面所受的损失可谓大矣。这一笔账实在没有法子算了。不算也罢。我们不是常说，寻求知识，得到经验或教训，都要付出学费吗？我完全同意这个看法。可是，我们付出的学费已经大到不能再大的程度，我们求得的知识，得到的经验或教训在哪里呢？

我的回答是：没有，一点也没有。

我个人一向认为，“十年浩劫”是总结教训的千载一时的好机会，是亿金难买的“反面教员”。从这一个“教员”那里，我们能够获得非常非常多的反面的教训：把教训一转化，就能成为正面的经验。无论是教训还是经验，对我们进一步建设我们伟大的祖国，都是非常有用的。

可是，我们没有这样干，空空错过了这一个恐怕难以再来的绝好机会。有什么人说：“文革”已经过去了，可以不必再管它了。

因此，我思考的其次一个问题是：“文革”过去了没有？

我们是唯物主义者，唯物主义的真髓是实事求是。如果真想实事求是的话，那就必须承认，“文革”并没有过去。虽然从表面上来看，似乎已经过去了；但是，如果细致地观察一下，情况恰恰相反。你问一问参加过“文革”，特别是在“文革”中受过迫害的中老年知识分子，如果他们肯而且敢讲实话的话，你就会知道，他们还有一肚子气没有发泄出来。今天的青年人情况可能不同。他们对“文革”不了解，听讲“文革”，如听海外奇谈。我觉得值得忧虑的正是这一点。他们昧于前车之鉴，谁能保证，他们将来不会干出类似的事情来呢？至于中老年受过迫害的知识分子，一提“文革”，无不余怒未息，牢骚满腹。我不可能会见百分之百的这样的知识分子，但我敢保证，至少绝大部分人是这样子。

至于为创建新中国立过功而在“文革”中遭受迫害的老干部，他们觉悟高，又能宽宏大度，可能同知识分子不同。我接触的老干部不多，不敢乱说。但是，我想起了一件小而含义深远的事儿，不妨说上一说。记得是在1978年，全国政协恢复活动后，我在友谊宾馆碰到一位参加革命很久的，在文艺界极负盛名的老干部，“文革”前，我们同是全国政协社会科学组的成员。十多年不见，他见了我劈头第一句话就是：“古人说：‘士可杀，不可辱。’‘文革’证明了：‘士可杀，亦可辱。’”说罢，哈哈大笑。他是笑呢，还是哭？我却一点也笑不起来。在这位老干部心中，有多少郁积的痛苦，不是一清二楚了吗？

有这种想法的，决不止这个老干部一人。我个人就有这样的想法。而且，我相信，中国的知识分子，也就是古代的所谓“士”，绝大部分人都会有这种想法。“士可杀，不可辱”，这一句话表明了中国自古以来就有这种传统。我们比起外国知识分子来，在这方面更为敏感。

我不禁想起了中国知识分子这一类人，既不是阶级，也不是阶层，想起了他们的历史和现状。在封建社会里，士列在士农工商之首。一向是进可以攻，退可以守，在社会上有崇高的地位。予生也晚，《儒林外史》中那样的知识分子，我没有见到过。军阀混战时期和国民党统治时期的知识分子，我是见到过的。不说别的，专就当时的大学教授而言，薪俸优厚，社会地位高，他们无形中养成了一种高人一等的优越感。存在决定意识，这是必然的。他们一般都颇为神气，所谓“教授架子”者便是。到了我当教授的时候，情况大大改变。国民党统治已到末日，通货膨胀达到了惊人的程度。教授实际的收入少得可怜。但是，身上那一件孔乙己的大褂还是披着的，社会地位还是有的。

刚一解放，我同大部分教授一样，兴奋异常，觉得自己真是站起来了，自己获得了新生了。我们高兴得像小孩，幼稚得也像小孩。我们觉得“解放区的天是明朗的天”。我们看什么东西都红艳似玫瑰，光辉如太阳。

但是，好景不长。在第一个大型的政治运动三反五反思想改造运动中，我在“中盆”里洗了一个澡，真好像是洗下来了不少污浊的东西，觉得身轻体健，尝到了思想改造的甜头。可是后面跟着来的政治运动，一个紧接一个，好像是有点喘不过气来。批判武训，批判《早春二月》[①]，批判胡风，批判胡适，再加上肃反等等，马不停蹄，应接不暇。到了1957年的反右斗争，达到了一个空前的高潮。我虽然没有被裹进去，没有戴什么帽子，但是时时处处，自己的精神都处在极度紧张的状态中，日子过得并不愉快。从我的思想深处来看，我当时是赞成这些运动的，丝毫也没有否定的意思。在反右期间，我天天忙于参加批判会——我顺便说一句，当时还没有发明“喷气式”，批判会不像“文革”中那么“好看”——忙于阅读批判的材料。但是，在我心里却逐渐升起了一片疑云：为什么人们的所作所为同在那前后发表的几篇“最高指示”，有些地方显得极不合拍呢？即使是这样，我对那一句最有名的话“是阳谋，不是阴谋”，并没有产生怀疑。

---

① 《早春二月》由谢铁骊执导，根据柔石同名小说1964年拍成电影。公映后即与《北国江南》等影片被视为“宣扬资产阶级人性论”，遭到全国性批判。“文革”后恢复名誉。作者此处将《早春二月》与五十年代被批判的电影《武训传》并提，可能记忆有误。

反右以后，仍然是马不停蹄，一个劲地搞运动，什么“拔白旗”等等。庐山会议以后，极“左”思想已经达到了顶点，却偏偏要来一个反右倾。三年困难时期，我自己同其他老知识分子一样，尽管天天饥肠辘辘，连半点不满意的想法都没有，更不用说说怪话了。连全国人民的精神面貌都是非常正常的，向上的。谁能说这样的人民，这样的知识分子不是世界上最优秀的呢？

1966年开始的所谓“无产阶级文化大革命”是形势发展的必然结果。事后连原新北大公社的东语系一个教员都告诉我说，我本来能够躲过这一场灾难的。但是，我偏偏发了牛劲，自己跳了出来，终于得到了报应：被抄家，被打，被骂，被批斗，被关进了牛棚，差一点连命都赔上。我当时确曾自怨自艾过。但是现在我却有了另一个想法。“文革”是一个千载难逢的“盛事”。如果我自己不跳出来，就决不可能亲自尝一尝这一场“革命”的滋味，决不可能了解这一场灾难究竟是什么样子。那将是绝对无法挽回的极大的憾事。

关在牛棚里的时候，我看了很多，也想了很多。我逐渐感到其中有问题：为什么一定要这样折磨知识分子？知识分子身上毛病不少，缺点很多，但是十全十美的人又在哪里呢？我当时认识不高，思考问题肤浅片面。我没有责怪任何人，连对发动这一场“革命”的人也毫无责怪之意，我只是一个劲地深挖自己的灵魂。用现在间或用的一个词儿来说，就是“原罪感”。这是用在基督教徒身上的一个词儿，这里不过借用一下而已。

别的老知识分子有没有这个感觉，我不知道。它表现在我身上却是很具体的。解放前，我认为一切政治都是肮脏的，决心不介入。我并不了解共产党，只是觉得国民党有点糟糕，非垮台不行。解放以后，我上面说到我在思想改造运动中的收获，其中心就是知道了并不是所有的政治都是肮脏的，共产党就不是。同时又觉得自己非常自私自利：中国人民浴血抗战，我自己却躲在万里之外，搞自己的名山事业。我认为自己那一点“学问”，那一点知识，是非常可耻的，如果还算得上“学问”和知识的话。有很长一段时间，我称自己为“摘桃派”，坐享胜利的果实。

那么，怎么办呢？

我有很多奇思怪想。我甚至希望能再发生一次抗日战争，给我一个机会，让我来表现一下。我一定能奋力参战，连牺牲自己的性命，我都能做得到。我读了很多描绘抗日战争或革命战争的小说，对其中那一些共产党员和革命战士不怕牺牲的精神，我崇拜得五体投地。我自己发誓向他们学习。这些当然都是幻想，即使难免有点幼稚可笑，然而却是真诚的，这能够表现出我当时的精神状态。

谈到对领袖的崇拜，我从前是坚决反对的。我在国内时，看到国民党人对他们的“领袖”的崇拜，我总是嗤之以鼻。这位“领袖”，“九·一八”事件后我作为清华大学的学生到南京请愿时见过，他满口谎言，欺骗了我们。后来越想越不是味儿。我的老师陈寅恪先生对此公也不感兴趣。他的诗句“看花难近最高楼”，可以为证。后来到了德国，正是法西斯猖獗之日。我看到德国人，至少是一部分人，见面时竟对喊：“希特勒万岁！”觉得异常可笑，难以理解。我认识的一位不到二十岁的德国姑娘，美貌非凡。有一次她竟对我说：“如果我能同希特勒生一个孩子，那将是我毕生最大的光荣！”我听了真是大吃一惊，觉得实在是匪夷所思。我有一个潜台词：我们中国人聪明，决不会干这样的蠢事。

回国以后，仅仅隔了三年，中国就解放了。解放初期，我同其他一些老知识分子心情相同，我们那种兴奋、愉快，上面已经讲了一点。当时每年要举行两次游行庆祝，五一和十一，地点都在天安门。每次都是凌晨即起，从沙滩整队步行到东单一带的小胡同里等候，往往要等上几个小时。十点整，大会开始。我们的队伍也要走过天安门前，接受领袖的检阅。当时三座门还没有拆掉。在三座门东边时，根本看不到天安门城楼上的领导人。一转过三座门，看到领袖了，于是在数千人的队伍中立即爆发出震天动地的“万岁”声。最初，不管我多么兴奋，但是“万岁”却是喊不惯，喊不出来的。但是，大概因为我在这方面智商特高，过了没有多久，我就喊得高昂，热情，仿佛是发自灵魂深处的最强音。我完完全全拜倒在领袖脚下了。

我在上面简短地但是真诚地讲了我自己思想转变的过程。一滴水中可以见大海，一粒沙中可以见宇宙。别的老知识分子可能同我差不多，至少是大同而小异。这充分证明了，中国老知识分子，年轻的更不必说了，是热爱我们伟大的祖国的。爱国主义是几千年来中国知识分子的传统。同其他国家的知识分子比较起来，这是中国知识分子的一个突出的特点。

“大梦谁先觉，平生我自知。”我在梦觉方面智商是相当低的。一直到了“十年浩劫”，我身陷囹圄，仍然是拥护这一场浩劫的。西谚说：“一切闪光的东西不都是金子。”在这期间，我接触到派到学校来“支左”的解放军和工人。原来这都是我膜拜的对象。“全国人民学习解放军”，“工人阶级必须领导一切”，我深信不疑，奉行唯谨。可是现在一经接触，逐渐发现他们中有的人政策观念奇低，而且作风霸道，个别的人甚至违法乱纪。我头上仿佛泼上了一盆凉水，顿时清醒过来。“金无足赤，人无完人”的道理，我是明白的。可是这样的作风竟然发生在我素所崇拜的人身上，我无论如何也没有想到。我们唯物主义者应该实事求是，光明磊落；花言巧语，文过饰非，是绝对不可取的。尽管我们知识分子身上毛病极多，同别人对比一下，难道我真就算是“臭老九”吗?

我在上面啰里啰嗦讲了一大篇，无非想说，“文革”整知识分子，是完全没有道理的，是怎样花言巧语也掩盖不了的。对广大的受过迫害的知识分子来说，“文革”并没有过去。再拿我自己来做个例子。我一方面“庆幸”我参加了“文化大革命”，被关进了牛棚，得以得到了极为难得的经验。但在另一方面，在我现在“飞黄腾达”到处听到的都是赞誉溢美之词之余，我心里还偶尔闪过一个念头：我当时应该自杀；没有自杀，说明我的人格不过硬，我现在是忍辱负重，苟且偷生。这种想法是非常不妙的。既然我有，我就直白地说了出来。可是我要问：有这种想法的难道就只有我季羡林一个人吗?

这就联系到我思考的第三个问题：受害者抒愤懑了没有?

这个问题十分容易回答。根据我上面的叙述，回答只有两个字：没有!

要谈清楚这个问题，还要从回顾过去谈起。解放初期我和其他老知识分子的情况，我在上面已经写了一点，现在再补充一下。补充的主要是从海外归来的游子。远居海外的华侨，亲身感受到解放前后自己处境的剧烈变化。他们深知这一切都与祖国的解放有密不可分的联系，一向爱国的华侨，现在爱国热情蓬勃激荡，为前此所未有。华侨中青年人纷纷冒万难回到了祖国。他们同国内的知识分子一样，看一切都是红艳如玫瑰，光辉似太阳。愿意为祖国的建设事业贡献自己的一切。此外，一些在国外工作和讲学的中国学人，也纷纷放弃了海外一切优厚的生活和研究条件，万里归来，其中就有后来在“文革”中自沉的老舍先生。他们个个意气风发，斗志昂扬，认为祖国前程似锦，自己的前途也布满了玫瑰花朵。

然而，曾几何时，情况变了，极“左”思潮笼罩一切，而“海外关系”竟成诬陷罗织的主要借口。海外归来的人，哪里能没有“海外关系”呢？这是三岁小儿都明白的常识。然而我们的一群“左”老爷，却抓住这一点不放，什么特务，什么间谍，这种极为可怕的帽子满天飞舞。弄得人人自危，个个心惊。到了“文化大革命”，更是恶性发展。多少爱国善良的人遭受了不白之冤！被迫害而死的不必说了，活着的也争先恐后地出走。前一个争先恐后地回国，后一个争先恐后地离开，对比何等地鲜明！我亲眼目睹的这种情况可谓多矣。这对我们祖国有多么大的危害，脑筋稍微清醒一点的人都会知道的。被迫去国外的人，哪一个不是满腔悲愤，再加上满腔离愁，哪一个儿女愿意离开自己的父母！然而他们离开了。

留在国内的知识分子和被迫离开的知识分子，哪一个人抒过愤懑呀？

若干年前，出现了一些所谓“伤痕文学”。然而据我看，写作者多半是年轻人，他们并没有多少“伤痕”。真正有“伤痕”的人，由于种种原因，由于每个人都不同的原因，并没有把自己的愤懑抒发出来。我认为，这不是一个正常的现象，而是其中蕴含着一些危险的东西，不利于我们祖国的胜利前进。

我们不是十分强调安定团结吗？我十分拥护这个提法。没有安定团结，我们的经济很难搞上去，我们的政治也很难发挥应有的作用。然而我们需要的是真正的安定团结，而不是虚假的安定团结。在许多知识分子，特别是老知识分子，还有一肚子气的情况下，真正的安定团结从何而来呢？

根据我个人的观察，尽管许多知识分子的愤懑未抒，物质待遇还只能说是非常菲薄，有时难免说些怪话，但是他们的爱国之心未减，“不用扬鞭自奋蹄”。说这样的人是“物美价廉，经久耐用”，完全是符合实际情况的，然而却听说有人听了很不舒服。我最近还听说，有一位颇为著名的人物，根据苏联解体的教训，说什么：中国知识分子至今还是帝国主义皮上的毛。这话只是从道听途说中得来的。但是，可能性并非没有。说这种话的人，还有一点是非之心吗？还有一点“良知”吗？我深深感到忧虑。

如果这样的人再当政，知识分子无噍类矣。

我思考的最后一个问题是：“无产阶级文化大革命”为什么能发生？

兹事体大，我没有能力回答。有没有能回答的人呢？我认为，有的。可他们又偏偏不回答，好像也不喜欢别人回答。窃以为，这不是一个唯物主义者应抱的态度。如果把这个至关紧要的问题坦诚地、实事求是地回答出来，全国人民，其中当然包括知识分子，会衷心地感谢，他们会放下心中的包袱，轻装前进，表现出真正的安定团结，同心一志，共同勠力建设我们的社会主义社会，岂不猗欤休哉！

我们既不研究，“礼失而求诸野”，外国人就来研究。其中有善意的，抱着科学的实事求是的态度，说一些真话。不管是否说到点子上，反正真话总比谎话强。其中有恶意的，怀着其他的目的，歪曲事实，造谣诬蔑，把一池清水搅混。虽然说“蚍蜉撼大树，可笑不自量”，但是毕竟不是好事。

何去何从？我认为是非常清楚的。

我的思考到此为止。

我要啰嗦的也啰嗦完了。

1992年6月3日写完

我写『我』

我写“我”，真是一个绝妙的题目，但是，我的文章却不一定妙，甚至很不妙。

每一个人都有一个“我”，两者亲密无间，因为实际上是一个东西。按理说，人对自己的“我”应该是十分了解的，然而，事实上却不尽然。依我看，大部分人是不了解自己的，都是自视过高的。这在人类历史上竟成了一个哲学上的大问题。否则古希腊哲人发出狮子吼：“要认识你自己！”岂不成了一句空话吗?

我认为，我是认识自己的，换句话说，是有点自知之明的。我经常像鲁迅先生说的那样剖析自己。然而结果并不美妙，我剖析得有点过了头，我的自知之明过了头，有时候真感到自己一无是处。

这表现在什么地方呢?

拿写文章做一个例子。专就学术文章而言，我并不认为“文章是自己的好”。我真正满意的学术论文并不多。反而别人的学术文章，包括一些青年后辈的文章在内，我觉得是好的。为什么会出现这种心情呢？我还没得到答案。

再谈文学作品。在中学时，虽然小伙伴们曾赠我一个“诗人”的绰号，实际上我没有认真写过诗。至于散文，则是写的，而且已经写了六十多年。加起来也有七八十万字了。然而自己真正满意的也屈指可数。在另一方面，别人的散文就真正觉得好的也十分有限。这又是什么原因呢？我也还没得到答案。

在品行的好坏方面，我有自己的看法。什么叫好？什么叫坏？我不通伦理学，没有深邃的理论，我只能讲几句大白话。我认为，只替自己着想，只考虑个人利益，就是坏。反之能替别人着想，考虑别人的利益，就是好。为自己着想和为别人着想，后者能超过一半，他就是好人。低于一半，则是不好的人；低得过多，则是坏人。

拿这个尺度来衡量一下自己，我只能承认自己是一个好人。我尽管有不少的私心杂念，但是总体来看，我考虑别人的利益还是多于一半的。至于说真话与说谎，这当然也是衡量品行的一个标准。我说过不少谎话，因为非此则不能生存。但是我还是敢于讲真话的，我的真话总是大大地超过谎话。因此我是一个好人。

我这样一个自命为好人的人，生活情趣怎样呢？我是一个感情充沛的人，也是兴趣不老少的人。然而事实上生活了八十年以后，到头来自己都感到自己枯燥乏味，干干巴巴，好像是一棵枯树，只有树干和树枝，而没有一朵鲜花，一片绿叶。自己搞的所谓学问，别人称之为“天书”。自己写的一些专门的学术著作，别人视之为神秘。年届耄耋，过去也曾有过一些幻想，想在生活方面改弦更张，减少一点枯燥，增添一点滋润，在枯枝粗干上开出一点鲜花，长上一点绿叶；然而直到今天，仍然是忙忙碌碌，有时候整天连轴转，“为他人做嫁衣裳”，而且退休无日，路穷有期，可叹亦复可笑！

我这一生，同别人差不多，阳关大道，独木小桥，都走过跨过。坎坎坷坷，弯弯曲曲，一路走了过来。我不能不承认，我运气不错，所得到的成功，所获得的虚名，都有点名不符实。在另一方面，我的倒霉也有非常人所可得者。在那骇人听闻的所谓什么“大革命”中，因为敢于仗义执言，几乎把老命赔上。皮肉之苦也是永世难忘的。

现在，我的人生之旅快到终点了。我常常回忆八十年来的历程，感慨万端。我曾问过自己一个问题：如果真有那么一个造物主，要加恩于我，让我下一辈子还转生为人，我是不是还走今生走的这一条路？经过了一些思虑，我的回答是：还要走这一条路。但是有一个附带条件：让我的脸皮厚一点，让我的心黑一点，让我考虑自己的利益多点，让我自知之明少一点。

1992年11月16日

辞『国学大师』

现在在某些比较正式的文件中，在我头顶上也出现“国学大师”这一灿烂辉煌的光环。这并非无中生有，其中有一段历史渊源。

约摸十几二十年前，中国的改革开放大见成效，经济飞速发展。文化建设方面也相应地活跃起来。有一次在还没有改建的大讲堂里开了一个什么会，专门向同学们谈国学。当时主席台上共坐着五位教授，每个人都讲上一通。我是被排在第一位的，说了些什么话，现在已忘得干干净净。《人民日报》的一位资深记者是北大校友，“于无声处听惊雷”，在报上写了一篇长文《国学热悄悄在燕园兴起》。从此以后，其中四位教授，包括我在内，就被称为“国学大师”。他们三位的国学基础都比我强得多。他们对这一顶桂冠的想法如何，我不清楚。我自己被戴上了这一顶桂冠，却是浑身起鸡皮疙瘩。

说到国学基础，我从小学起就读经书、古文、诗词。对一些重要的经典著作有所涉猎。但是我对哪一部古典，哪一个作家都没有下过死工夫，因为我从来没想成为一个国学家。后来专治其他的学术，浸淫其中，乐不可支。除了尚能背诵几百首诗词和几十篇古文外；除了尚能在最大的宏观上谈一些与国学有关的自谓是大而有当的问题比如天人合一外，自己的国学知识并没有增加。

环顾左右，朋友中国学基础胜于自己者，大有人在。在这样的情况下，我竟独占“国学大师”的尊号，岂不折煞老身（借用京剧女角词）！我连“国学小师”都不够，遑论“大师”！

为此，我在这里昭告天下：请从我头顶上把“国学大师”的桂冠摘下来。

2002年

（本文节选自《在病中》）

辞学界（术）泰斗

这要分两层来讲：一个是教育界，一个是人文社会科学界。

先要弄清楚什么叫“泰斗”。泰者，泰山也；斗者，北斗也。两者都被认为是至高无上的东西。

光谈教育界。我一生做教书匠，爬格子。在国外教书十年，在国内五十七年。人们常说：“没有功劳，也有苦劳。”特别是在过去几十年中，天天运动，花样翻新，总的目的就是让你不得安闲，神经时时刻刻都处在万分紧张的情况中。在这样的情况下，我一直担任行政工作，想要做出什么成绩，岂不戛戛乎难矣哉！我这个“泰斗”从哪里讲起呢？

在人文社会科学的研究中，说我做出了极大的成绩，那不是事实。说我一点成绩都没有，那也不符合实际情况。这样的人，滔滔者天下皆是也。但是，现在却偏偏把我“打”成泰斗。我这个泰斗又从哪里讲起呢？

为此，我在这里昭告天下：请从我头顶上把“学界（术）泰斗”的桂冠摘下来。

2002年

（本文节选自《在病中》）

辞『国宝』

在中国，一提到“国宝”，人们一定会立刻想到人见人爱憨态可掬的大熊猫。这种动物数量极少，而且只有中国有，称之为“国宝”，它是当之无愧的。可是，大约在八、九、十来年前，在一次会议上，北京市的一位领导突然称我为“国宝”，我极为惊愕。到了今天，我所到之处，“国宝”之声洋洋乎盈耳矣。我实在是大惑不解。当然，“国宝”这一顶桂冠并没有为我一人所垄断。其他几位书画名家也有此称号。

我浮想联翩，想探寻一下起名的来源。是不是因为中国只有一个季羡林，所以他就成为“宝”。但是，中国的赵一钱二孙三李四等等，也都只有一个，难道中国能有十三亿“国宝”吗？

这种事情，痴想无益，也完全没有必要。我来一个急刹车。

为此，我在这里昭告天下：请从我头顶上把“国宝”的桂冠摘下来。

三顶桂冠一摘，还了我一个自由自在身。身上的泡沫洗掉了，露出了真面目，皆大欢喜。

2002年

（本文节选自《在病中》）

第二章

未来世界，中华文化必将复兴

西方形而上学的分析已快走到尽头，而东方的寻求整体的综合必将取而代之。以分析为基础的西方文化也将随之衰微，代之而起的必然是以综合为基础的东方文化。

二十一世纪：东方文化的时代

人类创造的文明或文化从世界范围来说可分为东方文化和西方文化两大体系，每一个文明或文化都有一个诞生、成长、发展、衰落、消逝的过程，不可能是一成不变的。从人类的全部历史来看，我认为，东方文化和西方文化的关系是：三十年河东，三十年河西。目前流行全世界的西方文化并非历来如此，也绝不可能永远如此，到了二十一世纪，三十年河西的西方文化将逐步让位于三十年河东的东方文化，人类文化的发展将进入一个新的时期。

为什么我认为到了二十一世纪西方文化将让位于东方文化呢？我是从东西方文化的基础的最根本的差别在于思维方式不同这一点来考虑的。东方的思维方式、东方文化的特点是综合；西方的思维方式、西方文化的特点是分析。举个最简单的例子，从我们坐的凳子来说，看看太和殿皇帝的宝座，四方光板，左不能靠，右不能靠，后又不能靠，坐久了会很不舒服。再看看西方人坐的凳子，中间一道略为隆起，两边稍凹，这样坐着会很舒服，但要换个姿势就会硌得难受。而我们太和殿的宝座，光板一块，虽然坐久了不舒服，但是用什么姿势坐都可以。从这件小事，可说明东方人的思维和西方人不一样。在西方，从伽利略以来的四百年中，西方的自然科学走的是一条分析的道路，越分越细，现在已经分到层子（夸克），而且有人认为分析还没有到底，还能往下分。东方人则是综合的思维方式，用哲学家的语言说即是西方是一分为二，东方是合二为一。

在这方面，自然科学界和哲学界是有争论的。物质是无限可分的吗？有不少人相信庄子的话："一尺之棰，日取其半，万世不竭。"果真如此，则西方的分析方法、西方的思维方式、西方的文化就能永远存在下去，越分越琐细以至无穷，西方文化的光芒也就越辉煌。"三十年河东，三十年河西"这一条人类历史发展启示的规律就要被扬弃。但是庄子所说的是一个数学概念，我所说的分析是物理概念，二者不可混同。

国际上对物质是否无限可分也有两派之争。反对物质无限性观点的代表、大科学家海森堡（Heisenberg）认为物质不是永远可分的，最后有个界限，这个界限是夸克，称之为夸克封闭。其理由是夸克虽能被电子对撞机击碎，但击碎后仍是夸克，并未产生出新的物质。国内金吾伦同志著有《物质可分性新论》，也主张夸克封闭。我是同意这种看法的，因为对物质永远可分的这个观点现在无法证实。我认为夸克现在不能封闭，但将来总有一天要封闭的。我们的一切文明、一切文化现象甚至科技不同于西方。即使是数学，看起来应该是东西方没有差别，一加三等于四，而且还有公式，但是前两年我在自然辩证法通讯中，看到中科院数学所吴文俊教授对《九章》一书所写的序言里讲到东方和西方解决数学问题的方法不一样。对数学这个自然科学的基础尚且不一样，何况其他科学？

多年前，我就讲过二十一世纪是东方的世纪。西方在资本主义发展到帝国主义阶段，自认为是天之骄子，第一次世界大战从1914年打到1918年，基本上是欧洲人打欧洲人，战后二十年代初期，欧洲思想界出现了反思的热潮，他们思考的是为何自认为文化至高无上的欧洲都要自相残杀？看来西方不行了，要看东方。有本风行一时的书叫《欧洲的没落》，说欧洲要垮台、要灭亡，仰望东方。当时中国的《老子》、《庄子》非常流行，《老子》德文译本有五六十种。有一位我认识的牙医，既非汉学家，又非文学家，却凭着一本字典、一股傻劲硬是把《老子》翻译了一遍。这说明当时不论是否搞哲学都向东方看齐。第二次世界大战打了六年，死的人比一战还要多。战后，欧洲再次出现一股眼望东方的反思热潮。当时除《老子》、《庄子》外，又增加了禅宗、中医、《易经》，还有印度大乘佛教。一位英国的史学家汤因比在他所著的《历史研究》中，把各国民族的历史做了个总结，他认为人类共同创造了23个或26个文明，每个文明或文化都有其诞生、生长、繁荣、衰微、消逝的过程，没有任何一种文明或文化可以贯穿千秋。从他的哲学基础出发得出的结论是西方的文化将来要消灭。至今欧美思想界仍感觉他的反思比较深沉。

我们还可以从二十世纪后半期西方兴起的几种新的科学模糊学、混沌学中进一步的说明。模糊学是从模糊数学开始的，以后又有模糊逻辑、模糊语言……就说模糊语言，我们天天开口讲话，从未怀疑过自己的语言是模糊的，但是说天气好，怎么叫好？天气暖，怎么叫暖？长得高，怎么叫高？这件事情好，怎么叫好？都是模糊的。我们可以对这些问题仔细分析、追根到底，但是要讲清楚却很难。混沌学被誉为继爱因斯坦的相对论和普朗克的量子力学之后二十世纪科学的第三个伟大的发现。关于混沌学，美国学者格莱克写过一本书《混沌：开创新科学》，此书有汉译本，我国周文斌先生在1990年11月8日《光明日报》写有书评，文中有一段话说："混沌学是关于系统的整体性质的科学，它扭转科学中简化论的倾向，即只从系统的组成零件夸克、染色体或神经元来作分析的倾向，而努力寻求整体，寻求复杂系统的普遍行为。它把相距甚远各方面的科学家带到了一起，使以往的那种分工过细的研究方法发生了戏剧性的倒转，亦使整个数理科学开始改变自己的航向。它揭示了有序与无序的统一，确定性与随机性的统一，是过程的科学而不是状态的科学，是演化学而不是存在的科学。它覆盖面之广，几乎涉及自然科学与社会科学的各个领域。"为什么在二十世纪后半期，西方有识之士开创了与西方文化整个背道而驰的模糊学、混沌学呢？这说明他们已经痛感西方分析的思维方式不行了。世上万事万物没有绝对的、百分之百的正确，金无足赤、人无完人，绝对的好、绝对的美是不存在的，一切都是相对的。分析的方法有限度，要把一切都弄得清清楚楚是办不到的。必须改弦更张、另求出路，这样人类文化才能继续向前发展。

我说三十年河东，三十年河西，许多事情就是这样。从整个世纪来看中国文化在世界上占领导地位，这是东方，三十年河东。到明朝末年、西方文化自天主教传入起，至今几百年了，西方资本主义的物质文明给人类带来很大的福利，但另一方面也带来灾难，癌症、艾滋病、淡水资源短缺、环境污染、生态平衡的破坏等等。这些灾难中任何一个解决不了，人类就难以继续生存。怎么办？人类到了今天，三十年河西要过，我们就像接力赛一样，在西方文化的基础上，接过这一棒，用东方文化的综合思维方式解决这些问题，去除掉这些弊端。所谓综合，就是整体观念、普遍联系这八个字。西方的哲学思维是只见树木不见森林，只从个别细节上穷极分析，而对这些细节之间的联系则缺乏宏观的概括，认为一切事物都是一清如水，而实际情况并非如此。我认为中国的东方的思维方式从整体着眼，从事物之间的联系着眼更合乎辩证法的精神。就像中医治病是全面考虑、多方照顾，一服中药，药分君臣，症治关键，医头痛从脚上下手，较西医的头痛治头、脚痛治脚更合乎辩证法。

总之，我认为，西方形而上学的分析已快走到尽头，而东方的寻求整体的综合必将取而代之。以分析为基础的西方文化也将随之衰微，代之而起的必然是以综合为基础的东方文化。“取代”不是“消灭”，而是在过去几百年来西方文化所达到的水平的基础上，用东方的整体着眼和普遍联系的综合思维方式，以东方文化为主导，吸收西方文化中的精华，把人类文化的发展推向一个更高的阶段。这种取代，在二十一世纪中就可见分晓。二十一世纪，东方文化的时代，这是不以人们的主观愿望为转移的客观规律。

1992年3月

只有东方文化能拯救人类

我们正处在一个新的“世纪末”中。所谓“世纪”和“世纪末”，本来是人为地创造出来的。非若大自然中的春、夏、秋、冬，秩序井然，不可更易，而且每岁皆然，决不失信。“世纪”则不同，没有耶稣，何来“世纪”？没有“世纪”，何来“世纪末”？道理极明白易懂。然而一旦创造了出来，它就产生了影响，就有了威力。上一个“世纪末”，十九世纪的“世纪末”，在西方文学艺术等意识形态领域中就出现过许多怪异现象，甚至有了“世纪末病”这样的名词，这是众所周知的事实，无待辩论与争论。

当前这一个“世纪末”怎样呢？

我看也不例外。世界上许多国家和地区都出现了政治方面天翻地覆的变化，不能不令人感到吃惊。就是在意识形态领域内，也不平静。文化或文明的辩论或争论就很突出。平常时候，人们非不关心文化问题，只是时机似乎没到，争论不算激烈。而今一到世纪之末，人们非常敏感起来，似乎是憬然醒悟，于是东西各国的文人学士讨论文化的兴趣突然浓烈起来，写的文章和开的会议突然多了起来。许多不同的意见，如悬河泄水，滔滔不绝，五光十色，纷然杂陈。这样就形成了所谓“文化热”。

在这一股难以抗御的“文化热”中，我以孤陋寡闻的“野狐”之身，虽无意随喜，却实已被卷入其中。我是一个有话不说辄如骨鲠在喉的人，在许多会议上，在许多文章中，大放厥词，多次谈到我对文化，特别是东方文化与西方文化的联系，以及东方文化在未来的新世纪中所起的作用和所占的地位等等的看法。颇引起了一番不同的反响。

为说明问题计，现无妨把我个人对文化和与文化有着的一些问题的看法简要加以阐述。我认为，在过去若干千年的人类历史上，民族和国家，不论大小久暂，几乎都在广义的文化方面做出了自己的贡献。这些贡献的大小不同，性质不同，内容不同，影响不同，深浅不同，长短不同，但其为贡献则一也。人类的文化宝库是众多的民族或国家共同建造成的。使用一个文绉绉的术语，就是“文化多元主义”。主张世界上只有一个民族创造了文化，是法西斯分子的话，为我们所不能取。

文化有一个很突出的特点，就是，文化一旦产生，立即向外扩散，也就是我们常说的“文化交流”。文化决不独占山头，进行割据，从而称王称霸，自以为“老子天下第一”，世袭珍藏，把自己孤立起来。文化是“天下为公”的。不管肤色，不择远近，传播扩散。人类到了今天，之所以能随时进步，对大自然，对社会，对自己内心认识得越来越深入细致，为自己谋的福利越来越大，重要原因之一就是文化交流。

文化虽然千差万殊，各有各的特点；但却又能形成体系。特点相同、相似或相近的文化，组成了一个体系。据我个人的分法，纷纭复杂的文化，根据其共同之点，共可分为四个体系：中国文化体系，印度文化体系，阿拉伯伊斯兰文化体系，自古希腊、罗马一直到今天欧美的文化体系。再扩而大之，全人类文化又可以分为两大文化体系：前三者共同组成东方文化体系，后一者为西方文化体系。人类并没有创造出第三个大文化体系。

东西两大文化体系有其共同点，也有不同之处。既然同为文化，当然有其共同点，兹不具论。其不同之处则亦颇显著。其最基本的差异的根源，我认为就在于思维方式之不同。东方主综合，西方主分析，倘若仔细推究，这种差异在在有所表现，不论是在人文社会科学中，还是在理工学科中。我这个观点曾招致不少的争论。赞成者有之，否定者有之，想同我商榷者有之，持保留意见者亦有之。我总觉得，许多人（包括我自已在内）对东西方文化了解研究得都还不够深透，有的人连我的想法了解得也还不够全面，不够实事求是，却唯争论是尚，所以我一概置之不答。

有人也许认为，我和我们这种对文化和东西文化差异的看法，是当代或近代的产物。我自己过去就有过这种看法。实则不然。法国伊朗学者阿里·玛扎海里所著《丝绸之路》这一部巨著中有许多关于中国古代发明创造的论述，大多数为我们所不知。我在这里不详细介绍。我只引几段古代波斯人和阿拉伯人论述中国文化和希腊文化的话：

由扎希兹转载的一种萨珊王朝（226—Ca．640年）的说法是：

> 希腊人除了理论之外从未创造过任何东西。他们未传授过任何艺术。中国人则相反。他们确实传授了所有的工艺，但他们确实没有任何科学理论。（页329）

最后一句话不符合事实，中国也是有理论的。这就等于黑格尔说：中国没有哲学。完全是隔膜的外行话。书中还说：

> 在萨珊王朝之后，费尔多西、赛利比和比鲁尼等人都把丝绸织物、钢、砂浆、泥浆的发现一股脑儿地归于耶摩和耶摩赛德。但我们对于丝织物和钢刀的中国起源论坚信不疑。对于诸如泥浆——水泥等其余问题，它们有99%的可能性也是起源于中国。我们这样一来就可以理解安息—萨珊—阿拉伯—土库曼语中一句话的重大意义：“希腊人只有一只眼睛，唯有中国人才有两只眼睛。”约萨法·巴尔巴罗于1471年和1474年在波斯就曾听到过这样的说法。他同时还听说过这样一句学问深奥的表达形式：“希腊人仅懂得理论，唯有中国人才拥有技术。”（页 376）

关于一只眼睛和两只眼睛的说法，我还要补充一点：其他人同样也介绍了另外一种说法，它无疑是起源于摩尼教：

> 除了以他们的两只眼睛观察一切的中国人和仅以一只眼睛观察的希腊人之外，其他的所有民族都是瞎子。（页329）

我之所以这样不厌其烦地引这许多话，决不是因为外国人夸中国人有两只眼睛而沾沾自喜，睥睨一切。令我感兴趣的是，在这样漫长的时间以前，在波斯和阿拉伯地区就有了这样的说法。我们今天不能不佩服他们观察的细致与深刻，一下子就说到点子上。除了说中国没有理论我不能同意之外，别的意见我是完全同意的。在当时的世界上，确实只是中国和希腊有显著、突出、辉煌的文化。现在中国那一小撮言必称希腊的学者们或什么“者们”，可以憬然醒悟了。

但是这也还不是令我最感兴趣的问题。我最浓烈的兴奋点在于，正如我在上面所说的那样，畅谈东西文化之分，极富于近现代的摩登色彩。波斯和阿拉伯传说都证明：东西文化之分的说法，古已有之，于今为烈而已。其次，令我感到欣慰的是，文化的东西二分法，我并非始作俑者，古代的“老外”已先我言之矣。令我更感到欣慰的是我讲的东西方思维方式是东西文化的基础。波斯和阿拉伯古代的说法，我认为完全证实了我的看法。分析出理论，综合出技术，难道不是这样子吗？

时至今日，古希腊连那一只眼睛也早已闭上，欧洲国家继承并发扬了古希腊辉煌的文化，使欧洲文化光照寰宇。工业革命以后，技术也跟了上来，普天之下，莫非欧风。欧美人昏昏然陶醉于自己的胜利之中，以“天之骄子”自命，好像有了两三只眼睛。但他们完全忘记了历史，忽视了当前的危机。而中国呢，则在长时期内，由于内因和外因的缘故，似乎把两只眼睛都已闭上。古代灿烂文化不绝如缕。初则骄横自大，如清初诸帝那样，继则震于西方的船坚炮利，同样昏昏然拜倒在西方的什么裙下，一直到了今天，微有苏醒之意，正在奋发图强中。

从上面谈到的历史事实中，我得出了一个结论：上下五千年，纵横十万里，东西文化的变迁是“三十年河东，三十年河西”。这本来是两句老生常谈，是老百姓的话，并不是我的发明创造。我提出来说明东西文化的关系，国内外都有赞成者，国内也有反对者，甚至激烈反对者。我窃以为这两句话只说明了一个事实。中国古代哲学讲变易，佛家讲无常，连辩证法也讲事物时时都在变化中。大自然、人类社会和人类内心，无不证明这两句话的正确。我不过捡来利用而已。《三国演义》开宗明义就说：“话说天下大势，分久必合，合久必分。”说的不也就是这个浅显的道理吗？

可是东西方都有人昧于这个浅显的道理。特别是在西方，颇有人在有意识或无意识中，觉得自己的辉煌文化会万岁千秋地辉煌下去的。中国追随者也大有人在。他们根本没有意识到，文化也像世间的万事万物一样，不会永驻的，也是有一个诞生、发展、成长、衰竭、消逝的过程的。

但是，中国有一句俗话：是非自在人心。人是能够辨是非，明事理的。以自己的文化自傲的西方人也不例外。在第一次世界大战以前，西方这种人简直如凤毛麟角。一战爆发，惊醒了某一些有识之士。事实上在一战爆发前，就有人有了预感。德国学者奥斯瓦尔德·斯宾格尔（Oswald Spengler）在1911年就预感到世界大战迫在眉睫。后来大战果然爆发。从1917年起，斯宾格尔就开始写《西方的没落》。书一出版，立即洛阳纸贵。他的基本想法是：文化都可以分为四个阶段：一，青春；二，生长；三，成熟；四，衰败。尽管他的推论方法，收集资料，还难免有主观唯心的色彩。但是，他毕竟有这一份勇气，有这一份睿智，敢预言当时如日中天的、他认为在世界历史上八个文化中唯一还有活力的文化也会“没落”。我们不能不对他表示敬意。美中不足的是，他还没有认识到东方文化和西方文化的存在和交流关系。（参阅齐世荣等译《西方的没落》上下册，商务印书馆，1995年）

在西方，继斯宾格尔而起的是英国历史学家汤因比（Arnold J.Toynbee，1889－1975年）。他自称是受到了前者的影响。二人同样反对“欧洲中心主义”，是他们有先见卓识之处。汤因比继承了斯宾格尔的意见，认为文化——他称之为“文明”——都有生长一直到灭亡的过程。他把人类历史上的文明分为21种，有时又分为26种。这些意见都表述在他的巨著《历史研究》中（1934－1961年），共十二卷。他比斯宾格尔高明之处，是引入东方文化的讨论。到了七十年代，他同日本社会活动家池田大作对话时，更进一步加以发挥，寄希望于东方文化。（参阅《展望二十一世纪》，国际文化出版公司，1985年）

我并不认为，斯宾格尔和汤因比——继他们之后欧美一些国家还有一批哲学家和历史学家、社会学家，赞成他们的意见，我在这里不具引——等的看法都百分之百正确。但在举世昏昏，特别是欧美人昏昏的情况下，唯独他们闪耀出一点灵光，是十分难能可贵的。他们的看法从大体上来看，我认为是正确的。如果借用上面提到的古代波斯和阿拉伯人的说法，我就想说：希腊人及其后代的那一只眼睛，后来逐渐变成了两只眼睛；可物极必反，现在快要闭上了。中国人的两只眼睛，闭上了一阵，现在又要睁开了。

闭了眼睛的欧美人士，绝大多数一点也不了解东方，而且压根儿也没有了解的愿望。我最近多次听人说到，西方至今还有人认为中国人还缠小脚，拖辫子，抽大烟，养小老婆。甚至连文人学士还有不知道鲁迅为何许人者。在这样地球越变越小，信息爆炸的时代，西方之“文明人”竟还如此昏聩，真不能不令人大为惊异。反观我们中国，情况恰恰相反。欧美的一切，我们几乎都加以崇拜。汉堡包、肯德基、比萨饼，甚至莫须有的加州牛肉面，只要加一个洋字，立即产生人魅力，群众趋之若鹜。连起名字，有的都带有点洋味。个人名字与店铺名字，莫不皆然。至于化妆品，外国进口的本来就多。中国自造的也多冠以洋名，以广招徕。爱国之士，无不痛心疾首，谴责这种崇洋媚外的风气和行为。然而，从一分为二的观点来看，也有其有利的一面。孙子说：“知己知彼，百战不殆。”专就东西而论，现在的情况是，我们对西方几乎是了若指掌，而西方对东方则如上面所说的那样，是一团漆黑。将来一旦有事，哪一方面占有利条件和地位，昭如日月矣。

对西方的文化，鲁迅先生曾主张“拿来主义”。这个主义至今也没有过时。过去我们拿来，今天我们仍然拿来，只要拿得不过头，不把西方文化的糟粕和垃圾一并拿来，就是好事，就会对我们国家的建设有利。但是，根据我上面讲的情况，我觉得，今天，在拿来主义的同时，我们应该提倡“送去主义”，而且应该定为重点。为了全体人类的福利，为了全体人类的未来，我们有义务要送去的，但我们决不会把糟粕和垃圾送给西方。不管他们接受，还是不接受，我们总是要送的。《诗经·大雅》说：“投我以桃，报之以李。”西方文化给人类带来了一些好处。我们中国人，我们东方人，是懂得感恩图报的民族。我们决不会白吃白拿。

那么，报些什么东西呢？送去些什么东西呢？送去的一定是我们东方文化中的精华。送去要有针对性，针对的就是我在上面提到的那一个西方文化产生的“危机”。光说“危机”，过于抽象。具体地说，应该说是“弊端”。近几百年以来，西方文化产生的弊端颇多，举其大者，如环境污染、大气污染、臭氧层破坏、生态平衡破坏、物种灭绝、人口爆炸、新疾病丛生、淡水资源匮乏，等等。此等弊端，如不纠正，则人类前途岌岌可危。弊端产生的根源，与西方文化的分析的思维方式有紧密联系。西方对为人类提供生存所需的大自然分析不息，穷追不息，提出了“征服自然”的口号。“天何言哉！”然而“天”——大自然却是能惩罚的，惩罚的结果就产生了上述诸种弊端。

拯救之方，我认为是有的，这就是“改弦更张”、“改恶向善”，而这一点只有东方文化能做到。东方文化的基本思维方式是综合，表现在哲学上就是“天人合一”，张载的《西铭》是一篇表现“天人合一”思想最精辟的文章：“乾称父，坤称母，予兹藐焉，乃混然中处。故天地之塞吾其体，天地之帅吾其性。民吾同胞，物吾与也。（下略）”印度哲学中的“梵我一如”，也表达了同样的思想。总之，东方文化主张人与大自然是朋友，不是敌人，不能讲什么“征服”。只有在了解大自然，热爱大自然的条件下，才能伸手向大自然索取人类衣、食、住、行所需要的一切。也只有这样，人类的前途才有保障。

我们要送给西方的就是这种我们文化中的精华。这就是我们“送去主义”的重要内容。

我们的“李”送了出去，接受不接受呢？实际上，我们还没有正式地送，大规模地送。连我们东方人自己，其中当然包括中国人，还不知道，还不承认自己有这种宝贝，我们盲目追随西方，也同样向自然界开过战，我们也同样有那一些弊端，立即要求西方接受，不也太过分了吗？不过，倘若稍稍留意，人们就会发现，现在世界各国，不管出于什么动机，也不管是根据什么哲学，注意到上述弊端而又力求改变的人越来越多了。今年《日本经济新闻》刊载了高木韧生的文章，说二十一世纪科研重点将是“人类生存战略”。这的确是见道之言。我体会，这里所说的“科研”包括文理两个方面。作者把科研提高到“人类生存”这个高度来看，不能不谓之有先见之明，应该受到我们大家的最高的赞扬。至于惊呼人口爆炸的文章，慨叹新疾病产生的议论，让人警惕环境污染、臭氧层破坏、生态平衡的破坏、淡水资源的匮乏等等的号召，几乎天天可见。人类变得聪明起来了，人类前途不是漆黑一片了。我想，世纪各国每一个有心人，无不为之欢欣鼓舞。我这一个望九之年的耄耋老人，也为之手舞足蹈了。

我在上面刺刺不休说了那么多话，画龙点睛，不出一点：我曾在一次国际学术讨论会上说过一篇短话，题目叫做“只有东方文化能够拯救人类”。我在上面说的千言万语，其核心就是这一句短短的话。至于已经来到我们门前的二十一世纪究竟会是什么样子？西方文化究竟如何演变？东方文化究竟能起什么具体的不是空洞的作用？人类的前途究竟何去何从？所有这一切问题，都有待于历史发展的进程来加以证明。从前我读过一个近视眼猜匾的笑话。现在新的一个世纪还没有来临，匾还没有挂出来，上面有什么字，我们还不能知道。不管自诩眼睛多么好，看得多么远，在这一块尚未挂出来的匾前，我们都是近视眼。

在这个情况下，我认为，我们最重要的任务就是学习，就是了解。我们责怪西方不了解东方文化，不了解东方，不了解中国，难道我们自己就了解吗？如果是一个诚实的人，他就应该坦率地承认，我们中国人自己也并不全了解中国，并不全了解东方，并不全了解东方文化。实在说，这是一出无声的悲剧。

了解的唯一途径就是学习，而学习首先必须有资料。对我们知识分子来说，学习资料首先是文字，也就是书籍。环顾当今世界，在“欧洲中心论”还有市场的情况下，在西方某一些人还昏昏然没有睁开眼睛的时候，有关东方的书籍，极少极少。有之，亦多有偏见，不能客观。西方如此，东方也不例外。即使我们有学习的愿望，也是欲学无书。当然，东方各国的情况不尽相同，各国刊出书籍的多寡也不尽相同。但总之是很少的。有的小一点的国家，可形同空白。有个别东方国家几乎毫无人知，它们存在于一团迷雾中，若明若暗，似有似无。这也是一出无声的悲剧。

就是为了这个缘故，我们这一批人不自量力——或者更明确地说是认真“量”过了自己的“力”，倡议编纂这一套巨大空前的《东方文化集成》。虽然，我们目前的队伍，由于历史造成的原因，还不是太大；我们的基础还不是太雄厚；但是，我们相信主观能动性。我们想“挽狂澜于既倒”，我们决非徒托空言。世界人民、东方人民、中国人民的需要，是我们的动力。东方人民和西方人民的相互了解，是我们的愿望。东方人民和西方人民越来越变得聪明，是我们的追求。我们老、中、青三结合，而对著作的要求则是高水平的。我们希望，能通过这个活动，既提高了中国对东方文化的研究水平，又能培养出一批学有专长的人才，收得一举两得之效。

我们既反对“欧洲中心主义”，我们反对民族歧视。但我们也并不张扬“东方中心主义”。如果说到或者想到，在二十一世纪东方文化将首领风骚的话，那也是出于我们对历史发展的观察与预见，并不出于什么“主义”。本着这种精神，我们对东方几十个国家一视同仁。国家不论大小，人口不论多寡，历史不论久暂，地位不论轻重，我们都平等对等，决不抬高与贬低，拜倒与歧视。每一个东方国家都在我们丛书中占有地位。但国家毕竟不同，资料毕竟多寡悬殊。我们也无法强求统一。有的国家占的篇幅多一点，有的少一点。这是实事求是，与歧视毫无关联。我们虔诚希望，在即将来临的二十一世纪中，中国的两只眼睛都能睁开，而且睁得大大的，明亮而睿智。世界上各个民族也都有了两只眼睛，都要睁得大大的，明亮而且睿智。我们共同学习，努力互相了解。我们坚决相信，只有能做到这一步，人类会越来越能互相了解，世界和平越来越成为可能，人类的日子会越来越好过，不管还需要多么长的时间，人类有朝一日总会共同进入太平盛世，共同进入大同之域。

1996年3月20日

（本文为《东方文化集成》总序）

中国文化的内涵

我曾经把文化分为两类：狭义的文化和广义的文化。狭义指的是哲学、宗教、文学、艺术、政治、经济、伦理、道德等等。广义指的是包括精神文明和物质文明所创造的一切东西，连汽车、飞机等等当然都包括在内。

周一良先生曾把文化分为三个层次：狭义的、广义的、深义的。前二者用不着再细加讨论，对于第三者，深义的文化，周先生有自己的看法。他说："在狭义文化的某几个不同领域，或者在狭义和广义文化的某些互不相干的领域中，进一步综合、概括、集中、提炼、抽象、升华，得出一种较普遍地存在于这许多领域中的共同东西。这种东西可以称为深义的文化，亦即一个民族文化中最为本质或最具有特征的东西"。他举日本文化为例，他认为日本深义的文化的特质是"苦涩"、"闲寂"。具体表现是简单、质朴、纤细、含蓄、古雅、引而不发、不事雕饰等。周先生的论述和观察，是很有启发性的。我觉得，他列举的这些现象基本上都属于民族心理状态或者心理素质，以及生活情趣的范畴。

把这个观察应用到中华民族文化上，会得到什么结果呢？我不想从民族心态上来探索，我想换一个角度，同样也能显示出中华文化的深层结构或者内涵。

在这个问题上，寅恪先生实际上已先我着鞭。在《王观堂先生挽词·序》中，寅恪先生写道：

> 吾中国文化之定义，具于《白虎通》三纲六纪之说，其意义为抽象理想最高之境，犹希腊柏拉图所谓 Idea 者。

我觉得，这是非常精辟的见解。在下面谈一下我自己的一些想法。

中国哲学同外国哲学不同之处极多，其中最主要的差别之一就是，中国哲学喜欢谈论知行问题。我想按照知和行两个范畴，把中国文化分为两部分：一部分是认识、理解、欣赏等等，这属于知的范畴；一部分是纲纪伦常、社会道德等等，这属于行的范畴。这两部分合起来，形成了中国文化。在这两部分的后面存在着一个最为本质，最具有特征的、深义的中华文化。

寅恪先生论中国思想史时指出：

> 南北朝时，即有儒释道三教之目。（中略）故自晋至今，言中国之思想，可以儒释道三教代表之。此虽通俗之谈，然稽之旧史之事实，验以今世之人情，则三教之说，要为不易之论。（中略）故两千年来华夏民族所受儒家学说之影响，最深最巨者，实在制度法律公私生活之方面，而关于学说思想之方面，或转有不如佛道二教者。

事实正是这个样子。对中国思想史仔细分析，衡之以我上面所说的中国文化二分说，则不难发现，在行的方面产生影响的主要是儒家，而在知的方面起决定作用的则是佛道二家。潜存于这二者背后那一个最具中国特色的深义文化是三纲六纪等伦理道德方面的东西。

专就佛教而言，它的学说与实践也有知行两个方面。原始佛教最根本的教义，如无常、无我、苦，以及十二因缘等等，都属于知的方面。八正道、四圣谛等，则介于知行之间，其中既有知的因素，也有行的成分。与知密切联系的行，比如修行、膜拜，以及涅槃、跳出轮回，则完全没有伦理的色彩。传到中国以后，它那种无父无君的主张，与中国的三纲六纪等等，完全是对立的东西。在与中国文化的剧烈冲击中，佛教如果不能适应现实情况，必然不能在中国立定脚跟，于是佛教只能做出某一些伪装，以求得生存。早期佛典中有些地方特别强调“孝”字，就是歪曲原文含义以适应中国具有浓厚纲纪色彩文化的要求。由此也可见中国深义文化力量之大、之不可抗御了。

这一点，中国不少学者是感觉到了的。我只举几个例子。这些例子全出于《论中国传统文化》，中国文化书院讲演录第一集。

梁漱溟先生说：

> 中国人把文化的重点放在人伦关系上，解决人与人之间怎样相处。

冯友兰先生说：

> 基督教文化重的是天，讲的是“天学”；佛教讲的大部分是人死后的事，如地狱、轮回等，这是“鬼学”，讲的是鬼；中国的文化讲的是“人学”，注重的是人。

庞朴先生说：

> 假如说希腊人注意人与物的关系，中东地区则注意人与神的关系，而中国是注意人与人的关系，我们的文化的特点是更多地考虑社会问题，非常重视现实的人生。

这些意见都是非常正确的。事实上，孔子就是这种意见的代表者。“子不语怪、力、乱、神”，就是证明。他自己还说过：“未知生，焉知死。”

国外一些眼光敏锐的思想家也早已看到了这一点，比如德国最伟大的诗人歌德，就是其中之一。1827年1月29日同爱克曼谈“中国的传奇”时，他说：

> 中国人在思想、行为和情感方面几乎和我们一样，使我们很快就感到他们是我们的同类人，只是在他们那里一切都比我们这里更明朗，更纯洁，也更合乎道德。（中略）还有许多典故都涉及道德和礼仪。正是这种在一切方面保持严格的节制，使得中国维持到几千年之久，而且还会长存下去。

连在审美心理方面，中国人、中国思想、中国文化都有其特点。

日本学者岩山三郎说：

> 西方人看重美，中国人看重品。西方人喜欢玫瑰，因为它看起来美，中国人喜欢兰竹，并不是因为它们看起来美，而是因为它们有品。它们是人格的象征，是某种精神的表现。这种看重品的美学思想，是中国精神价值的表现，这样的精神价值是高贵的。

我在上面的论述，只是想说明一点：中国文化同世界其他国家的文化，既然同为文化，必然有其共性。我在这里想强调的却是它的特性。我认为，中国文化的特性最明显地表现在或者可以称为深义的文化上，这就是它的伦理色彩，它所张扬的三纲六纪，以及解决人与人之间的关系的精神。

1990年

（本文节选自《陈寅恪先生的道德文章》）

从宏观上看中国文化

最近几年，在全国范围内，掀起了一股“文化热”的高潮。这是完全可以理解的。我们国家的社会主义建设发展到了今天这个地步，在接受几十年来的经验和教训的基础上，大家都认识到，文化建设的任务已经提到议事日程上来了。我想大家都会同意，人类历史上任何社会，都不能专靠科技来支撑，物质文明与精神文明同步建设。我们今天的社会也决不能是例外。

在众多讨论中国传统文化与现代化问题的论文和专著中，有很多很精彩的具有独创性的意见。我从中学习了不少非常有用的东西，我在这里不详细去叙述。我只有一个感觉，这就是，讨论中国文化，往往就眼前论眼前，从几千年的历史上进行细致深刻的探讨不够，从全世界范围内进行最广阔的宏观探讨更不够。我个人觉得，探讨中国文化问题，不能只局限于我们生活于其中的这几十年、近百年，也不能局限于我们居住于其中的960万平方公里。我们必须上下数千年，纵横数万里，目光远大，胸襟开阔，才能更清楚地看到问题的全貌，而不至于陷入井蛙的地步，不能自拔。总之，我们要从历史上和地理上扩大我们的视野，才能探骊得珠。

我们眼前的情况怎样呢？从十九世纪末叶以来，我们就走了西化的道路。当然，西化的开始还可以更往前追溯，一直追溯到明末清初。但那时规模极小，也没有向西方学习的意识，所以我不采取那个说法，只说从十九世纪末叶开始。从中国社会发展的需要来看，从全世界文化交流的规律来看，这都是不可避免的。近几百年以来，西方文化，也就是资本主义文化，垄断了世界。资本主义统一世界市场的形成，把世界上一切国家都或先或后地吸收过去。这影响表现在各个方面。不但在政治、经济方面到处都打上了西方的印记，在文学方面也形成了“世界文学”，从文学创作的形式上统一了全世界。在科学、技术、哲学、艺术等等方面，莫不皆然。中国从前清末叶到现在，中间经历了许多惊涛骇浪，帝国统治、辛亥革命、洪宪窃国、军阀混战、国民党统治、抗日战争、解放战争，一直到中华人民共和国建立后的社会主义初级阶段，我们西化的程度日趋深入。到了今天，我们的衣、食、住、行，从头到脚，从里到外，试问哪一件没有西化？我们中国固有的东西究竟还留下了多少？我看，除了我们的一部分思想感情以外，我们真可以说是“全盘西化”了。

我并不认为这是一件坏事。我认为，这是一件天大的好事。无论如何，这是一件不可抗御的事。我一不发思古之幽情，二不想效法九斤老太；对中国自然经济的遭到破坏，对中国小手工业生产方式的消失，我并不如丧考妣，惶惶不可终日。我认为，有几千年古老文明的中国，如果还想存在下去，就必须跟上世界潮流，决不能让时代潮流甩在后面。这一点，我想是绝大多数的中国有识之士所共同承认的。

但是，事情还有它的另外一面，它也带来了不良后果。这最突出地表现在一些人的心理上。在解放前，侨居上海的帝国主义者在公园里竖上木牌，上面写着：“华人与狗不许入内”。这是外来的侵略者对我们中华民族的污辱。这是容易理解的。但是，解放以后，我们号称已经站起来了，然而崇洋媚外的心理并未消失。古已有之，于今为烈。这是十分令人痛心的事。五十年代曾批判过一阵这种思想，好像也并没有收到预期的效果。到了“十年浩劫”，以“四人帮”为首的一帮人，批崇洋媚外，调门最高，态度最“积极”。在国外读过书的知识分子，几乎都被戴上了这顶帽子。然而，实际上真正崇洋媚外的正是“四人帮”及其爪牙自己。现在，“四人帮”垮台已经十多年了，社会上崇洋媚外的风气，有增无减。有时简直令人感到，此风已经病入膏肓。贾桂似的人物到处可见。多么爱国的人士也无法否认这一点。有识之士惄然忧之。这种接近变态的媚外心理，我无论如何也难以理解。凡是外国的东西都好，凡是外国人都值得尊敬，这是一种反常的心理状态。中国烹调享誉世界。有一些外国食品本来并不怎么样；但是，一旦标明是舶来品，立即身价十倍，某一些味觉顿经改造的人们，蜂拥而至，争先恐后。连一些外国朋友都大惑不解，只有频频摇头。

在这样的情况下，要来谈中国文化，真正是戛戛乎难矣哉。在严重地甚至病态地贬低自己文化的氛围中，人们有意无意地抬高西方文化，认为自己一无是处，只有外来的和尚才会念经。这样怎么能够客观而公允地评价中国文化呢？我的意思并不是要说，要评价中国文化，就必须贬低西方文化。西方文化确有它的优越之处。十九世纪后半叶，中国人之所以努力学习西方，是震于西方的船坚炮利。在以后的将近一百年中，我们逐渐发现，西方不仅是船坚炮利，在精神文明和物质文明方面，他们都有许多令人惊异的东西。想振兴中华，必须学习西方，这是毫无疑问的。二十世纪二十年代，就有人提出了“全盘西化”的口号。今天还有不少人有这种提法或者类似的提法。我觉得，提这个口号的人动机是不完全一样的。有的人出于忧国忧民的热忱，其用心良苦，我自谓能充分理解。但也可能有人别有用心。这问题我在这里不详细讨论。我只想指出，人类历史证明，全盘西化（或者任何什么化）理论上讲不通，事实上办不到。但这并不影响我们向西方学习。我们必须向西方学习，今天要学习，明天仍然要学习，这是决不能改变的。如果我们固步自封，回到老祖宗走过的道路上去，那将是非常危险的。

但是，我始终认为，评价中国文化，探讨向西方文化学习这样的大问题，正如我在上面已经讲过的那样，必须把眼光放远，必须把全人类的历史发展放在眼中，更必须特别重视人类文化交流的历史。只有这样，才能做到公允和客观。我是主张人类文化产生多元论的，人类文化绝不是哪一个国家或民族单独创造出来的。法西斯分子有过这种论调，他们是别有用心的。从人类几千年的历史来看，民族和国家，不论大小，都或多或少地对人类文化宝库做出了自己的贡献。这恐怕是一个历史事实，是无法否认掉的。同样不可否认的事实是，每一个民族或国家的贡献又不完全一样。有的民族或国家的文化对周围的民族或国家产生了比较大的影响，积之既久，形成了一个文化圈或文化体系。根据我个人的看法，人类自从有历史以来，总共形成了四个大文化圈：古希腊、罗马一直到近代欧美的文化圈，从古希伯来起一直到伊斯兰国家的闪族文化圈，印度文化圈和中国文化圈。在这四个文化圈内各有一个主导的、影响大的文化，同时各个民族或国家又是互相学习的。在各个文化圈之间也是一个互相学习的关系，这种相互学习就是我们平常所说的文化交流。我们可以毫不夸大地说，文化交流促进了人类文化的发展，推动了社会前进。

倘若我们从更大的宏观上来探讨，我们就能发现，这四个文化圈又可以分为两大文化体系：第一个文化圈构成了西方大文化体系；第二、三、四个文化圈构成了东方大文化体系。“东方”在这里既是地理概念，又是政治概念，即所谓第三世界。这两大文化体系之间的关系也是互相学习的关系。仅就目前来看，统治世界的是西方文化。但是从历史上来看，二者的关系是三十年河东，三十年河西。

人类历史上曾出现过许多文化，欧洲史学家早有这个观点，最著名的代表是英国历史学家汤因比。他在他的巨著《历史研究》里，从世界历史全局出发，共发现了21个或23个文化（汤因比称之为社会或者文明）：西方社会、东正教社会（又可以分为拜占庭和俄罗斯两个东正教）、伊朗社会、阿拉伯社会、印度社会、远东社会（又可以分为中国和朝鲜、日本两部分）、古希腊社会、叙利亚社会、古印度社会、古代中国社会、米诺斯社会、印度河流域社会、苏末社会、赫梯社会、巴比伦社会、埃及社会、安第斯社会、墨西哥社会、尤卡坦社会、玛雅社会、黄河流域古代中国文明以前的商代社会。

汤因比明确反对只有一个社会——西方社会这一种文明统一的理论。他认为这是“误入歧途”，是一个“错误”。虽然世界各地的经济和政治面貌都已经西化了，其他的社会（文明）大体上仍然维持着本来的面目。文明的河流不止西方这一条。

汤因比在本书的许多地方，另外在自己其他著作，比如《文明经受着考验》（沈辉等译，1988年第1版，浙江人民出版社）中，提出了一个观点：文明发展有四步骤：起源、生长、衰落、解体。在《文明经受着考验》第101页，他提到德国学者斯宾格勒的名著《西方的没落》，给了很高的评价，也提到了斯宾格勒思想方法的局限性。在《历史研究》的结尾处，第429～430页，他写道：

> 当作者进行他的广泛研究时发现他所搜集到的各种文明大多数显然已经是死亡了的时候，他不得不做出这样的推论：死亡确是每个文明所面对着的一种可能性，作者本身所隶属的文明也不例外。

他对每一个文明都不能万岁的看法是再明确不过的了。

了解了我在上面谈到的这些情况，现在再来看中国文化，我们的眼光就比以前开阔多了。在过去相当长的历史时期内，中国文化对世界文化的发展产生了影响，这是我们的骄傲，这也是一个历史事实。汤因比对此也有所论述，他对中国过去的文化有很好的评价。但是，到了后来，我们为什么忽然不行了呢？为什么现在竟会出现这样崇洋媚外的思想呢？为什么西方某一些人士也瞧不起我们呢？我觉得，在这里，我们自己和西方一些人士，都缺少历史的眼光。我们自己应该避免两个极端：一不能躺在光荣的历史上，成为今天的阿Q；二不能只看目前的情况，成为今天的贾桂。西方人应该力避一个极端，认为中国什么都不行，自己什么都行，自己是天之骄子，从开天辟地以来就是如此，将来也会永远如此。

那么，我们应该怎么办呢？我们东西双方都要从历史和地理两个方面的宏观上来看待中国文化，决不能囿于成见，鼠目寸光，只见片段，不见全体；只看现在，不看过去，也不看未来。中国文化，在西方人士眼中，并非只有一个看法，只有一种评价。汉唐盛世我不去讲它了，只谈十六、七世纪以后的情况，也就能给我们许多启发。这一段时间，在中国是从明末到清初，在欧洲约略相当于所谓“启蒙时期”。在这期间，中国一方面开始向西方学习；另一方面，中国的文化也大量西传。关于这个问题，中西双方都有大量的记载，我没有可能，也没有必要一一加以征引。方豪在他的《中西交通史》中有比较详细而扼要的介绍。我在下面利用他的资料介绍一下在这期间中国文化流向西方的情况。

中国经籍之西传

“四书”、“五经”在中国历史上有至高无上的权威。如果中国经籍西传，首当其冲的理所当然的就是这些书。明朝万历二十一年（1593年），利玛窦将“四书”译为拉丁文，寄还本国。天启六年（1626年），比人金尼阁将“五经”译为拉丁文，在杭州刊印。到了清朝，殷铎泽与郭纳爵合译《大学》为拉丁文，康熙元年（1662年）刻于建昌。殷氏又将《中庸》译为拉丁文，于康熙六年（1667年）和康熙八年（1669年）分别刻于广州及印度果阿。《论语》之最早译本亦出殷、郭二人之手，亦为拉丁文。康熙二十年（1681年），比教士柏应理返回欧洲。康熙二十六年（1687年）在巴黎发刊其著作《中国之哲学家孔子》。中文标题虽为《西文四书解》，但未译《孟子》，名实实不相符。康熙二十六年（1687年），奥国教士白乃心用意大利文写的《中国杂记》出版。康熙五十年（1711年），布拉格大学图书馆出版卫方济用拉丁文翻译的“四书”及《孝经》、《幼学》，1783年至1786年译为法文。卫氏又以拉丁文著《中国哲学》，与上书同时同地刊出。白晋著有拉丁文《易经大意》，未刊。康熙四十年（1701年），白晋自北京致书德国大哲学家莱布尼茨，讨论中国哲学及礼俗。现在梵蒂冈图书馆中尚藏有西士研究《易经》之华文稿本14种，宋君荣曾译《书经》，刘应译《礼记》的一部分。康熙末年，马约瑟节译《书经》、《诗经》。康熙四十六年（1707年），马约瑟自建昌府致函欧洲，讨论儒教。雷孝思参加绘制《皇朝一统舆地全图》，对中国古籍亦有研究。傅圣译有《道德经评注》，为拉丁文及法文合译稿本。他又用法文译《诗经》。赫苍璧于康熙四十年（1701年）来华，亦曾从事翻译《诗经》。

到了雍正乾隆年间，中籍西译继续进行。宋君荣所译之《书经》于乾隆三十五年（1770年）刊于巴黎。他还研究中国经籍之训诂问题。孙璋为后期来华耶稣会神父中最精通汉学者，他所译拉丁文《诗经》附有注解。他又译有《礼记》，稿成未刊。蒋友仁制作圆明园中的喷水池，为人所艳称。他又深通汉籍，用拉丁文译有《书经》、《孟子》等书。乾隆时有一个叫钱德明的人，精通满汉文，译有《盛京赋》，并研究我国古乐及石鼓文等，他是西人中最早研究我国苗族及兵学者。乾隆四十年（1775年）在北京著《华民古远考》，列举《易经》、《诗经》、《书经》、《春秋》及《史记》为证。乾隆四十九年（1784年），又在北京刊印《孔子传》，为钱氏著作中之最佳者。此外，他还有《孔门弟子传略》，以乾隆四十九年（1784年）或次年刊于北京。韩国英译有《大学》及《中庸》，又著有《记中国人之孝道》。韩氏可能是十九世纪前西人研究我国经籍的最后一人。他的本行是生物学。

从明末到乾隆年间，中国经籍之西传，情况大体如上。既然传了过去，必然产生影响。有的影响竟与热心翻译中国经书之耶稣会神父的初衷截然相违。我在下面介绍方豪一段话：

> 介绍中国思想至欧洲者，原为耶稣会士，本在说明彼等发现一最易接受“福音”之园地，以鼓励教士前来中国，并为劝导教徒多为中国教会捐款。不意儒家经书中原理，竟为欧洲哲家取为反对教会之资料。而若辈所介绍之中国康熙年间之安定局面，使同时期欧洲动荡之政局，相形之下，大见逊色；欧洲人竟以为中国人乃一纯粹有德性之民族，中国成为若辈理想国家，孔子成为欧洲思想界之偶像。

中国俗话说“搬起石头砸自己的脚”，颇与此相类了。

受中国经籍影响的，以法、德两国的哲学家为主，英国稍逊。举其荦荦大者，则有法国大哲学家笛卡尔等。法国百科全书派也深受中国思想之影响。在德国方面，启蒙时期的大哲学家斯宾诺莎、莱布尼茨等，都直接受到了笛卡尔的影响，间接受到中国影响。康德认为，斯宾诺莎的泛神论完全受的是老子的影响。莱布尼茨二十一岁就受到中国影响。后与闵明我、白晋订交，直接接受中国思想。1697年，莱氏的拉丁文著作《中国近事》出版。他在书中说：“在实践哲学方面，欧洲人实不如中国人。”有人认为，康德的哲学也受了中国哲学的影响，特别宋儒理学。

中国经籍西传，不但影响了欧洲哲学，而且也影响了欧洲政治。在德国，莱布尼茨与华尔弗利用中国哲学推动了德国的精神革命。在法国，思想家们则认为中国哲学为无神论、唯物论与自然主义。这三者实为法国大革命之哲学基础。百科全书派全力推动革命的发展。法国大革命实质上是反宗教之哲学革命。法国的启蒙运动，也是以反宗教为开端的。形成这种反宗教的气氛者，归根结底是中国思想传播的结果。法国大革命前夕，中国趣味在法国以及整个欧洲广泛流行，宫廷与贵族社会为中国趣味所垄断。而宫廷与贵族又是左右法国政治的集团。则中国趣味对法国政治之影响，概可想见了。

百科全书派把反宗教和鼓吹革命的思想注入所撰写的百科全书中。他们与中国文化有深刻的接触。但因认识中国之渠道不同，对中国的意见也有分歧。孟德斯鸠与卢梭谈的多是欧洲旅客的游记等，对中国遂多有鄙薄之论。霍尔巴赫、服尔德、波勿尔、魁斯奈等等，所读多是耶稣会士之报告或书札，对中国文化多有钦慕之意。孟德斯鸠著《法意》第一卷第一章，给法律下定义，提出“万物自然之理”，主张“有理斯有法”，完全是宋儒思想。伏尔泰七岁即在耶稣会士主办的学校中受教育，对中国文化无条件地赞赏，在自己的小礼拜堂中，供孔子画像，朝夕礼拜。他认为，孔子所说：“仅为极纯粹之道德，不谈奇迹，不涉玄虚。”他说：“人类智慧不能获得较中国政治更优良之政治组织。”又说：“中国为世界最公正最仁爱之民族。”他还根据《赵氏孤儿》写了一部《中国孤儿》。狄德罗对中国有批评意见，但认为中国文化在各民族之上。卢梭承认中国为文明最高古国，但他认为文明并非幸福之表记，中国虽文明，而不免为异族所侵凌，他是“文明否定论者”。中国思想除了影响了上述的哲学家之外，还影响了所谓政治经济学上的“重农学派”。这一学派以自然法代替上帝的功能。他们倡导“中国化”，不遗余力，甚至影响了国王路易十五。英国经济学家亚当·斯密受了法国思想家的影响，在《原富》一书中应用中国材料颇多。

在德国，中国影响同样显著。大文豪歌德是一个突出的代表。哲学家也深受中国思想影响。莱布尼茨、斯宾诺莎，上面已经谈到。其他哲学家，康德、菲希特、谢林、黑格尔等，都受了莱布尼茨的影响，也可以说，间接受了中国影响。叔本华哲学中除了有印度成分外，也受了朱子的影响。

中国美术之西传

随着中国哲学思想之西传，中国美术也传入欧洲。欧洲美术史上的洛可可时代约始于1760年，即乾隆二十五年，至十八世纪末而未衰。此时中国美术传入，产生了显著影响。在绘画上重清淡之色彩。在建筑上力避锐角方隅，多用圆角。在文学上则盛行精致的小品。在哲学上采用模棱两可的名词。这与流行于当时的“中国趣味”或“中国风”是分不开的。

中国情趣表现在许多方面，首先是在园林布置方面。欧洲人认为，中国园艺兼有英、法二国之长。他们说，中国园艺匠心独运，崇尚自然，不像欧洲那样整齐呆板。于是中国式的庭园一时流行于欧洲各国，法国、英国、德国等地都出现了中国庭园的模仿物，遗迹至今尚能见到。

中国绘画也传入欧洲，主要是中国的山水画和人物画，在瓷器上表现最为突出。有一些画家也作有中国情趣的绘画，比如孤岛帆影、绿野长桥之类。据说凡高也学过中国泼墨画。

除了绘画之外，中国用具也流行欧洲。轿顶围的质料与颜色，受到中国影响。中国扇子、镜子传入欧洲。十七世纪后半叶，法国能制绸。中国瓷器西传，更不在话下。同时中国瓷器也受到西洋影响。

明末至清朝乾隆年间中国经籍和美术西传的情况大体上就是这个样子。

我现在举一个说明西方人如何看待中国文化的具体例子。我想举德国最伟大的诗人歌德，他的一生跨越十八、十九两个世纪，是非常关键的时期。他在1827年1月31日同爱克曼谈话时说道：

> （中国传奇）并不像人们所猜想的那样奇怪。中国人在思想、行为和感情方面几乎和我们一样，使我们很快就感到他们是我们的同类人，只是在他们那里一切都比我们这里更明朗，更纯洁，也更合乎道德。在他们那里，一切都是可以理解的，平易近人的，没有强烈的情欲和飞腾动荡的诗兴……他们还有一个特点，人和大自然是生活在一起的。你经常听到金鱼在池子里跳跃，鸟儿在枝头歌唱

不停，白天总是阳光灿烂，夜晚也总是月白风清。月亮是经常谈到的，只是月亮不改变自然风景，它和太阳一样明亮……还有许多典故都涉及道德和礼仪。正是这种在一切方面保持严格的节制，使得中国维持到几千年之久，而且还会长存下去。（《歌德谈话录》，朱光潜译，人民文学出版社1978年版，第112页）

这是歌德晚年说的话，他死于1832年。他死后没有过多少年，欧洲对中国的调子就逐渐改变了。据我个人多年的观察与思考，这与发生在1840年的鸦片战争有关。在这以前，中国这个天朝大国，虽然已经有点破绽百出，但仍然摆出一副纸老虎的架势，吓唬别人，欺骗自己。鸦片战争一下子把这只纸老虎戳破，真相暴露于光天化日之下。西方对中国的政治、经济，进而对中国文化逐渐贬低起来。他们没有历史观点，以为从来就是这个样子，中国从来就没有好过。他们自己的老祖宗所说的一些话和所做的一些事，他们也忘了个一干二净。随着他们科学技术的发展，政治、经济的发展，环顾海内，唯我独尊，气焰万丈了。

第一次世界大战给他们敲了一下警钟。他们之中的有识之士开始反思。于是出了像斯宾格勒《西方的没落》这样发人深思的书，可惜好景不长。到了二十年代末三十年代初，法西斯思潮抬头，把西方文化，特别是所谓“北方”文化捧上了天，把其他文化贬得一文不值。中国人在法西斯分子眼中成了劣等民族，更谈不到什么欣赏中国文化了。不久就爆发了第二次世界大战，比第一次大战还要残酷，还要野蛮。这又一次给西方敲了警钟。西方有识之士又一次反思，汤因比可以作为代表。预言已久的第三次世界大战，始终没有爆发。虽然在全球范围内大大小小的战争从未停止过，大家总算是能够和平共处了。到了今天，人类共同的公害，比如人口问题、粮食问题、污染问题、土地问题等等，一个个被认识得越来越清楚。两个超级大国似乎也认识到，靠武力征服世界的美梦是不现实的，他们似乎也愿意和平共处了。在这样的情况下，人们要怎样来认识西方文明，怎样来认识东方文明——中国文明，怎样来认识文化交流，就非常值得我们注意了。

我在上面提到的英国历史学家汤因比，对中国文化和中国未来的作用有自己的看法。在同日本宗教活动家池田大作的谈话中，（见《展望二十一世纪——汤因比与池田大作对话录》，荀春生、朱继征、陈国梁译，国际文化出版公司，北京，1985年），他详细阐述了自己的看法。为了把他的观点介绍得明确而翔实起见，我想在这里多引用他的一些话。汤因比说：

> 因此按我的设想，全人类发展到形成单一社会之时，可能就是实现世界统一之日。在原子能时代的今天，这种统一靠武力征服——过去把地球上的广大部分统一起来的传统方法——已经难以做到。同时，我所预见的和平统一，一定是以地理和文化主轴为中心，不断结晶扩大起来的。我预感到这个主轴不在美国、欧洲和苏联，而是在东亚。
>
> 由中国、日本、朝鲜、越南组成的东亚，拥有众多的人口。这些民族的活力、勤奋、勇气、聪明，比世界上任何民族都毫不逊色。无论从地理上看，从具有中国文化和佛教这一共同遗产来看，或者从对外来近代西欧文明不得不妥协这一共同课题来看，他们都是联结在一条纽带上的。并且就中国人来说，几千年来，比世界任何民族都成功地把几亿民众，从政治文化上团结起来。他们显示出这种在政治、文化上统一的本领，具有无与伦比的成功经验。这样的统一正是今天世界的绝对要求。中国人和东亚各民族合作，在被人们认为是不可缺少和不可避免的人类统一的过程中，可能要发挥主导作用，其理由就在这里。
>
> 如果我的推测没有错误，估计世界的统一将在和平中实现。这正是原子能时代唯一可行的道路。但是，虽说是中华民族，也并不是在任何时代都是和平的。战国时代和古代希腊以及近代欧洲一样，也有过分裂和抗争。然而到汉朝以后，就放弃了战国时代的好战精神。汉朝的开国皇帝刘邦重新完成中国的统一是远在纪元前202年。在这以前，秦始皇的政治统一是靠武力完成的。因此在他

死后出现了地方的国家主义复辟这样的反动。汉朝刘邦把中国人的民族感情的平衡，从地方分权主义持久地引向了世界主义。和秦始皇带有蛊惑和专制性的言行相反，他巧妙地运用处世才能完成了这项事业。

将来统一世界的人，就要像中国这位第二个取得更大成功的统一者一样，要具有世界主义思想。同时也要有达到最终目的所需的干练才能。世界统一是避免人类集体自杀之路。在这一点上，现在各民族中具有最充分准备的，是两千年来培育了独特思维方法的中华民族。不是在半个旧大陆，而是在人们能够居住或交往的整个地球，必定要实现统一的未来政治家的原始楷模是汉朝的刘邦。这样的政治家是中国人？日本人？还是越南人？或者朝鲜人？

池田说：

从两千年来保持统一的历史经验来看，中国有资格成为实现统一世界的新主轴。这一说法，在考虑今后世界问题时，具有极为重要的启示。

这两位著名的国际活动家，主要是从历史上和政治上谈论了中国的和世界的未来，其中也涉及文化。他们的意见，我觉得非常值得注意。至于我自己是否完全同意他们的意见，那是一个次要的问题。重要的是，在目前我们国内有那么一小撮人，声嘶力竭地想贬低中国，贬低中国文化，贬低中国的一切，在这样的时候，有像汤因比这样通晓世界历史发展规律的大学者，说出了这样的意见，至少可以使这些人头脑清醒一下。你不是说月亮是外国的圆吗？你们中间不是有人竟认为中国连月亮都没有吗？现在有外国人来说，中国有月亮，中国的月亮也是圆的，而且圆得更美妙了。这一小撮人不是应该好好地反思一下吗？这一些人也许根本不知道汤因比是何许人。但那没有关系。他们最怕外国人，反正汤因比是外国人，这一点是错不了的。对这些人来说，这一点也就够了。我绝非听了外国人说中国月亮圆而飘飘然忘乎所以，把久已垂下的尾巴又翘了起来。中国的月亮也有阴晴圆缺，并不总是亮而圆的。但这是另一个问题。我们目前当务之急是全面地、实事求是地从最大的宏观上来考虑中国文化在世界上已经起过的作用和将来能够起的作用。在这样的时刻，兼听则明，汤因比和池田大作的意见是值得我们深思的。

对于人类文明前途的问题，我也曾胡思乱想过一些。我现在想从哲学上或者思想方法上来谈一谈我的想法。西方哲学或者思想方法是分析的，而东方的则是综合的。这两种方法异曲同工，各臻其妙。这已几乎是老生常谈，没有不同的看法。但是，对于分析的前途则恐怕是仁者见仁，智者见智。首先一个问题是：能不能永恒地分析下去？庄子说："一尺之棰，日取其半，万世不竭。"从理论上和逻辑上来讲，这是毫无问题的。但是，对具体的东西的分析，比如说对原子的分析，能不能越分越细，以至万世不竭呢？西方的自然科学走的就是分析的道路。一直到今天，这一条路是走得通的。现在世界上的物质文明就来源于此。这是事实，不容否认。但是，这一条路是否能永远走下去呢？在这里有两种意见：一种认为可以永远走下去，越分析越小，永不能穷尽。一种认为不行，分析是有尽头的。我自己赞同后一种意见。至于我为什么赞同后者，我认为，这不是一个理论问题，而是一个实践问题。我自己解释不了，我也不相信别人的解释。只有等将来的实践来解答了。

我觉得，目前西方的分析已经走得够远了。虽然还不能说已经到了尽头，但是已经露出了强弩之末的端倪。照目前这样子不断地再分析下去，总有一天会走到分析的尽头。那么，怎么办呢？我在上面已经说过，东西两大文化体系的关系从几千年的历史上来看是三十年河东，三十年河西。现在球已经快踢到东方文化的场地上来了。东方的综合可以济西方分析之穷，这就是我的信念。至于济之之方究竟如何，有待于事物（其中包含自然科学）的发展来提供了。

我从宏观上看中国文化，结果就是这样。希望有识之士共同来讨论。

1989年10月25日

传统文化与现代化

先声明一句：对于“文化”含义的理解五花八门。我在这里所说的“文化”是广义的文化，包括人类创造的物质和精神两个方面的一切优秀的东西。

传统文化代表文化的民族性，现代化代表文化的时代性。二者都是客观存在，是否定不掉的。二者之间的关系是矛盾统一，既相反，又相承。历史上所谓现代化，是指当时的“现代”，也可以叫作时代化。

所谓现代化或者时代化，必须有一个标准，这就是当时世界上在文化发展方面已经达到的最高水平。既然讲到世界水平，那就不再是一个国家或一个民族的事情。因此，不管哪一个时代、哪一个国家的现代化，总是同文化交流分不开的。文化交流是人类历史上以及现在人类最重要的活动之一。现代化或者时代化一个最重要的内容就是进行文化交流，大力吸收外来的文化，加以批判接受。对于传统文化，也要批判继承，二者都不能原封不动。原封不动就失去生命活力，人类和任何动物植物失去了生命活力，就不能继续生存。

在历史上任何时代，任何正常发展的国家都努力去解决传统文化与现代化的矛盾。这一个矛盾解决好了，达到暂时的统一，文化就能得到进一步的发展，国家的社会生产力也会得到进一步的发展，经济就能繁荣。解决不好，则两败俱伤。只顾前者则流于僵化保守；只顾后者则将成为邯郸学步，旧的忘了，新的不会。

中国历史上的事实可以充分证明上述看法。试以汉代为例。汉武帝在位期间是汉代国力达到顶峰的时代，在政治方面和经济方面都有辉煌的成就。在文化思想方面，董仲舒的“罢黜百家，独尊儒术”，可以说是保存传统文化的一种办法。但是当时的人们并没有仅仅对儒家思想抱残守缺，死死抱住不放，而是放眼世界，大量吸收外来的东西。从那时候起，许多外国的动物、植物、矿物，以及其他产品从西域源源传入中华，比如葡萄、胡瓜、胡豆、胡麻、胡桃、胡葱、胡蒜、石榴、胡椒、苜蓿、骆驼、汗血马、璧流离等等都是当时传入的。西域文化，比如音乐、雕刻等也陆续传入。稍晚一点，佛教也传了进来。另一方面，中国的丝和丝织品也沿着丝绸之路传到了中亚和欧洲。总之，汉武帝及其以后的长时间中，一方面发扬传统文化，一方面大搞“时代化”。尽管当时不会有什么时代化或现代化之类的概念，人们也许根本没有意识到他们是在进行这样伟大的事业；但是他们确实这样做了，而且取得了辉煌的成果。历史的辩证法就是如此。文化交流大大地促进了汉代文化的发展，也促进了国际上文化的发展。汉武帝前后的时代遂成为中国历史上最光辉灿烂的时代之一。

我再举唐代作一个例子。李唐的家世虽然可能与少数民族有某些联系，但是几个著名的皇帝，特别是唐太宗，对保护中华民族，主要是汉族的传统文化做了大量的工作。文学、艺术、书法、绘画、哲学、宗教等文化的各个方面都得到了可喜的发展。中华文化还大量向外国输出，日本是一个显著的例子。唐太宗本人，武功显赫，文治辉煌。他是政治家、军事家，又是书法家和诗人。贞观时代，留居长安的外国人数量极大。他们带来了各自国家的物质和精神文化，又带回中国文化。盛唐时期遂成为中国历史上最兴盛的时期之一，长安成为当时世界上第一大都会，唐王朝成为经济最发达、力量最雄厚的国家。

例子还可以举出一些来，但是这两个已经够了。这一些例子透露了一条规律：在中国历史上，凡是国力强盛时，对外文化交流，也可以叫做时代化，就进行得频繁而有生气。这反过来又促进了本国社会生产力的发展，使国力更加强盛。凡是国力衰竭时，就闭关自守，不敢进行文化交流。这反过来更加剧了国力的萎缩。打一个也许不太确切的比方：健康的人，只要有营养，什么东西都敢吃，结果他变得更加健康；患了胃病或者自以为有病的人，终日愁眉苦脸，哼哼唧唧，嘀嘀咕咕，这也不敢吃，那也不敢动，结果无病生病，有病加病，陷入困境，不能自拔。

清朝末年，被外国殖民主义者撞开了大门，有识之士意识到，不开放，不交流，则国家必无前途；保守者则大惊失色，决定死抱住国粹不放，决不允许时代化。当时许多有名的争论，什么夷夏之辩，什么体用之争，又是什么本末之分，都与此有关。这是一个国家似醒非醒时的一种反映，其中也包含着传统文化与现代化的斗争。以后经历了民国、军阀混战、国民党统治等混乱的时期，终于迎来了解放。

在解放初期，我们的国家是健康的。对于传统文化不一概抹杀，对于外来文化也并不完全拒绝。对于保护传统文化曾有过一点极“左”的干扰，影响不是很大。到了“四人帮”肆虐时期，情况完全变了。“四人帮”一伙既完全不懂传统文化，又患了严重的“胃病”，坚决拒绝一切外来的好东西。谁要是想学习外国的一点好东西，“崇洋媚外”、“洋奴哲学”等莫须有的帽子就满天飞舞，弄得人人谈“洋”色变。如果“四人帮”不垮台，“胃病”势将变成“胃癌”，我们国家的前途就岌岌可危了。十一届三中全会以后，我们国家又恢复了健康。我们既提倡保护传统文化，加以分析，批判继承，又提倡对外开放，大搞现代化。纵观几千年的中国历史，人们不能不承认，这是盛世之一，是最高的盛世，是正确处理传统文化与现代化这一对矛盾的典范。从这正确的处理中，我们可以看出，所谓“全盘西化”是理论上讲不通、事实上办不到的。世界上还没有哪一个西方以外的国家全盘西化过。

1987年6月6日

『和谐』是中国文化的精髓

中国文化的精髓是什么？据我的看法，中国文化的精髓就是“和谐”。自古以来，中国就主张“和谐”。时至今天，我们又提出“和谐”这一概念，这是我们中华民族送给世界的一个伟大礼物，希望全世界能够接受我们这个“和谐”的概念，那么，我们这个地球村就可以安静许多。

和谐涉及哲学、宗教、美学和文化交流诸方面。

我现在就讲讲自己的看法，我想这里面起码应包括这么几部分内容。

人类自从成为人类以来，最重要的是要处理好三个关系：一，人与自然的关系；二，人与人的关系，也就是社会关系；三，个人内心思想、感情的平衡与不平衡的关系。我们讲和谐，不仅要人与人和谐，人与自然和谐，还要人内心和谐。鉴于此，我把人文关怀的层次分析成人与自然、人与人及人自身的思想情感处理等三种关系，如果这三种关系处理得当，人就幸福愉快，否则就痛苦。

我们中华文化在哲学上表现为“天人合一”，具体讲就是人和大自然不是敌人而是朋友。宋代大哲学家张载的话最能涵盖：“民，吾同胞；物，吾与也。”民，都是我的同胞兄弟；物，包括植物动物都是我的伙伴。

这就是中国的思想。你如果把大自然当成敌人，大自然就会惩罚你。

有一次我讲话说，只有东方文化，能够拯救人类。你要那样征服自然界，征服下去，人类就没法活下去。

东方和西方最大的区别，基础在于思维方式：西方分析，东方综合，就是西方把事物越分越细，东方则是综合的，东方就是“天人合一”。天是大自然，人就是我们人类。“天人合一”的精神就是天人浑然一体，人天相爱。你要生存下去，人和自然要做朋友，不能做敌人。

东方文化的基础是综合的思维模式，西方则是分析的思维模式。所谓“综合”，其核心是强调普遍联系，注重整体概念。表现在人与自然的关系上，就是人与自然为一整体，人与其他动物都包括在这个整体之中。

东方的“天人合一”是带有普遍性的一种思想，中国、印度都有。以中国儒家为例，《易经》中有“大人者与天地合其德，与日月合其明，与四时合其序，与鬼神合其吉凶。先天而天弗违，后天而奉天时”。《中庸》有“能尽人之性，则能尽物之性；能尽物之性，则可以赞天地之化育，则可以与天地参矣。”《孟子》有“莫之为而为者，天也；莫之致而致者，命也”。“尽其心者，知其性也；知其性，则知天也”。董仲舒的“天人之际，合而为一”，张载的“民，吾同胞；物，吾与也。”更是典型的“天人合一”思想。这些都是综合思维方式的典型例子。印度的“梵我一如”，也是其表现。

现在欧洲也有人感觉到了这一点。这个东方不限于中国，还包括印度，以及受中国文化影响的韩国、日本等。我们不是说西方文明都不好，西方文明也为人类创造了福利，电灯、电话等就是西方创造的。但是，西方把人和自然对立起来。英文词典查“征服”，举例就是“征服自然”。西方自古希腊以来，以分析的方法对待自然。到了近代产业革命，达到了登峰造极的地步，其结果是人所共睹的。他们取得了辉煌的成就，上天入地，腾空泛海，声光电化，无所不及。一直发展到核能开发、宇宙卫星等等，全世界人民无不蒙受其利。这一点是无法否认的。这是他们“征服自然”的结果。然而自然虽无人格或神格，如孔子说：“天何言哉！四时行焉，百物生焉，天何言哉！”然而它却是能报复的，能惩罚的。西方滥用科技产生的弊端至今已日益显著，比如大气污染，环境污染，生态平衡破坏，臭氧层破坏，新疾病丛生，人口爆炸，淡水资源匮乏，自然资源匮乏，如此等等，不一而足。这些弊端，如果其中的任何一个得不到控制，则人类前途实处危境。

这些弊端已经引起了全世界有识之士的深切关注。怎么办呢？我的看法是：人类必须悬崖勒马，正视弊端，痛改“征服自然”的思想，采用东方的“天人合一”的思想。这样一来，庶几乎可以改变这种危险局面。我们人类是有理智有感情的，让脑筋清醒一下，是有好处的，何况我们回顾与前瞻的问题是关系到人类前途的问题，切不可掉以轻心，等闲视之。这样做不单是一般人的任务，有远见卓识的政治家们更应如此。

恩格斯在《自然辩证法》中说：“我们不能过分陶醉于我们对自然界的胜利，对于每一次这样的胜利，自然界都报复了我们。”恩格斯真不愧是马克思主义奠基人之一。在一百多年以前，当时自然界对人类的报复还不太显著或者只能说是初露端倪。可是伟大的恩格斯已经注意到了，而且给世人敲响了警钟。对这样天才的预见和警告，我们能不五体投地地赞佩吗？眼前世界的形势已经充分地证明了恩格斯预见之伟大与睿智。许多自然界和人类社会的现象已经充分证明了自然界正在日益强烈地对我们人类进行着报复。稍有头脑的人都能看到，例子是不胜枚举的。为了保护环境决不能抑制科学的发展、技术的发展和经济的发展，这个大前提是绝对正确的。不这样做是笨伯，是傻瓜。但是处理这个问题，脑筋里必须先有一根弦，先有一个必不可缺的指导思想，而这个指导思想只能是东方的“天人合一”思想。否则就会像是被剪掉了触角的蚂蚁，不知道往哪里走。从发展的最初一刻起，就应当在这种思想的指引下，念念不忘过去的惨痛教训，想方设法，挖空心思，尽最大的努力，对弊害加以抑制，决不允许空喊：“发展！发展！发展！”更不能高枕无忧，掉以轻心，梦想有朝一日科学会自己找出办法，挫败弊害。常言道：“道高一尺，魔高一丈。”到了那时，魔已经无法控制，而人类前途危矣。中国旧小说中常讲到龙虎山张天师打开魔罐，放出群魔，到了后来，群魔乱舞，张天师也束手无策了。最聪明最有远见的办法是向观音菩萨学习，放手让本领通天的孙悟空去帮助唐僧取经，但是同时又把一个箍套在猴子头上，把紧箍咒教给唐僧。

这样可以两全其美，真不愧是大慈大悲的观世音。

然而我们的反应怎样呢？除了少数有识之士外，大多数人，包括一些国家的领导人在内，还懵懵懂懂，驰骋于蜗角，搏斗于蚁冢。美国在演着总统选举的闹剧，中东在演着巴以冲突的悲剧，全球狼烟四起，动荡混乱，如果真有一个造物主的话——我不相信真有——他站在宇宙某一个地方，俯视地球村里的几台大戏正在演得红红火火。难道他会像我们人类一样，看到地上的蚁群厮杀，积尸满地，流血——蚂蚁不知有血没有——成河，不禁莞尔而笑吗？我虔诚希望，我们人类要同大自然成为朋友，不要再视它为敌人，成了朋友以后，再伸手向它要衣，要食，要一切我们需要的东西。

和谐还有社会的方面。我的老师陈寅恪教授曾经说过《白虎通》当中的三纲六纪是中国文化的精华。什么叫三纲呢？就是君臣、父子、夫妇。

他讲的当然是君为臣纲，父为子纲，夫为妻纲。这里边有糟粕，如夫妻应该是平等的，怎么男人成了女人的纲了呢？这个我们先不讲它。六纪，一是诸父，就是父亲的兄弟姊妹；二是兄弟；三是族人；四是诸舅，就是母亲家的人；五是师长；六是朋友。他说，这三纲六纪是中国文化的中心，我看他的话很有道理。因为人类自有社会以来，必然要有一种规则来维系，不然的话社会就会乱七八糟。现在马路上为什么要有交通警？为什么要有红绿灯？这就是一种规则，一种规章制度，要求大家都来遵守，这样社会生活才能进行。要是没有这些规则，社会生活就不能进行。《白虎通》的三纲六纪，把当时社会所有的人际关系都规定了。

建设和谐社会，首先是每个人都能做到内心的和谐。因此内心的和谐显得更为重要。我们的文化还有一个提法，是我们的特点，就是“格、致、正、诚、修、齐、治、平”。意思就是格物、致知、正心、诚意、修身、齐家、治国、平天下八个步骤。先从自己开始格物，就是了解事物，了解以后致知，把规律找出来，正心、诚意就不用讲了，修身就是修自己，然后齐家，把家治好，然后再治国，治国以后是平天下。就是从个人内心一直到天下。那么，什么叫国，什么叫天下呢？在周代来讲，像齐国、燕国、郑国等国是国，天下则指整个周代的中国。现在像中国、日本叫国，天下就是世界。个人要从内心出发，正心、诚意，一直推到治国、平天下。这套系统的步骤，属于伦理道德范畴，也属于政治范畴，是其他任何国家所没有的。“礼义廉耻，国之四维”。就是说，礼义廉耻是国家的四个支柱。除了这个提法外，古人还提出了“孝悌忠信，礼义廉耻”等说法，意思都差不多。

1998年3月我为泰国朋友郑彝元《道统论》作序说过：我平生为不中不西而又亦中亦西之学，偏考据而轻义理，此盖天性使然，不敢强求也。迨至耄耋之年，忽发少年之狂，对义理问题，妄有所论列；但局促门外，有若野狐，心情介于信疑之间，执着则逾意料之限。数年前曾写一长文《“天人合一”新解》，意在唤起有志之士正确处理人与大自然之关系。盖谓西方科技文明，彪炳辉煌，为时已久。造福人类，至深且巨。然时至今日，际此上世纪之末，新世纪之初，其弊害渐趋明显，举其荦荦大者，如环境污染，臭氧出洞，人口爆炸，疾病丛生，淡水匮乏，生态失衡，如此等等，不一而足。此皆大自然对人类征服之报复，而芸芸者众，尚懵懵懂懂，使人不禁有“错把杭州作汴州”之慨叹。此诸弊害，若其中任何一方阻止无方，则人类生存前途必处于极大危害之中，事实如此，非敢危言耸听也。

这可以看作对我哲学方面的总结。

从宗教方面来说，我自己虽然不是任何宗教的信徒，但我对世界上所有正大光明的宗教都十分尊重，因为各大宗教都劝人做好事，不做坏事。

这正是正直的人类所需要的。但任何宗教都应该认识到，自己的宗教教义只是相对真理，绝对真理只有“最高神灵”才能掌握。所以不同宗教的信徒要互相尊重，互不相妨，你好，我好，大家好，大家以各自喜爱的方式来满足宗教的需要。同样，应该承认，世界上有有宗教需要的人，也有没有宗教需要的人。应该是敲锣吹号，各有一套，自己生存，也让别人生存。有宗教需要的人和没有宗教需要的人，有宗教需要的人中信这种教的和信那种教的，都应该共同携手，齐心协力，为改善人类的生存条件而努力奋斗。（《漫谈人生》，百花文艺出版社2000年，第49—50页）从世界范围来说，有有国教的国家，也有没有国教的国家。有宗教和民族一致的国家，也有宗教和民族不一致的国家。中国是一个没有国教的国家。在中华民族中，汉族不能算是一个宗教性很强的民族。汉族历史上信仰的宗教最大最古的有两个，一个是土生土长的道教，一个是从外面传来的佛教。但是对于道教和佛教，除了道士和尼姑、和尚之外，老百姓对这两种宗教，都信得马马虎虎，佛教庙里有时有道教的神，而且佛道两种庙里，有时竟会出现孔子和关圣帝君文武两圣人。有钱人家办丧事，既请道士，也请和尚，各唱各的调，各吹各的号，一团和气，处之泰然。因此整个中国历史上没有一次宗教战争。如果不同宗教的信徒都能互相尊重，则中国社会必能安定团结，世界人民也必能安定团结。（《漫谈人生》，第49—50页）从中国文化的传统来说，我们是不讲弱肉强食的。现在我们提出"和谐"这个概念，有助于全世界人民互相理解、互相尊重，互相爱护，不要斗争。中华文化源远流长，可以从各个方面来解释。唐朝时讲儒释道三教，那个时候儒家也算一种宗教。中国文化要从宗教来讲，就是儒释道，这三个思想体系加起来就是中国文化。

儒家的精神上面已经说过。

道家和道教的精神是什么呢？我很喜欢陶渊明《神释》中的四句诗，实际上这也是我人生的座右铭，即：纵浪大化中，不喜亦不惧。应尽便须尽，无复独多虑！我觉得这首诗中就充分展现了道家和道教的精神，这就是顺其自然的思想。依我的看法，陶渊明骨子里更像是道家的。我觉得"顺其自然"最有道理，不能去征服自然，自然不能征服，只能"天人合一"。要跟自然讲交情、讲平等，讲互相尊重；不要讲征服，谁征服谁，都是不对的。

佛教的精神呢？中国佛教可以用禅宗来代表。人们都说，佛教教义中的核心理论是非暴力论，和平是佛教实践的主体。佛教继承了婆罗门教和耆那教的非暴力和不杀生思想，把这一思想变成自己的基本戒律。佛教认为人的行为是由欲望引起的，人的欲望是无止境的，欲望膨胀的结果，就有了贪的行为，掠夺和战争正是贪的表现。所以佛教提倡灭欲，不杀害生灵，众生平等，不允许种姓压迫的存在，这样，社会、国家和人民之间的和平共处才有保障。这些平等慈悲的思想成为佛教和平思想的基石。重视人的生命，正视人的存在，重视人的价值，正确处理人与人之间、个人与家庭之间、个人与国家之间的关系，形成一种和睦、和谐的关系。美国总统罗斯福问太虚大师如何实现和平，太虚大师回答“慈悲无我”。“我”是纷争的根源，和平必需实现“无我”，“无我”才能无私，无私才能大公，大公才能实现和平。（见宏度：《佛教与和平》，载《宗教：关切世界和平》，宗教文化出版社2000年版，第54页）佛教教义归纳成三句话，称之为“三相”或者“三法印”：诸行无常，诸法无我，一切皆苦。释迦牟尼首转法轮，这三个法印几乎都包括在里面了。其中的“诸法无我”，是佛教重要教义，是佛教与婆罗门教斗争的重要武器。“无我”，意思是所谓“我”（atman）是并不存在的，它是由初转法轮中讲到的五盛蕴（色、受、想、行、识）组成的，是因缘和合的产物，没有实体。这是释迦牟尼在菩提树下悟到的真理。佛教僧侣以及居士，如果想悟到什么东西，他们首先必须悟到“无我”。事实上中国人确已悟到“无我”了，比如徐增《唐诗解读》卷五说：“行到水穷处，去不得处。我亦便止，倘有云起，我便坐而看云起，坐久当远。偶值林叟。便与谈论山间水边之事。相与留连，则不能以定还期矣。于佛法看来，总是无我，行无所事。行到是大死，坐起是得活，偶然是任运，此真好道人行履，谓之好道不虚也。”这是徐增对王维《终南别业》那一首著名的诗的解释。我认为是抓住要领的。总之，我认为，要讲“悟”到什么，首先要悟到 “无我”。

佛禅的“身、口、意”（“身”，行动；“口”，语言；“意”，思想 ）三方面是解决人的心身关系。佛教分析恶业，从身、口、意出发，列出十恶业。身有三恶业：杀生、偷盗、邪淫。口有四恶业：妄言、绮语、两舌、恶口。妄言，是虚妄不实的骗话。绮语，是巧言令色的漂亮话，无益无义的污秽话，巴结奉迎的谄媚话。两舌，是“两边嘴”。恶口，就是破口骂人，恶意咒人。意有三恶业，心对于外境起贪，起嗔，起痴。佛教戒条中这身、口、意三恶业，意业最重要。内心意欲思想不正，会形诸于外从口业和身业表现出来，成为犯罪的行为，所以佛教先注重治心，治心是治本，治口、治身是治标。佛教的戒律，就是在三业中要先治意业。

我于美学，即使不是一个完全的门外汉，反正至少也是一个“槛外人”。读周来祥教授《美学文选》之后，我有些感想。周先生的文章我读过一些，但不算太多，对周先生博大精深的著作，只能望洋兴叹。美学属于广义的哲学范畴。哲学，同自然科学不同，不能重复实验。一个哲学家，只要能做到自圆其说，持之有故，言之成理，就是好的哲学家。倘能别出新义，独辟蹊径，就是一个更好的哲学家了。我想，美学恐亦如此，美学坛坫，未雷登上，下风逖听，据说有不同的派别。周来祥教授独树和谐美学的大旗，既能自圆其说，又是独辟蹊径，不落窠臼，巍然挺立于美学之林，为中国美学界增光添彩。只是这一点就值得我们真诚地赞赏。

中国美学讲和谐有悠久的历史，《尚书·尧典》有“八音克谐，无相夺伦，神人以和”之说。《论语·学而》有“礼之用，和为贵。先王之道，斯为美。”董仲舒有“举天地之道而美于和”。（《春秋繁露·循天之道》）。《乐记》有：“地气上齐，天气下降，阴阳相摩，天地相荡，鼓之以雷霆，奋之以风雨，动之以四时，媛之以岁月，而百化兴焉。如此，则乐者天地之和也。”《中庸》把和谐提到哲学的高度：“中也者，天下之大本也；和也者，天下之达道也。致中和，天地位焉，万物育焉。”宋玉在《登徒子好色赋》中运用这种和谐原则，描写倾国倾城的美人：“增之一分则太长，减之一分则太短，著粉则太白，施朱则太赤。眉如翠羽，肌如白雪，腰如束素，齿如含贝。” 我在《我的美人观》文中提出，我想在太岁头上动一下土，探讨一下“美人”这个“美”字的含义。我没有研究过美学，只记得在很多年以前，中国美学论坛上忽然爆发了一场论战。我以一个外行人的身份，从窗外向论坛上瞥了一眼，只见专家们意气风发，舌剑唇枪争得极为激烈。有的学者主张，美是主观的。有的学者主张美是客观的。有的学者主张，美是主客观相结合的。像美这样扑朔迷离、玄之又玄的现象或者问题，一向难以得到大家一致同意的结论或者解释的。美人之所以被称为美人，必然有其异于非美人者。但是，她们也只具有五官四肢，造物主并没有给她们多添上一官一肢，也没有挪动官肢的位置，只在原有的排列上卖弄了一点手法，使这个排列显得更匀称，更和谐，更能赏心悦目。

美学这个词儿是舶来品，美学这个词英文是aesthetics，是从希腊文来的，是讲感官，与外界接触得到的美感。感官有眼、耳、鼻、舌、身等五官。西方美学在五官里边只讲两官：一官指眼睛，看雕塑，看绘画，讲美学是用眼睛看的。另一官指耳朵，听的是音乐。五官只讲两官，光讲眼睛和耳朵，光讲美术和音乐，中国人的美，跟西方人不一样。有的当然一样，如这个姑娘很漂亮，中国人眼中看着漂亮，西方人眼中看着也漂亮，有共同的地方。但也有很大的区别，是“美”这个字，一查《说文》在羊部，“羊大为美”。羊长大了，肉很好吃，是讲舌头的。我们不是说美味佳肴吗？美跟味联在一起，是讲舌头的。西方美学不讲舌头，是讲别的。

中国人讲美学，要讲中国人的美。中国的美首先不是从眼睛出发，不从耳朵出发，而是从舌头出发。善，善良的善，也是羊部；仁、义、礼、智、信的义，繁体字也是羊部，都是羊。美和善是统一的，这突出表现在儒家美学思想中。孔子主张“里仁为美”，强调人与“仁”相融，能体现出美。所以他提出“尽善尽美”的美学标准，把艺术标准与道德标准统一起来。荀子主张“故乐行而志清，礼修而行成，耳目聪明，血气和平，移风易俗，天下皆宁，美善相乐”（《荀子·乐论》）。我们中国人喜欢吃，这个事情也很简单。我的想法是中国在游牧社会，羊大了，吃羊肉，就觉得美得不得了。从这开始，从味觉开始，然后是美人啊，就到了眼睛了。很美的音乐，就到了耳朵了。是不是这么个道理？中国美和西方美不一样。根据我们中国人的美，我们认为什么是美，我们认为是五官，不光是眼睛和耳朵，一官或两官。讲美学的话，应该讲眼、耳、鼻、舌、身，不能光讲眼睛和耳朵。其感觉之美，虽性质微有不同，其为美则一也。在中国当代汉语中，“美”字的涵盖面非常广阔。眼、耳、鼻、舌、身五官，几乎都可以使用“美”字。比如眼：这幅画美，人美，自然风光美；耳：乐声美。鼻：香味美。舌：味道美。只有身稍微困难一点，但是从人们口中常说“美滋滋的”，也可以表示“舒服”，这样使用到“身”上，也就没有困难了。要把眼、耳、鼻、舌、身所感受到的美都纳入美学框架，把心理和生理所感受的美冶于一炉，建构成一个新体系。

从国际关系方面来说，世界要和谐，国与国之间就要互相尊重，进行文化交流。我认为文化一旦产生，其交流就是必然的。文化交流是推动人类社会前进的重要动力之一，没有文化交流，就没有文化发展。交流是不可避免的，无论谁都挡不住。从古代到现在，在世界上还找不到一种文化是不受外来影响的。交流也有坏的，但坏的对人类没有益处，不能叫文化。对人类有好处的、有用的、物质、精神两方面的东西交流，才叫“文化交流”。一种文化既有其民族性，又有其时代性。一个民族自己创造文化，并不断发展，成为传统文化，这是文化的民族性。一个民族创造了文化，同时在发展过程中它又必然接受别的民族的文化，要进行文化交流，这就是文化的时代性。民族性与时代性有矛盾，但又统一，缺一不可。继承传统文化，就是保持文化的民族性；吸收外国文化，进行文化交流，就是保持文化的时代性。所以文化的民族性与时代性这个问题是会贯彻始终的。

中国自先秦时代起，就不断地与周围对内对外进行交流。对内是各民族之间进行交流，对外是与周边国家进行交流。世界上的文化体系中国文化、印度文化、伊斯兰阿拉伯文化构成的东方文化，和希腊罗马乃至欧美文化构成的西方文化之间不断地进行交流，形成了今天世界上灿烂辉煌，千姿百态，各具特长而又互相联系的文化，给全人类带来了极大的幸福和繁荣。文化交流是双向的，中国文化在汉唐时代如日中天，既吸收外来文化，又把自己的优秀文化毫无保留地送给东西方的其他国家，罗盘、火药、造纸、印刷传遍了整个世界。

对中国与外国的文化交流，我的基本观点是“拿来”与“送去”兼顾。就目前来说，要更重视“拿来”，就是把外国的好东西“拿来”。这里涉及到上述有关文化的三个方面，都要拿。“物”的部分，当然要拿，咖啡、沙发、啤酒、牛仔裤、喇叭裤，这一系列东西，只要是好的，都拿。心、物结合的部分比方说制度，也可以学习。最重要的还是心的部分，要拿价值观念、民族性格。因为我们的价值观念、思想方式，不能马马虎虎，得把弱点克服，要不克服的话，我们的生产力就发展不了。

2007年9月6日

西方不亮东方亮

同志们，原来我讲好的是，十个八个人在一起座谈，随便讲点什么。结果，这个架势一摆（指安排季先生坐在台上），非高高在上不行了。在车上我跟他们两位（宋柏年、刘蓓蓓）说讲什么东西，我说希望先听听大家的意见，他们说讲一讲文化什么的和跟你们学院有关系的一些事情。刚才杨院长也说了，不是什么正式的报告。我就根据在车上那个几分钟的灵感，来谈一点我的感想。

大家知道，我并不是搞什么文化思想的，我的出身是搞西洋文学的，后来乱七八糟搞点语言、文化、佛教，科技什么的也涉及了，是杂家，样样通，样样松，不行。要说特点呢，我喜欢胡思乱想。最近也写过几篇文章，是胡思乱想的结果。这胡思乱想有个好处，为什么？因为真正的专家呀，他不敢随便说话。他怕。我不是什么专家，所以我敢说话，就跟打乒乓球一样，我没有心理负担。现在我就讲一点儿我的看法，当然，把所有的想法都讲出来也不可能，占大家太多时间。

第一个就讲他们两位在路上讲到的文化热，眼前我们中国研究文化的一些情况。这个问题不是现在才开始的，大概是几年前吧，提出了弘扬中华民族优秀文化这个口号，得到了全国人民、海外华人华裔甚至不是华人的外国人的赞同。这证明这个口号提得正确。什么原因呢？就是我们弘扬中华民族优秀的文化，这绝对不是什么狭隘的民族主义。因为我们都认为，外国的一些有识之士，也认为我们的优秀文化中间有些东西，不但对中国有利，对世界也有利，所以我们要弘扬。因此，我自己感觉，这口号提出来以后，这爱国主义和国际主义，完全可以结合起来。有人把国际主义跟爱国主义对立，我感觉到，真正的爱国主义就是国际主义，真正的国际主义就是爱国主义。我们这个口号就具体体现了这个关系。

据说现在全世界给文化下的定义有五百多个，这说明，没法下定义。这个东西啊，我们认为人文科学跟自然科学不一样，有的是最好不下定义，自然科学像“直线是两点间最短的线”，非常简单，非常明了，谁也反对不了。而我认为社会科学不是这样的，所以文化的定义我想最好还是不下。当然，现在好多人写文章，还在非常努力地下定义，这个不过是在五百个定义外再添一个定义，五百零一、五百零二，一点问题也不解决。所以我个人理解的文化就是非常广义的，就是精神方面，物质方面，对人民有好处的，就叫做文化。文化一大部分呢，就保留在古代的典籍里边，五经四书呀，二十四史呀，中国的典籍呀，按照数量来讲，世界第一，这是毫无问题的；按质量来讲，我看也可以说是世界第一。大部分保留在典籍里，当然也有一部分不是保留在典籍里边，比如说长城，长城文化。长城是具体的东西。现在的文化，吃的盐巴也是文化，什么都是文化。这个正确不正确，我也不敢说，我说这是不是太过分了，什么都是文化，虽然这个没什么坏处，说明大家对文化重视。不用说别的，就是从我们古代文献里边，好多话，到今天非常值得我们深思。大家也知道，宋代赵普以半部《论语》治天下，从前年轻的时候我也很怀疑，我说一个人怎么能够以半部《论语》治天下呢？我到了望九之年了，我现在感觉到其实用不着半部《论语》，有几句话就能治天下。例如像大家举的“己所不欲，勿施于人”，这个想法，这句话能办到，我看不仅中国大治，世界也大治，世界和平就有了保证。这一句话就够了。又如“先天下之忧而忧，后天下之乐而乐”，你到了共产主义也无非是这个境界吧。

今天中午我看《大公报》，现在的日本大使，他就讲，“近者悦，远者来”。我后来听说我们国家一个领导人到印度去访问，人家总理就讲这个教育重要，说教育是“十年树木，百年树人”，引的我们中国的。后来这位领导人到了巴基斯坦，他们的总理（女总理）引用的也是中国的话。我不是说古籍里说的话全对，这个不可能的，有精华也有糟粕。这是必然的。可是精华毕竟多于糟粕。像这种话，我不是说别的国家就没有，不能那么说，我也不说我们中华民族是世界上独一无二的。“文化是我们创造的”，这是希特勒的论调，文化不是哪一个民族创造的，是大家共同创造的。我们古代典籍里边，就是片言只字，你只要认真体会，就能对今天有帮助。这种话多极了。《论语》我们都念过，当时念《论语》莫名其妙，后来，解放后也批判《论语》，真是莫名其妙。现在你想一想呢，这里边有些话确实是那么回事。对我们今天有用。所以林语堂，写了一本书叫《中国的智慧》（*The Chinese Wisdom*），它就是讲这个，选中国古代典籍里边非常精粹的，叫做中国的智慧。再回到我刚才说的，是弘扬中华民族优秀文化，我说不但对中国有用，对世界也有用。大家都能做到的话，这世界会变好的。当然这种想法就是“乌托邦”，不可能的。不过无论如何，这种智慧代表我们老祖宗对社会的看法，对人生的看法，是非常正确的。

有一次开会，碰到那个萧克将军。大家也知道萧克，他是炎黄文化研究会的执行副会长，他讲中国文化中有精华，当然也有糟粕，他说孔子讲“唯女子与小人之为难养也，近之则不逊，远之则怨”。他说这就是看不起妇女吧，这句话是对的。当时在孔子那个时代，妇女恐怕是地位很低的。不过，我也跟他讲，这句话里边还有一半是对的。说小人那半对的，说妇女是错了，不应该那么讲，后来他也同意。这样我也感觉到，我们弘扬文化，我刚才说，得到全世界，不但是华裔华侨，而且是外国人的赞扬，我是说有识之士，不是一般人，一般的西方人还没到这个水平。

再说我们中国，跟这个有联系的是讲国学。国学嘛，好像是北大带了个头，《人民日报》大家也看了吧，去年有一篇文章，讲国学在燕园悄悄地兴起。实际上国学有一大部分就是讲我们的优秀文化，我们搞国学的目的也不是什么复古主义，跟那个不沾边儿。可现在呢，大家注意到没有？就是在这方面，要用“文化大革命”的词儿啊，叫做什么呢，叫做阶级斗争新动向。现在就是有人这么讲，说搞国学就是对抗马克思主义。这话我最初听说时，大吃一惊，我说国学怎么能对抗马克思主义呢，可是确实有人这么说了，而且有文章，大家要是愿意看的话呢，去年，哪一月忘记了，《哲学研究》上有一篇文章就是这观点。也有人写文章配以漫画来讽刺国学研究。所以，问题就是我们认为正确的，人家不一定认为正确。咱们人文科学就这么复杂。这个问题请同志们注意，这种文章以后还会有，这种讲话以后也会有。我的看法呢，说搞国学就是对抗马克思主义，这根本不沾边儿，应该说是发扬发展马克思主义，这就对头了。不沾边儿，怎么对抗呢，好像是我们一提倡国学就是复古主义。

现在整个的社会，不但中国，而且是全世界，都是西方文化占垄断地位。这是事实，眼前哪里不是西方文化？电灯电话，楼上楼下，就说我们这穿的，从头顶到鞋，全是西方化了。这个西化不是坏事情，问题是怎么对待这个现象。现在，我们学界，你讲那个西化大家没人反对，不管你怎么西化，没人反对；你讲“东化”，就有人大为恼火。这“东化”报纸上没有这个词儿，是我发明的。不用说别的，我记得是1827年，还是清朝，歌德，德国那个大文学家，当时应该说歌德是西方文化的代表人物，他在1827年1月31日，跟爱克曼谈话，讲一个什么问题呢，就讲中国的《好逑传》。《好逑传》这本书，中国最多能够摆在《今古奇观》里边，跟那个同等水平。歌德呢，看了那个翻译，是法文翻译是拉丁文呢，我忘记了，就大为赞美，说中国这个文化了不起。《好逑传》，从这个名字你就能知道，是讲才子佳人的。他讲什么呢，歌德讲，你看在这个屋子里面，这个公子跟小姐在那里谈情说爱，可是坐怀不乱，伦理道德水平高。另外天井里面，那个鱼缸里面的金鱼，在那里悠然自得，在那里玩，说中国这个天、人完全和谐，一点儿没矛盾。虽然是讲才子佳人，这种书咱们有一大批，歌德当然不知道，当时欧洲也不可能知道，一大批，可以说是已经公式化了。可他认为了不起，他批评当时法国一个最著名的诗人，就说是写伦理道德啊，就写这个男女关系，若跟中国一比啊，简直是天上地下，中国好得不得了。1827年，不是很早的，不是汉唐，汉唐那时候确实东化，当时在汉唐，世界的文化中心、经济中心是中国。到了法国，大家知道的伏尔泰，对中国也是推崇备至。莱布尼茨也是对中国的《易经》推崇备至。歌德比他们还晚。到了1827年，还这样赞美中国。据我的看法，到了1840年，鸦片战争以后，用现在的话讲就是纸老虎，被戳破了，于是乎中国的威望、中国的文化，在欧洲人眼中，一落千丈。鸦片战争是转折点，在1840年。当然在1840年前，中国已经有一批人，感到闭关锁国是不正确的。比如魏源，大家知道魏源的《海国图志》，《海国图志》这本书，写作是在鸦片战争以前，鸦片战争以后才出齐，最后有一百卷，一大堆。这本书应该说当时是了不起的。可这本书产生的作用，在中国远远不如日本。一向有人讲，日本在1868年明治维新，受这个影响，其中主要之一就是《海国图志》，但是《海国图志》在中国并没有产生这么大影响，一直到十九世纪末年洋务派，好像也没有给它了不起的地位。就说这个东方文化、西方文化，眼前，我刚才说了，是西方文化主宰世界。这个我们否定不了。我刚才说，也是件好事。这是西方产业革命以后，也不过几百年里发展起来的，一方面我们人民得到了好处，当然一方面也得到了灾难，这同时啊，这好处与灾难，老子讲辩证法讲得非常好，“福兮祸所伏，祸兮福所倚”，祸福是辩证的。世界往往是这样的，好东西中往往有坏东西。就说西化，我刚才说，我们现在人为什么能够人为地使年龄越来越老，我看跟西方的物质文明、西方的科学技术是分不开的。不能不承认这一点。但是，它有它的缺点。

远的不讲，同志们你们有没有注意《参考消息》，就是《参考消息》，不是什么很难得的报纸，你们注意一下就知道，现在科学技术的发展，导致了对自然的破坏，生态平衡的破坏，世界要变暖，种种种种，这些东西啊，都跟西方的科学技术有关系。所以我就说，好东西跟坏东西有时候很难分。那么我们现在在这个科学技术方面，起步比较晚，也有我们的好处，就是过去的人走过的错路，我们可以不走。可对这个认识，大家很不一致，就是东化西化的问题，我看到了二十一世纪，我们应该提倡东化。现在在这方面有几种看法。一种看法呢就是，我写过几篇文章，也在几个地方讲过，我说二十一世纪是东方文化的世纪。我到现在还这么讲。说这话，因为我自己是东方人，有点王婆卖瓜自卖自夸，可是这个意见西方人也有，比如汤因比，英国的汤因比，他那本书译过来叫《历史研究》，很大的本子，三本，大家有兴趣可以看一看。他就主张这样，他就主张世界的文化，他不叫文化，他叫文明，civilization，不是 culture，这两个字的差别先不讲，又有相同之处，又有不同之处。文化跟文明，汤因比用的是 civilization。他把人类的文明，过去的，所有的，五千年以内的，分为23个或26个，他认为任何文明都不能万岁千秋，它有成长过程。有人讲，他是进化论的看法，你不管它是什么论，反正这是历史事实证明了的，一种文化，不能永远万世长存，任何文化，它总是要变的。我们讲辩证法，辩证法的核心，就是一切都要变，这谁也否定不了的。文化、文明也是这样的。欧洲有些国家得到好多殖民地，自己以为了不起，1914年打了一次世界大战，结果自己打自己，都是白种人打白种人，基本上是。所以1918年以后，欧洲有识之士，他们觉得有点问题，他们说，我们的文化这么了不起，我们是天之骄子，为什么我们自己打自己？一死几千万。所以当时，就在“一战”以后，就出了一本书。德国人斯宾格勒写的，叫《西方的没落》，就是西方文化的沦亡，它就讲这个道理。可到了二十年代后期，来了一个反动，首先是墨索里尼，其次是希特勒，把这本书，在图书馆里边都拿去烧掉。我们现在有翻译。然后是三十年代，法西斯在欧洲横行霸道的时候。到了1939年，又来了个第二次世界大战。这一次比上一次多了两年，死的人多了几千万。所以在这以后，西方人脑袋里面又有问题了，说我们怎么又打，“二战”基本上也是自己打自己，东方也沾点儿边，所以在这个时候又出了许多书。汤因比的思想可以代表这个时期的。

这世界无非是这样的，东方不亮西方亮。那西方不行的话呢，就看东方。所以要向东方学习。这个话呢，我感觉到，作为一个学术来讨论也可以，没有什么关系，就是不要扣帽子。可现在我们学术界，就这么个现象，别的界我先不说，就说语言学界。你讲西化，他是百依百顺，你讲东化，他认为你大逆不道。我觉得很奇怪，为什么不能东化呢？为什么？这道理讲不通啊。他说什么呢，他说现在中国的语言理论，谁也没建立起来，没有。像欧洲的大家，近代的、乔姆斯基（Chomsky）什么的这一批，都有，这证明我们不行。文学界讲文艺理论，还没有一个这么具体的例子，不过问题差不多。就是现在欧洲文学界，他们有理论，一天变一遍，一天变一遍，蟪蛄不知春秋。可是我们中国就在后边跟，老赶，老也赶不上，我们这里提倡的，人家那里已经下台了，人家那里上台的时候我们不知道。等到我们知道时，人家那里下台了。有人大概就这么讲，我们中国为什么就不能创立新的文艺理论？这正好有个道理，你讲文艺理论基础，讲文艺理论在中国是历史最长，经典最丰富。古希腊，当然很了不起，不过，古希腊的文化后来中断了，我们中国的没有中断。按道理讲去，我们本来有这个能力，在旧的基础上来创造新的文艺理论，本来应该有的。像《文心雕龙》那种书，现在你读起来，还是感觉到里边内容非常的丰富，意见非常的深刻。后来是诗话，中国研究文艺理论很有意思，整个一本书讲文艺理论的比较少，像《文心雕龙》那样的书比较少，主要观点在诗话里边。几乎每个诗人都有诗话。昨天晚上我看了一本书，就讲，韩国也通行诗话，日本也是。诗话差不多是讲故事，在故事里边提出文艺见解。形式上非常有意思。

这样我就感觉到，现在，二十一世纪快开始了，二十世纪末，我们现在考虑问题，应该更远一点，不能局限于眼前。另外呢，就是要客观一点，还有一个就是不要给人随便扣帽子，什么反马克思主义啦，民族复古主义啦，这个帽子最好不要用。有一位，是一位老教授，写文章给别人扣帽子，我就跟他开了个小玩笑，我说我不主张给人家扣帽子，我说如果要给你扣的话呢，现在就有一顶，就摆在这儿，民族虚无主义。其实我给他扣的帽子，就是民族虚无主义，我说话，拐了点弯，就说他实在叫人看不下去，你只要讲中国行，他就反对，讲中国不行，他就高兴。这种心理真是莫名其妙。

在车上谈到一个问题，就是你们院里的工作，我想跟我讲的有关系。有什么关系呢？就是，你们是外国语大学，是这外国语大学里边的中文学院，那么你们的任务呢，一方面，教中国学生汉文，另外一方面呢，教外国学生汉文。这表面上看起来没有什么深文奥义，实际上讲起来还是很有意思的。这话怎么讲呢？现在我感觉到我们中国，我刚才说的，就是崇洋媚外比较严重，社会上，商标，你要讲一个古典的，没人买，你换一个什么艾利斯怪利斯什么什么有点洋味的，立刻就有人买。这个毫无办法，这是社会风气。可是问题就是这样，我考虑这样一个问题，我们中国，孙子讲“知己知彼，百战不殆”，就是什么事情，一要了解自己，一要了解对方。打仗也是这样的，念书也是这样的。那么在这个问题上，拿中国的学者来说（在座的都在内），就我们中国的老中青的学者说，对西方的了解，比西方人对中国的了解，究竟谁高谁低很清楚，我们对他们的了解，应该说是相当地深，相当地广；反过来，西方对我们的了解，除了几个汉学家以外，简直是幼儿园的水平。听说现在到法国，还有人不知道鲁迅，就说明他们对我们毫无了解。在思想上就觉得你们没有什么东西，现在是我们的天下，我觉得这里边就有危机。要真正知道自己有自知之明，恐怕也要了解别人，这也属于自知之明的范畴之内的。他们一不想了解，二不了解。结果我们这方面呢，我们对西方应该说是了解得非常深非常透。看不出来，只看到背面，消极面，社会上的崇洋媚外，有时候看起来头疼，这是消极面。好的一面，我们对我们的对立面——我不说敌人——的了解，比他们对我们的了解，不知道要胜过多少，将来有朝一日，我们这个优势会产生很大的效果。同志们你们考虑考虑，是不是这个问题？所以，我就感觉到像我们做这样的工作，特别像你们外国语大学中文学院，恐怕有双重任务。除了你们以外，我认为搞人文科学的都一样，其实自然科学也一样，一个是拿来，鲁迅的拿来主义，一个是送出去。拿来，完全正确的，现在我们确实拿来了，拿来的也不少，好的坏的都拿来了，你像艾滋病也拿来了。送去，我觉得我们做得很不够，很不够，比如外国人不了解中国，这主要原因当然是外国人本人，他自己，他瞧不起我们；另外呢，我们工作也得负责任，就是我们对外宣传，对外弘扬我们中华民族的优秀文化，工作做得不到家。

有一件事情，我始终认为很值得思考的，就是诺贝尔奖金。诺贝尔奖金，大家都认为是了不起的，以为得诺贝尔奖金就可以入文学史了。过去我也这么想过。可是到今天，为什么我们一个诺贝尔奖也没有得呢？大江健三郎，这个人我认识，五十年代，他大学还没毕业时随代表团来北大访问过。代表团也见了我。在座的有研究日本文学的吗？大江健三郎那时候来的，我不是说他不应该得，我看瑞典科学院，对大江健三郎的评价还是很高的，就说这个人应该得诺贝尔奖金，我不是说他不应该。这是第一。第二个问题就是，过去得诺贝尔奖金的，从1900年还是1901年开始，到现在将近快一百年了吧。得诺贝尔奖金的确实有大家，这是不能否定的，将来能够传世的大家，当然确实也有不但不是大家，二流也不够，就是那个赛珍珠，我很有意见。《黄土地》那书我也看过，我是从艺术方面说的，那个书没有什么艺术性，它能得诺贝尔奖金，中国的得不了。后来我听说马悦然是瑞典科学院管这个的，说话算数的，他跟别人讲，他说中国之所以没有得诺贝尔奖金，就因为中国文学作品的翻译不好。这是胡说八道的事情，你并没有规定你这种文学作品要翻译成哪种语言哪，那么世界上得诺贝尔奖金的，除了英文，意德法的，都翻译得好吗？我就感觉到诺贝尔奖金，这个大家也承认，政治性是很强的，对我们这个社会主义国家，对当年的苏联，都是歧视的。前几天有一次会上我也讲，我们中国有些出版社，或者我们中国的学术界，用不着大声疾呼来宣传诺贝尔奖金。好多出版社利用诺贝尔奖金来做生意，宣传诺贝尔奖金的作品集，又是每个人的介绍，我看大可不必，而且这个东西，从这里看起来它很不公正。这是顺便讲的，因为大家也是搞这个的。下一个问题是送出去，拿来我们会，但送去怎么送？有各种各样的办法，如你们呢，眼前就有留学生，北大也有一批留学生，就是送去的对象，让人家了解我们。当然让人家了解我们的目的也不是什么民族狭隘主义，人与人之间相互了解，对将来世界和平也有好处，我觉得这是国际主义，不是狭隘的民族主义。说我们文化就高于一切，不是这么回事。一个拿来，一个送去。我想，我们这两方面的工作都应该做好。占大家的时间太多了，谢谢大家！

1995年5月9日

（在北京外国语大学中文学院的讲演）

东学西渐与『东化』

最近，我的学生蔡德贵告诉我，青岛大学学报《东方论坛》准备开设一个新的栏目“东学西渐”，并转达该学报杂志社社长冯国荣教授的意见，请我写一篇文章，我很高兴。我觉得这个栏目开得好，开得适逢其时。

我一向特别重视文化交流的问题，既主张拿来主义，也主张送去主义。我认为，文化一旦产生，其交流就是必然的。没有文化交流，就没有文化发展。交流是不可避免的，无论谁都挡不住。

一种文化既有其民族性，又有时代性。一个民族自己创造文化，并不断发展，成为传统文化，这是文化的民族性。一个民族创造了文化，同时在发展过程中它又必然接受别的民族的文化，要进行文化交流，这就是文化的时代性。民族性与时代性有矛盾，但又统一，缺一不可。继承传统文化，就是保持文化的民族性；吸收外国文化，进行文化交流，就是保持文化的时代性。所以文化的民族性与时代性这个问题是会贯彻始终的。

为了保持文化的时代性，自二十世纪以来，出现了一种提倡“全盘西化”的观点。“全盘西化”和文化交流有联系。现在，整个社会，不但中国，而且是全世界，都是西方文化占垄断地位。这是事实，眼前哪一样东西不是西方文化？电灯电话，楼上楼下，就说我们这穿的，从头顶到鞋，全是西方化了。这个西化不是坏事情。“西化”要化，不“化”不行，创新、引进就是“化”。但“全盘西化”不行，不能只有经线，没有纬线。“全盘西化”在理论上讲不通，在事实上办不到。

我们不能只讲西化，不讲“东化”。“东化”，报纸上没有这个词儿，是我发明的。我们知道，汉唐的时候，是“东化”的。因为世界的经济中心、文化中心当时在中国。在明末清初以前确实有过东学西渐。不能只重视“西学东渐”而忽视“东学西渐”。根据历史事实，在中西文化交流史上，“东学西渐”从来就没有中断过。中华文化的博大精深吸引了西方传教士、外籍华人、留学生、商人等的注意，并通过他们广泛传播到世界各地。

在文化交流方面，中国是一个很有特色的国家。从蒙昧的远古起，几乎是从一有文化开始，中国文化中就有外来文化的成分。中国人向来强调“有容乃大”，不管是物质的，还是精神的，只要对我们有利，我们就吸收。海纳百川，所以成就了中国文化之大。中外文化的交流，一直没有中断过。

我们中国不但能够拿来，也能够送去。历史上，我们不知道有多少伟大的发明创造送到外国去，送给世界人民。从全世界的历史和现状来看，人类文明之所以能发展到今天这个样子，中国人与有力焉。可惜的是，在一片西化之声洋洋乎盈耳之时，西方人大都自我感觉极为良好，他们以“天之骄子”自居，在下意识之中，认为自古以来就是这样，今后也将永远是这个样子。今天的中国，对西方的了解远远超过西方人对中国的了解。在西方，不但是有一些平民百姓对中国不了解，毫无所知，甚至个别人还认为中国人现在还在裹小脚，吸鸦片。连一些知识分子也对中国懵懂无知，连鲁迅都不知道。既然西方人不肯来拿我们的好东西，那我们只好送去了。鉴于此，我们组织了一套《东方文化集成》，计划出500多种，600多部，从二十世纪九十年代开始出版，现在还在继续编辑出版。我还和王宁主编了一套《东学西渐丛书》，1999年由河北人民出版社出版，总共七部，包括朱谦之先生早先写成的《中国哲学对欧洲的影响》，还有其他作者的新著：王宁的《中国文化对欧洲的影响》、王兆春等的《中国军事科学的西传及其影响》、韩琦的《中国科学技术的西传及其影响》、刘岩的《中国文化对美国文学的影响》、史彤彪的《中国法律文化对西方的影响》、孙津的《中国现代化对西方的影响》。丛书出版之后，有人发表评论，说这套丛书，可以增强我们变革和发展的信心，说这套丛书的价值得到了充分展现。从这套丛书中，我们可以清楚地看到，公元十六、七世纪以前的欧洲，在文明的发展中与中国有多么大的差距。而他们向中国文明的学习，与后来中国人接受欧洲文明的顺序是相似的，即先从科学技术开始，这不仅包括造纸、印刷、火药、指南针“四大发明”，还包括陶瓷、冶金、纺织等技术，以及军事技术和兵法等。之后，又逐步深入到文化，即价值观、思想和道德，再就是哲学，进而是对中国社会制度的理性思考。2000年刘登阁、周云芳著的《西学东渐与东学西渐》，由中国社会科学出版社出版。看来，东学西渐在学术界引起了相当程度的重视。

我认为二十一世纪应该是“东化”的世纪。西方文化从文艺复兴以来，昌盛了几百年，把社会生产力提高到了空前的水平，促使人类社会进步也达到了空前的速度，光辉灿烂，远迈前古，世界人民无不蒙受其利。但它同世界上所有的文化一样，也是决不能永世长存的，迟早也会消逝的。二十世纪二十年代前后，西方的有些学者已经看出西方文化衰落的端倪，如德国施宾格勒在1917年开始写作的《西方的没落》一书，预言当时如日中天的西方文化也会没落。此书一出版，马上洛阳纸贵，产生了巨大的影响，英国著名历史学家汤因比受其影响，也反对西方中心论。他们的观点是值得肯定的。因为，西方文化在今天已逐渐呈现出强弩之末的样子，大有难以为继之势了。具体表现是西方文化产生了一些威胁人类生存的弊端，其荦荦大者，就有生态平衡的破坏、酸雨横行、淡水资源匮乏、臭氧层破坏、森林砍伐、江河湖海污染、动植物种不断灭绝、新疾病出现等等，都威胁着人类的发展甚至生存。

西方文化产生这些弊端的原因，是植根于西方的基本思维模式。因为思维模式是一切文化的基础，思维模式的不同，是不同文化体系的根本不同。简而言之，我认为，东方的思维模式是综合的，它照顾了事物的整体，有整体概念，讲普遍联系，接近唯物辩证法。用一句通俗的话来说就是，既见树木，又见森林，而不是只注意个别枝节。中国“天人合一”的思想，印度的“梵我一体”的思想，是典型的东方思想。而西方的思维模式则是分析的。它抓住一个东西，特别是物质的东西，分析下去，分析下去，分析到极其细微的程度。可是往往忽视了整体联系。两者的不同，十分明确。但是不能否认，世界上没有绝对纯的东西，东西方都是既有综合思维，也有分析思维。然而，从宏观上来看，这两种思维模式还是有地域区别的：东方以综合思维模式为主导，西方则是以分析思维为主导。这个区别表现在各个方面，具体来说，东方哲学中的“天人合一”思想，就是以综合思维为基础的。西方则是征服自然，对大自然穷追猛打。表面看来，他们在一段时间内是成功的，大自然被迫满足了他们的物质生活需求，日子越过越红火，但是久而久之，却产生了以上种种危及人类生存的种种弊端。这是因为，大自然虽既非人格，亦非神格，却是能惩罚、善报复的，诸弊端就是报复与惩罚的结果。

二十一世纪是东方文化的世纪，东方文化将取代西方文化在世界上占统治地位，而取代不是消灭。全面一点的观点是：西方形而上学的分析已快走到尽头，而东方文化寻求综合的思维方式必将取而代之。以分析为基础的西方文化也将随之衰微，代之而起的必然是以综合为基础的东方文化。这种代之而起，是在过去几百年来西方文化所达到的水平的基础上，用东方的整体着眼和普遍联系的综合思维方式，以东方文化为主导，吸收西方文化中的精华，把人类文化的发展推向一个更高的阶段。这种“取代”，在二十一世纪可见分晓。所以结论是：二十一世纪是东方文化的时代，这是不以人们的主观愿望为转移的客观规律。用东方“天人合一”的思想和行动，济西方“征服自然”之穷，就可以称之为“东西文化互补论”。

2001年10月，76位中华文化研究者，其中也有我，发表了《中华文化复兴宣言》，肯定：亚洲四小龙的崛起和日本的高速发展，都吸收了中华文化思想的智慧。当前西方一些有远见之士都在尽力研究中华文化，并提出“西方的病，东方的药来医”，形成了“东学西渐”。这些都说明了中华文化在当今世界仍有无穷的价值！

2004年

我们要奉行『送去主义』

二十世纪二三十年代，鲁迅先生提出了“拿来主义”的主张。我们中国人，在整个二十世纪，甚至在二十世纪以前，确实从西方国家拿来了不少的西方文化的精华，这大大地推动了我们教育、文化、科研，甚至政治、经济等方面的发展，提高了我们的文化水平，丰富了我们的物质生活和精神生活。这是一个历史事实，谁也无法否认。当然，伴随着西方文化的精华，我们也拿来了不少的糟粕。这是不可避免的，有时候精华与糟粕是紧密相连的。

十几年前，也就是在上一个世纪的最后一段时间内，我曾提出了一个主张：“送去主义”。拿来与送去是相对而言的。我的意思是把中国文化的精华送到西方国家去，尽上我们的国际主义义务。我的根据何在呢？

我们中华民族是伟大的民族，在过去几千年的历史上，我们有过许多重要的发明创造，四大发明是尽人皆知的，无待赘言。至于无数的看来似乎是细微的发明，也出自中国人之手，其意义是绝不细微的。我只介绍一部书，大家一看便知，这部书是：阿里·玛扎海里的《丝绸之路》。至于李约瑟的那一部名著，几乎尽人皆知，用不着我再来介绍了。如果没有中国的四大发明，人类社会的进步，人类文化的发展，将会推迟几百年，这是世界上有点理智的人们的共识，绝不是我一个人的“老王卖瓜”也。

然而，日往月来，星移斗转，近几百年以来，西方兴起了产业革命，科学技术的发展突飞猛进，在不太长的时间内，影响遍及全世界。当年歌德提出了一个“世界文学”的想法，我们现在眼前却确有一个“世界文化”。最早的殖民主义国家，靠坚船利炮，完成了资本主义原始积累的任务。后来的帝国主义国家，靠暂时的科技优势，在地球村中，为非作歹，旁若无人，今天制裁这个国家，明天惩罚那个国家，得意扬扬，其劣根性至今没有丝毫改变。在这样的情况下，在西方，除了极少数有识之士外，一般人大抵都以“天之骄子”自命，认为宇宙间从来就是如此，今后也将万岁千秋如此，真正是“其愚不可及也”。他们颇有点类似中国旧日的皇帝，认为自己什么都有，无所求于任何其他民族。据说，西方某个大国中，有知识的人连鲁迅这个名字都没有听说过。其极端者甚至认为中国人至今还在吃鸦片，梳辫子，裹小脚。真正让人啼笑皆非，这样的“文明人”可笑亦复可怜！

现在屈指算来，西方以及世界其他国家已经从中华民族优秀文化中拿走了不少优秀的精华，他们学习了，应用了，收到了效果，获得了利益。但是，仍然有许多精华，他们没有拿走，比如中国传统的伦理道德，其中有糟粕，也有精华，其精华部分对世界人民处理天人关系、人与人的关系，以及个人心中感情思想中的矛盾时会有很大的助益。眼前全世界都大声疾呼的环保问题实际上是西方人“征服自然”的恶果，中国的“天人合一”的思想，如能切实行之，必能济西方之穷。我们眼前，由于人所共知的原因，科技在某些方面确实落后于西方。但是，我们也不能说是一点创造发明都没有，一点先进的东西都没有，比如改革开放，由计划经济转入市场经济而获得成功，对世界上其他国家就很有借鉴的价值。

这些东西如珠子在前，可人家，特别是西方人，却偏不来拿。

怎么办呢？你不来拿，我们就送去。

我们首先要送去的就是汉语。“射人先射马，擒贼先擒王”。汉语是“王”。中华民族的优秀文化大部分保留在汉语言文字中。中华民族古代和现代的智慧，也大部分保留在汉语言文字中。中国人要想弘扬中华民族的优秀文化，外国人要想学习中华民族的优秀文化，都必须首先抓汉语。为了增强中外文化交流，为了加强中外人民的理解和友谊，我们首先必须抓汉语。因此，我们要奉行送去主义，首先送出去的也必须是汉语。

此外，汉语本身还具备一些其他语言所不具备的优点。五十年代中期，我参加了中共八大翻译处的工作。在几个月的工作过程中，我逐渐发现了一个从来没有人提到过的现象，这就是：汉语是世界上最短的语言。使用汉语，能达到花费最少最少的劳动，传递最多最多的信息的目的。我们必须感谢我们的祖先，他们给我们留下了汉语言文字这一瑰宝。过去的几千年，我们在这里暂且不谈。仅就目前十几亿使用汉语言文字的人来说，他们在交流思想，传递信息方面所省出来的时间简直应该以天文数字来计算。汉语之为功可谓大矣。

从前听到有人说过，人造的世界语，不管叫什么名称，寿命都不会太长的。如果人类在未来真有一个世界语的话，那么这个世界语一定会是汉语的语法和英文的词汇。洋泾浜英语就证明了这一点。这种说法虽然近乎畅想曲，近乎说笑话，但其中难道一点道理都没有吗？

说来说去，一句话：我们要奉行“送去主义”，这既有政治意义，也有学术意义。

2000年1月11日

国学漫谈

《国学，在燕园又悄然兴起》一文（见《人民日报》1993年8月16日第三版）在国内外一部分人中引起了轰动。据我个人看到的国内一些报纸和香港的报纸，据我收到的一些读者来信看，读者们是热诚赞成文章的精神的。

想要具体的例证，那可以说是俯拾即是。前不久，我曾就东方文化和国学做过一次报告。一位青年同志写了一篇“侧记”，叙述这一次报告的情况（王之昉：《高屋建瓴启迪后人》，《人民日报》1993年12月1日第三版）。读者如有兴趣，可以参阅。我因为是当事人，有独特的感触，所以不避啰嗦之嫌，在这里对那天的情况再讲上几句。

那是一个阴雨连绵的晚间，天气已颇有寒意。报告定在晚上七时。我毫无自信，事先劝同学们找一个不太大的教室，能容下100人就行了。我是有私心的，害怕人少，讲者孑然坐在讲台上，面子不好看。然而他们坚持找电教大楼的报告大厅，能容下400人。完全出乎我意料，不但座无虚席，而且还有不少人站在那里，或坐在台阶上，都在静静地谛听，整个大厅里鸦雀无声。我这个年届耄耋的世故老人，内心里十分激动，眼泪在眼睛里打转。据说，有人五点半就去占了座位。而对这样一群英姿勃发的青年，我心里一阵阵热浪翻滚，笔墨语言都是形容不出来的。

海外不是有一些人纷纷扬扬，说北大学生不念书，很难对付吗？上面这现象又怎样解释呢？

人世间有果必有因。上面说的这种情况也必有其原因。我经过思考，想用两句话来回答：顺乎人心，应乎潮流。

我们中华民族拥有五千年的光辉灿烂的文化，对人类做出了卓越的贡献。很难想象，世界上如果缺少了中华文化会是一个什么样子。前几年，弘扬中华优秀文化的号召一经提出，立即受到了国内外炎黄子孙的热烈拥护。原因何在呢？这个号召说到了人们的心坎上。弘扬什么呢？怎样来弘扬呢？这就需要认真地研究了。我们的文化五色杂陈，头绪万端。我们要像韩愈说的那样："沉浸浓郁，含英咀华"，经过这样细细品味、认真分析的工作，把其中的精华寻找出来，然后结合具体情况，从而发扬光大之，期有利于中国人民和世界人民的前进与发展。"国学"就是专门做这件工作的一门学问。旧版《辞源》上说：国学，一国所固有之学术也。话虽简短朴实，然而却说到了点子上。七八十年以来，这个名词已为大家所接受。除了"脑袋里有一只鸟"的人（借用德国现成的话），大概不会再就这个名词吹毛求疵。如果有人有兴趣有工夫去探讨这个词儿的来源，那是他自己的事，我无权反对。

国学决不是"发思古之幽情"。表面上它是研究过去的文化的，因此过去有一些学者使用"国故"这样一个词儿。但是，实际上，它既与过去有密切联系，又与现在甚至将来有密切联系。现在我们不是都谈建设有中国特色的社会主义吗？什么叫"特色"？特色表现在什么地方？我曾反复思考过这个问题。我觉得，科技对我们国家建设来说，对发展生产力来说，是非常重要的，万万不能缺少的。但是，科技却很难表现出什么特色。你就是在原子能、电脑、宇宙飞船等尖端科技方面，有突出的成就，超过了世界先进国家，同其他国家比较起来，也只能是程度的差别，是水平的差别，谈不到什么特色。我姑且称这些东西为"硬件"。硬件的本质都是一样的，没有什么特色可言。

特色最容易表现在精神文化方面，我姑且称之为"软件"，哲学、宗教、文学、艺术、伦理、道德、经营、管理等都属于这个范畴。这些东西也是能够交流的，所谓“固有”并不排除交流，这个道理属于常识范围。以上这些学问基本上都保留在我们所说的“国学”中。其中有不少的东西可以说是中华文化、中华智慧的结晶，直至今日，不但对中国人发挥影响，它的光辉也照到了国外去。最近听一位国家教委的领导说，他在新德里时亲耳听到印度总统引用中国《管子》关于“十年树木，百年树人”的话。在巴基斯坦他也听到巴基斯坦总理引用中国古书中的话。足证中华智慧已深入世界人民之心。这是我们中国人应该感到骄傲的。所有这一些中国智慧都明白无误地表露了中国的特色。它产生于中国的过去，却影响了中国和世界的今天，连将来也会受到影响。事实已经证明，连外国人都会承认这一点的。

国学的作用还不就到此为止，它还能激发我们整个中华民族的爱国热情。“爱国主义”是一个好词儿，没有听到有人反对过。但是，我总觉得，爱国主义有真伪之分。在历史上，被压迫被侵略的民族，为了自己的生存与尊严，不惜洒热血、抛头颅，奋抗顽敌，伸张正义。这是真爱国主义。反之，压迫别人侵略别人的民族，有时候也高呼爱国主义，然而却不惜灭绝别的民族。这样的“爱国主义”是欺骗自己人民的口号，是蒙蔽别国人民的幌子。它实际上是极端民族沙文主义的遮羞布。例子不用举太远的，近代的德、意、日法西斯主义就是这一类货色。这是伪爱国主义。

中国的爱国主义怎样呢？它在主体上是属于真爱国主义范畴的。有历史为证，不管我们在漫长的封建时期内，“天朝大国”的口号喊得多么响，事实上我国始终有外来的侵略者，主要来自北方，先后有匈奴、突厥、辽、金、蒙、满等等。今天，这些民族基本上都成了中华民族的组成部分；但在当时只能说是敌对者，我们不能否定历史的本来面目。在历史上，连一些雄才大略的开国君主也难以逃避耻辱。刘邦曾被困于平城，李渊曾称臣于突厥，这是最明显的例子。我们也不能说，中国过去没有主动地侵略别人过，这情况也是有过的，但不是主流，主流是中国始终受到外来的威胁。正是由于这个原因，我们中国人民敬仰、歌颂许多爱国者，岳飞、文天祥、史可法等都是。一直到今天，爱国主义，真正的爱国主义，始终左右我们民族的心灵。我常说，北京大学的优良传统之一，就是爱国主义，我这说法得到了许多人的赞同。探讨和分析中国爱国主义的来龙去脉，弘扬爱国主义思想，激发爱国主义热情，是我们今天“国学”的重要任务，国学的任务可能还可以举出一些来，以上三大项，我认为，已充分说明其重要性了。我上面说到“顺乎人心，应乎潮流”。我现在所谈的就是“人心”，就是“潮流”。我没有可能对所有的人都调查一番。我所说的“人心”，可能有点局限。但是，一滴水中可以见宇宙，从燕园来推测全国，不见得没有基础。我最近颇接触了一些青年学生。我发现，他们是很肯动脑筋的一代新人。有几个人告诉我，他们感到迷惘。这并不是坏事，这说明他们正在那里寻觅祛除迷惘的东西，正在那里动脑筋。他们成立了许多社团，有的名称极怪，什么“吠陀”，什么禅学，这一类名词都用上了。也许正在燕园悄然兴起的“国学”，正投了他们之所好，顺了他们的心。否则怎样来解释我在本文开头时说的那种情况呢？中国古话说，“得道多助，失道寡助”，顺应人心和潮流的就是“道”。

但是，正如对人世间的万事万物一样，对国学也有不同的看法。提倡国学要有点勇气，这话是我说出来的。在我心中主要指的是以“十年浩劫”为代表的那一股极左思潮。我可万万没有想到，今天半路上竟杀出来一个程咬金，在小报上写文章嘲讽国学研究，大扣帽子。不知国学究竟于他何害，我百思不得其解。无独有偶，北师大古籍研究所编纂《全元文》，按说这工作有百利而无一弊，然而竟也有人想全面否定。我觉得，有这些不同意思也无妨。国学，弘扬中华优秀文化，既然是顺乎人心，应乎潮流的事业，必然会发展下去的。

1993年12月24日

『天人合一』新解

“天人合一”是中国哲学史上的一个非常重要的命题。中外治中国哲学史的学者，哪一个也回避不开。但是，对这个命题的理解、解释和阐述，却相当分歧。学者间理解的深度和广度、理解的角度，也不尽相同。这是很自然的，几乎没有哪一个哲学史上的命题的解释是完全一致的。

我在下面先简略地谈一谈这个命题的来源，然后介绍一下几个有影响的学者对这个命题的解释，最后提出我自己的看法，也可以说是“新解”吧。对于哲学，其中也包括中国哲学，我即使不是一个完全的门外汉，最多也只能说是一个站在哲学门外向里面望了几眼的好奇者。但是，天底下的事情往往非常奇怪，真正的内行“司空见惯浑无事”，对一些最常谈的问题习以为常，熟视无睹，而外行人则怀着一种难免幼稚但却淳朴无所蔽的新鲜的感觉，看出一些门道来。这个现象在心理学上很容易解释，在人类生活和科学研究中，并不稀见。我希望，我就是这样的外行人。

我先介绍一下这个命题的来源和含义。

什么叫“天人合一”呢？“人”，容易解释，就是我们这一些芸芸众生的凡人。“天”，却有点困难，因为“天”字本身含义就有点模糊。在中国古代哲学家笔下，天有时候似乎指的是一个有意志的上帝，这一点非常稀见。有时候似乎指的是物质的天，与地相对。有时候似乎指的是有智力有意志的自然。我没有哲学家精细的头脑，我把“天”简化为大家都能理解的大自然。我相信这八九不离十，离真理不会有十万八千里。这对说明问题也比较方便。中国古代的许多大哲学家，使用“天”这个字，自己往往也有矛盾，甚至前后抵触。这一点学哲学史的人恐怕都是知道的，用不着细说。

谈到“天人合一”这个命题的来源，大多数学者一般的解释都是说源于儒家的思孟学派。我觉得这是一个相当狭隘的理解。《中华思想大辞典》说：“主张‘天人合一’，强调天与人的和谐一致是中国古代哲学的主要基调。”这是很有见地的话，这是比较广义的理解，是符合实际情况的。我现在就根据这个理解来谈一谈这个命题的来源，意思就是，不限于思孟，也不限于儒家。我先补充上一句：这个代表中国古代哲学主要基调的思想，是一个非常伟大的、含义异常深远的思想。

为了方便起见，我还是先从儒家思想介绍起。《周易·乾卦·文言》说：“‘大人’者与天地合其德，与日月合其明，与四时合其序，与鬼神合吉凶，先天而天弗违，后天而奉天时。”这里讲的就是“天人合一”的思想，这是人生的最高的理想境界。

孔子对天的看法有点矛盾。他时而认为天是自然的，天不言而四时行，而万物生。他时而又认为，人之生死富贵皆决定于天，他不把天视作有意志的人格神。

子思对于天人的看法，可以《中庸》为代表。《中庸》说：“能尽人之性，则能尽物之性；能尽物之性，则可以赞天地之化育，则可以与天地参矣。”

孟子对天人的看法基本上继承了子思的衣钵。《孟子·万章上》说：“莫之为而为者，天也；莫之致而致者，命也。”天命是人力做不到达不到而最后又能使其成功的力量，是人力之外的决定的力量。孟子并不认为天是神；人们只要能尽心养性，就能够认识天。《孟子·尽心上》说：“尽其心者，知其性也；知其性则知天矣。”到了汉代，汉武帝独尊儒术。董仲舒是当时儒家的代表。是他认真明确地提出了“天人之际，合而为一”的思想。《春秋繁露·人副天数》中说：“人有三百六十节，偶天之数也；形体骨肉，偶地之数也；上有耳目聪明，日月之象也；体有空窍理脉，谷川之象也。”《阴阳义》中说：“天亦有喜怒之气，哀乐之心，与人相副，以类合之，天人一也。”董仲舒的天人合一思想，是非常明显的。他的天人感应说，有时候似乎有迷信色彩，我们不能不加以注意。

到了宋代，是中国所谓“理学”产生的时代。此时出了不少大儒。尽管学说在某一些方面也有所不同。但在“天人合一”方面，几乎都是相同的。张载明确地提出了“天人合一”的命题。程颐说：“天、地、人，只一道也。”

宋以后儒家关于这一方面的言论，我不再介绍了。我在上面已经说过，这个思想不限于儒家。如果我们从更宏观的角度来看这个问题，把“天人合一”理解为人与大自然的关系。那么在儒家之外，其他道家、墨家和杂家等等也都有类似的思想。我在此稍加介绍。

老子说：“人法地，地法天，天法道，道法自然。”王弼注说：与自然无所违。《庄子·齐物论》说：“天地与我并生，而万物与我为一。”看起来道家在主张天人合一方面，比儒家还要明确得多。墨子对天命鬼神的看法有矛盾。他一方面强调“非命”、“尚力”，人之富贵贫贱荣辱在力不在命；但是在另一方面，他又推崇“大志”、“明鬼”。他的“天”好像是一个有意志行赏罚的人格神。天志的内容是兼相爱。他的政治思想，比如兼爱、非攻、尚贤、尚同，也有同样的标记。至于吕不韦，在《吕氏春秋·应同》中说：“成齐类同皆有合，故尧为善而众善至，桀为非而众非来。《高箴》云：‘天降灾布祥，并有其职。’”这里又说：“山云草莽，水云鱼鳞，旱云烟火，雨云水波，无不皆类其所生以示人。”从这里可以看出，吕氏是主张自然（天）是与人相应的。

中国古代“天人合一”的思想，就介绍这样多。我不是写中国哲学史，不过聊举数例说明这种思想在中国古代十分普遍而已。

不但中国思想如此，而且古代东方思想也大多类此。我只举印度一个例子。印度古代思想派系繁多。但是其中影响比较大、根柢比较雄厚的是人与自然合一的思想。印度使用的名词当然不会同中国一样。中国管大自然或者宇宙叫“天”，而印度则称之为“梵”（Brahman）。中国的“人”，印度称之为“我”（Atman，阿特曼）。总起来看，中国讲“天人”，印度讲“梵我”，意思基本上是一样的。印度古代哲学家有时候用 tat（等于英文的 that）这个字来表示“梵”。梵文 tat kartr，表面上看是“那个的创造者”，意思是“宇宙的创造者”。印度古代很有名的一句话 tat tvam asi，表面上的意思是“你就是那个”，真正的含义是“你就是宇宙”（你与宇宙合一）。宇宙、梵是大我；阿特曼、我是小我。《奥义书》中论述梵我关系常使用一个词儿 Brahmātmaikyam，意思是“梵我一如”。吠檀多派大师商羯罗（Sankara，约公元788—820年），张扬不二一元论（Advaita）。大体的意思是，有的《奥义书》把“梵”区分为二：有形的梵和无形的梵。有形的梵指的是现象界或者众多的我（小我）；无形的梵指的是宇宙本体最高的我（大我）。有形的梵是不真实的，而无形的梵才是真实的。所谓“不二一元论”就是说：真正实在的唯有最高本体梵，而作为现象界的我（小我）在本质上就是梵，二者本来是同一个东西。我们拨开这些哲学迷雾看一看本来面目。这一套理论无非是说梵我合一，也就是天人合一，中印两国的思想基本上是一致的。（请参阅姚卫群《吠檀多派哲学的梵我关系理论》，《南亚研究》1992年第三期，第37～44页。）

从上面对中国古代思想和印度古代思想的介绍中，我们可以看到，尽管使用的名词不同，而内容则是相同的。换句话说，“天人合一”的思想是东方思想的普遍而又基本的表露。我个人认为，这种思想是有别于西方分析思维模式的东方综合思维模式的具体表现。这个思想非常值得注意，非常值得研究，而且还非常值得发扬光大，它关系到人类发展的前途。

专就中国哲学史而论，我在本文一开头就说到：哪一个研究中国哲学史的学者也回避不开“天人合一”这个思想。要想对这些学者们的看法一一详加介绍，那是很难以做到的，也是没有必要的。我在下面先介绍几个我认为有代表性的哲学史家的看法，然后用比较长一点的篇幅来介绍中国现当代国学大师钱宾四（穆）先生的意见，他的意见给了我极大的启发。

首先介绍中国著名的哲学史家冯芝生（友兰）先生的意见。芝生先生毕生研究中国哲学史，著作等身，屡易其稿，前后意见也不可避免地不能完全一致。他的《中国哲学史》是一部皇皇巨著，在半个多世纪的写作过程中，随着时代潮流的变换，屡屡改变观点，直到逝世前不久才算是定稿。我不想在这里详细讨论那许多版本的异同。我只选出一种比较流行的也就是比较有影响的版本，加以征引，略作介绍，使读者看到冯先生对这个"天人合一"思想的评论意见。我选的是1984年中华书局版的《中国哲学史》。他在上册页164谈到孟子时说："'万物皆备于我'，'上下与天地同流'等语，颇有神秘主义之倾向。其本意如何，孟子所言简略，不能详也。"由此可见，冯先生对孟子"天人合一"的思想没有认真重视，认为"有神秘主义倾向"。看来他并不以为这种思想有什么了不起。他的其他意见不再具引。

第二个我想介绍的是中国著名的思想史家侯外庐先生。他在《中国思想通史》（1957年，人民出版社）第一卷，页380，谈到《中庸》的"天人合一"的思想。他引用了《中庸》的几段话，其中包括我在上面引的那一段。在页381侯先生写道："这一'天人合一'的思想，已在西周的宗教神上面加上了一层'修道之谓教'。"看来这一位中国思想史专家，对"天人合一"思想的理解与欣赏水平，并没能超过冯友兰先生。

我想，我必须引征一些杨荣国先生的意见，他代表了一个特定时代的"御用"哲学家的意见。他是"十年浩劫"中几乎仅有的一个受青睐的中国哲学史家。他的《简明中国哲学史》（1973年，人民出版社）可以代表他的观点。在这一部书中，杨荣国教授对与"天人合一"思想有关的古代哲学家一竿子批到底。他认为孔子"要挽救奴隶制的危亡，妄图阻止人民的反抗"（页25）。孔子的"政治立场的保守，决定他有落后、反动的一面"（页25）。对子思和孟子则说"力图挽救种族统治、把孔子天命思想进一步主观观念化的唯心主义哲学"（页29）。"孟子鼓吹超阶级的性善论"（页34）。"由于孟子是站在反动的奴隶主立场，是反对社会向前发展的，所以他的历史观必然走上唯心主义的历史宿命论"（页35）。"由是孔孟之道更加成为奴役劳动人民的精神枷锁。要彻底砸烂这些精神枷锁，必须批判孔孟哲学，并肃清其流毒和影响"（页37）。下面对董仲舒（页74～84），对周敦颐（页165～169），对程颐（页171～177），对朱熹（页191～198）。等等，所使用的词句都差不多，我不一一具引了。这同平常我们所赞同的批判继承的做法，不大调和。但是它确实代表了一个特定时期的思潮，读者不可不知，所以我引征如上。

最后，我想着重介绍当代国学大师钱穆（宾四）先生对“天人合一”思想的看法。

钱宾四先生活到将近百岁才去世。他一生勤勤恳恳，笔耕不辍，他真正不折不扣地做到了“著作等身”，对国学研究做出了极其重要的贡献。他涉猎方面极广，但以中国古代思想史为轴心。因此，在他漫长的一生中，在他那些大大小小长长短短的著述中，很多地方都谈到了“天人合一”，我不可能一一列举。我想选他的一种早期的著作，稍加申述；然后再选他逝世前不久写成的他最后一篇文章。两个地方都讲到“天人合一”，但是他对这个命题的评价却迥乎不同。我认为，这一件事情有极其重要的含义。一个像钱宾四先生这样的国学大师，在漫长的生命中，对这个命题最后达到的认识，实在是值得我们非常重视的。

我先介绍他早期的认识。

宾四先生著的《中国思想史》（《现代国民基本知识丛书》第一辑）中说：

> 中国思想，有与西方态度极相异处，乃在其不主向外觅理，而认为真理即内在于人生界之本身，仅指其在人生界中之普遍者共同者而言，此可谓之内向觅理。

书中又说：

> 中国思想，则认为天地中有万物，万物中有人类，人类中有我。由我而言，我不啻为人类中心，人类不啻为天地万物之中心，而我又为其中心之中心。而我之与人群与物与天，寻本而言，则浑然一体，既非相对，亦非绝对。

在这里，宾四先生对“天人合一”的思想没有加任何评价，大概他还没有感觉到这个思想有什么了不起之处。

但是，过了几十年以后，宾四先生在他一生最后的一篇文章《中国文化对人类未来可有的贡献》（载于刘梦溪主编的《中国文化》，1991年8月第四期，第93～96页）中，对“天人合一”这个命题有了全新的认识。文章不长，《中国文化》系专门学术刊物又不大容易见到，我索性把全文抄在下面：

> 前言——中国文化中，“天人合一”观，虽是我早年已屡次讲到，惟到最近始澈悟此一观念实是整个中国传统文化思想之归宿处。去年九月，我赴港参加新亚书院创校四十周年庆典，因行动不便，在港数日，常留旅社中，因有所感而思及此。数日中，专一玩味此一观念，而有澈悟，心中快慰，难以言述。我深信中国文化对世界人类未来求生存之贡献，主要亦即在此。惜余已年老体衰，思维迟钝，无力对此大体悟再作阐发，惟待后来者之继起努力。今适中华书局建立八十周年庆，索稿于余，姑将此感写出，以为祝贺。
>
> 中国文化过去最伟大的贡献，在于对“天”、“人”关系的研究。中国人喜欢把“天”与“人”配合着讲。我曾说“天人合一”论，是中国文化对人类最大的贡献。
>
> 从来世界人类最初碰到的困难问题，便是有关天的问题。我曾读过几本西方欧洲古人所讲有关“天”的学术性的书，真不知从何讲起。西方人喜欢把“天”与“人”离开分别来讲。换句话说，他们是离开了人来讲天。这一观念的发展，在今天，科学愈发达，愈易显出它对人类生存的不良影响。
>
> 中国人是把“天”与“人”和合起来看。中国人认为“天命”就表露在“人生”上。离开“人生”，也就无从来讲“天命”；离开“天命”，也就无从来讲“人生”。所以中国古人认为“人生”与“天命”最高贵最伟大处，便在于能把他们两者和合为一。离开了人，又从何处来证明有天。所以中国古人，认为一切人文演进都

顺从天道来。违背了天命，即无人文可言。“天命”“人生”和合为一，这一观念，中国古人早有认识。我以为“天人合一”观，是中国古代文化最古老最有贡献的一种主张。

西方人常把“天命”与“人生”划分为二，他们认为人生之外别有天命，显然是把“天命”与“人生”分作两个层次，两个场面来讲。如此乃是天命，如此乃是人生。“天命”与“人生”分别各有所归。此一观念影响所及，则天命不知其所命，人生亦不知其所生，两截分开，便各失却其本义。决不如古代中国人之“天人合一”论，能得宇宙人生会通合一之真相。

所以西方文化显然需要另有天命的宗教信仰，来作他们讨论人生的前提。而中国文化，既认为“天命”与“人生”同归一贯，并不再有分别，所以中国古代文化起源，亦不再需有像西方古代人的宗教信仰。在中国思想中，“天”“人”两者间，并无“隐”“现”分别。除却“人生”，你又何处来讲“天命”。这种观念，除中国古人外，亦为全世界其他人类所少有。

我常想，现代人如果要想写一部讨论中国古代文化思想的书，莫如先写一本中国古代人的天文观，或写一部中国古代人的天文学，或人生学。总之，中国古代人，可称为抱有一种“天即是人，人即是天，一切人生尽是天命的天人合一观”。这一观念，亦可说即是古代中国人生的一种宗教信仰，这同时也即是古代中国人主要的人生观，亦即是其天文观。如果我们今天亦要效法西方人，强要把“天文”与“人生”分别来看，那就无从去了解中国古代人的思想了。

即如孔子的一生，便全由天命，细读《论语》便知。子曰：“五十而知天命”，“天生德于予”。又曰：“知我者，其天乎！”，“获罪于天，无所祷也。”倘孔子一生全可由孔子自己一人作主宰，不关天命，则孔子的天命和他的人生便分为二。离开天命，专论孔子个人的私生活，则孔子一生的意义与价值就减少了。

就此而言，孔子的人生即是天命，天命也即是人生，双方意义价值无穷。换言之，亦可说，人生离去了天命，便全无意义价值可言。但孔子的私生活可以这样讲，别人不能。这一观念，在中国乃由孔子以后战国时代的诸子百家所阐扬。

读《庄子·齐物论》，便知天之所生谓之物，人生亦为万物之一。人生之所以异于万物者，即在其能独近于天命，能与天命最相合一，所以说“天人合一”。此义宏深，又岂是人生于天命相离远者所能知。果使人生离于天命远，则人生亦同于万物与万物无大相异，亦无足贵矣。故就人生论之，人生最大目标、最高宗旨，即在能发明天命。孔子为儒家所奉称最知天命者，其他自颜渊以下，其人品德性之高下，即各以其离于天命远近为分别。这是中国古代论人生之最高宗旨，后代人亦与此不远。这可以说是我中华民族论学分别之大体所在。

近百年来，世界人类文化所宗，可说全在欧洲。最近五十年，欧洲文化近于衰落，此下不能再为世界人类文化向往之宗主。所以可说，最近乃是人类文化之衰落期。此下世界文化又将何所向往？这是今天我们人类最值得重视的现实问题。

以过去世界文化之兴衰大略言之，西方文化一衰则不易再兴，而中国文化则屡仆屡起，故能绵延数千年不断。这可说，因于中国传统文化精神，自古以来即能注意到不违背天，不违背自然，且又能与天命自然融合一体。我以为此下世界文化之归结，恐必将以中国传统文化为宗主。此事涵义广大，非本篇短文所能及，暂不深论。

今仅举“天下”二字来说，中国人最喜言“天下”。“天下”二字，包容广大，其涵义即有，使全世界人类文化融合为一，各民族和平并存，人文自然相互调适之义。其他亦可据此推想。

我抄了宾四先生的全文。此文写于1990年5月，全抄的目的无非是想让读者得窥全豹。我不敢擅自加以删节，恐失真相。

我们把宾四先生早期和晚期的两篇著作一对比便发现，他晚年的这一篇著作，对“天人合一”的认识大大地改变了。他自己使用“澈悟”这个词，有点像佛教的“顿悟”。他自己称此为“大体悟”，说这“是中国文化对人类最大的贡献”，又说“此事涵义广大”，看样子他认为这是一件了不起的事。我们当然都非常希望知道，这“澈悟”的内容究竟是什么。可惜他写此文以后不久就谢世，这将成为一个永恒的谜。宾四先生毕生用力探索中国文化之精髓。积八十年之经验，对此问题必有精辟的见解，可惜我们永远也不会知道了。

他在此文中一再讲“人类生存”。他讲得比较明确：“天”就是“天命”；“人”就是“人生”。这同我对“天”、“人”的理解不大一样。但是，他又讲到“不违背天，不违背自然”，把“天”与“自然”等同，又似乎同我的理解差不多。他讲到中国文化与西方文化，认为“欧洲文化近于衰落”，将来世界文化“必将以中国传统文化为宗主”。这一点也同我的想法差不多。

宾四先生往矣。我不揣谫陋，谈一谈我自己对“天人合一”的看法，希望对读者有那么一点用处，并就正于有道。我完全同意宾四先生对这个命题的评价：涵义深远，意义重大。我在这里只想先提出一点来：正如我在上面谈到的，我不把“天”理解为“天命”，也不把“人”理解为“人生”。我认为“天”就是大自然，“人”就是我们人类，天人关系是人与自然的关系。看来在这一点上，我同宾四先生意见是不一样的。

我怎样来解释“天人合一”呢?

话要说得远一点，否则不易说清楚。

最近四五年以来，我以一个哲学门外汉的身份，有点不务正业，经常思考一些东西方文化关系问题，思考与宾四先生提出的“此下世界文化又将何所向往”相似的问题。我先在此声明一句：我并不是受到宾四先生的启发才思考的，因为我开始思考远在他的文章写成以前。只能说是“不谋而合”吧。我曾在许多文章中表达了我的想法，在许多国际学术研讨会上，我也发表了一些讲话。由最初比较模糊，比较简单，比较凌乱，比较浅薄，进而逐渐深化，逐渐系统，颇得到国内外一些真正的行家的赞许。我甚至收到了从西班牙属的一个岛上寄来的表示同意的信。

那么，我是如何思考的呢？详细的介绍，此非其地。我只能十分简略地介绍一下。我从人类文化产生多元论出发，我认为，世界上每一个民族，不管大小，都或多或少地对人类文化做出了贡献。自从人类有历史以来，共形成了四个文化体系：

一、中国文化；

二、印度文化；

三、从古代希伯来起经过古代埃及、巴比伦以至伊斯兰阿拉伯文化的闪族文化；

四、肇端于古代希腊、罗马的西方文化。

这四个文化体系又可以划分为两大文化体系：东方文化和西方文化。前三者属于东方文化，第四个属于西方文化。两大文化体系的关系是："三十年河西，三十年河东"。

东西两大文化体系的区别，随处可见。它既表现在物质文化上，也表现在精神文化上。具体的例子不胜枚举。但是，我个人认为，两大文化体系的根本区别来源于思维模式之不同。这一点我在上面已经提到过：东方的思维模式是综合的，西方的思维模式是分析的。勉强打一个比方，我们可以说：西方是"一分为二"，而东方则是"合二而一"。再用一个更通俗的说法来表达一下：西方是"头痛医头，脚痛医脚"，"只见树木，不见森林"；而东方则是"头痛医脚，脚痛医头"，"既见树木，又见森林"。说得再抽象一点：东方综合思维模式的特点是，整体概念，普遍联系；而西方分析思维模式正相反。

现在我回到本题。"天人合一"这个命题正是东方综合思维模式的最高最完整的体现。

我在上面已经说到，我理解的"天人合一"是讲人与大自然合一。我现在就根据这个理解对人与自然的关系进行一些分析。人，同其他动物一样，本来也是包括在大自然之内的。但是，自从人变成了"万物之灵"以后，顿觉自己的身价高了起来，要闹一点“独立性”，想同自然对立，要平起平坐了。这样才产生出来了人与自然的关系。

人类在成为“万物之灵”之前或之后，一切生活必需品都必须取自于大自然，衣、食、住、行，莫不皆然。人离开了自然提供的这些东西，一刻也活不下去。由此可见人与自然关系之密切、之重要。怎样来处理好人与自然的关系，就是至关重要的了。

据我个人的观察与思考，在处理人与自然的关系方面，东方文化与西方文化是迥乎不同的，夸大一点简直可以说是根本对立的。西方的指导思想是征服自然；东方的主导思想，由于其基础是综合的模式，主张与自然万物浑然一体。西方向大自然穷追猛打，暴烈索取。在一段时间以内，看来似乎是成功的：大自然被迫勉强满足了他们生活的物质需求，他们的日子越过越红火。他们有点忘乎所以，飘飘然昏昏然自命为“天之骄子”，“地球的主宰”了。

东方人对大自然的态度是同自然交朋友，了解自然，认识自然；在这个基础上再向自然有所索取。“天人合一”这个命题，就是这种态度在哲学上的凝练的表述。东方文化曾在人类历史上占过上风，起过导向作用，这就是我所说的“三十年河东”。后来由于种种原因，时移势迁，沧海桑田。西方文化取而代之。钱宾四先生所说的：“近百年来，世界人类文化所宗，可说全在欧洲。”这就是我所说的“三十年河西”。世界形势的发展就是如此，不承认是不行的。

东方文化基础的综合思维模式，承认整体概念和普遍联系，表现在人与自然的关系上就是人与自然为一整体，人与其他动物都包括在这个整体之中。人不能把其他动物都视为敌人，要征服它们。人吃一些动物的肉，实在是不得已而为之。从古至今，东方的一些宗教，比如佛教，就反对杀牲，反对肉食。中国固有的思想中，对鸟兽表示同情的表现，在在皆是。最著名的两句诗：“劝君莫打三春鸟，子在巢中待母归。”是众所周知的。这种对鸟兽表示出来的怜悯与同情，十分感人，西方诗中是难以找到的。孟子的话“恻隐之心人皆有之”，也表现了同一种感情。

东西方的区别就是如此突出。在西方文化风靡世界的几百年中，在尖刻的分析思维模式指导下，西方人贯彻了征服自然的方针。结果怎样呢？有目共睹，后果严重。对人类的得寸进尺永不餍足的需求，大自然的忍耐程度并非无限，而是有限度的。在限度以内，它能够满足人类的某一些索取。过了这个限度，则会对人类加以惩罚，有时候是残酷的惩罚。即使是中国，在我们冲昏了头脑的时候，大量毁林造田，产生的后果，人所共知：长江变成了黄河，洪水猖獗肆虐。

从全世界范围来看，在西方文化主宰下，生态平衡遭到破坏，酸雨到处横行，淡水资源匮乏，大气受到污染，臭氧层遭到破坏，海、洋、湖、河、江遭到污染，一些生物灭种，新的疾病冒出等等，威胁着人类的未来发展，甚至人类的生存。这些灾害如果不能克制，则用不到一百年，人类势将无法生存下去。这些弊害目前已经清清楚楚地摆在我们眼前，哪一个人敢说这是危言耸听呢？

现在全世界的明智之士都已痛感问题之严重。但是却不一定有很多人把这些弊害同西方文化挂上钩。然而，照我的看法，这些东西非同西方文化挂上钩不行。西方的有识之士，从本世纪二十年代起直到最近，已经感到西方文化行将衰落。钱宾四先生说："最近五十年，欧洲文化近于衰落。"他的忧虑同西方眼光远大的人如出一辙。这些意见同我想的几乎完全一样，我当然是同意的，虽然衰落的原因我同宾四先生以及西方人士的看法可能完全不相同。

有没有挽救的办法呢？当然有的。依我看，办法就是以东方文化的综合思维模式济西方的分析思维模式之穷。人们首先要按照中国人、东方人的哲学思维，其中最主要的就是"天人合一"的思想，同大自然交朋友，彻底改恶向善，彻底改弦更张。只有这样，人类才能继续幸福地生存下去。我的意思并不是要铲除或消灭西方文化。不是的，完全不是的。那样做，是绝对愚蠢的，完全做不到的。西方文化迄今所获得的光辉成就，决不能抹煞。我的意思是，在西方文化已经达到的基础上，更上一层楼，把人类文化提高到一个前所未有的高度。"三十年河西，三十年河东"这个人类社会进化的规律能达到的目标，就是这样。

有一位语言学家讽刺我要"东化"。他似乎认为这是非圣无法大逆不道之举。愧我愚陋，我完全不理解：既然能搞“西化”，为什么就不能搞“东化”呢？

“风物长宜放眼量。”我们决不应妄自尊大。但是我们也不应妄自菲薄。我们不应当囿于积习，鼠目寸光，认为西方一切都好，我们自己一切都不行。这我期期以为不可。

多少年来，人们沸沸扬扬，义形于色，讨论为什么中国自然科学不行，大家七嘴八舌，争论不休，都认为这是一件事实，不用再加以证明。然而事情真是这样吗？我自己对自然科学所知不多，不敢妄加雌黄。我现在吁请大家读一读中国当代数学大家吴文俊先生的一篇文章：《关于研究数学在中国的历史与现状》（见《自然辩证法通讯》1990年第四期）。大家从中一定可以学习很多东西。

总之，我认为，中国文化和东方文化中有不少好东西，等待我们去研究，去探讨，去发扬光大。“天人合一”就属于这个范畴。我对“天人合一”这个重要命题的“新解”，就是如此。

1992年11月22日

思想家与哲学家

我又有了一个怪论，我想把思想家与哲学家区分开来。

一般人大概都认为，我以前也曾朦朦胧胧地认为，所有的哲学家都是思想家。哪里能有没有思想的哲学家呢?

但是，最近一个时期以来，我的想法有了改变。

古今中外的哲学史告诉我们，哲学家们大抵同史学家差不多，想“究天人之际，通古今之变”，方式稍有不同，哲学家们探讨的是宇宙的根源，人生的真谛，精神与物质的关系，存在和意识的关系，等等。在这些问题上，他们时有精辟之论，颇能令人心折。但是，一旦他们想把自己的理论捏成一个完整的体系的时候——一般哲学家都是有这种野心的——便显露出捉襟见肘，削足适履的窘态。

我心目中的思想家，却不是这个样子。他们对我在上面谈到的那些问题也可能会有自己的看法。但是，他们决不硬搞什么体系，决不搞那一套繁琐的分析。记得有一副旧对联：“世事洞明皆学问，人情练达即文章。”我觉得，思想家就是洞明世事，练达人情的人。他们不发玄妙莫测的议论，不写恍兮惚兮的文章，更不幻想捏成什么哲学体系。他们说的话都是中正平和的，人人能懂的。可是让人看了以后，眼睛立即明亮，心头涣然冰释，觉得确实是那么一回事。

空口无凭，试举例以明之。我想举出两个人：一个是已故的陈寅恪先生，一个是健在的王元化先生，都是中国学术界知名的人物。

寅恪先生是史学大师，考据学巨匠。但是，他的考据是与乾嘉诸大师不同的，后者是为考据而考据，而他的考据则是含有义理的。他从来不以哲学家自居。然而他对许多本来应属于哲学范畴的问题的看法却确有独到之处，比如，对“中国文化”，他写道：

> 吾中国文化之定义，具于《白虎通》三纲六纪之论，其意义为抽象理想最高之境，犹希腊柏拉图所谓Idea者。

言简意赅，让人看了就懂，非一般专门从事于分析概念的哲学家所能企及。此外，寅恪先生对中国历史研究还有许多人所共知的见解。总之，我认为，寅恪先生不是哲学家，而是思想家。

王元化先生是并世罕见的通儒，他真可以说是学贯中西，古今兼通。他的文章我不敢说是全部都读过，但是读的确实不少。首先让我心悦诚服的是他对“五四”运动的新看法。“五四”运动是中国近代史上的一件大事，对它有种种不同的议论和看法，至今仍纷争不休。我自己于无意中也形成了一种看法。但是，读了元化先生论“五四”的文章，我觉得他的看法确实鞭辟入里，高人一筹。他对当前的许多问题都有自己独特的看法，我从中都能得到启发。总之，我认为，元化先生不是哲学家，而是思想家。

我崇拜思想家，对哲学家则不敢赞一词。

2001年10月7日

我与东方文化研究

我曾在很多地方都说过，在清人所分的三门学问：义理、辞章、考据中，我最不擅长、最不喜欢的是义理，大体上相当于今天的所谓“哲学”。堂而皇之的理由是不多的，我只不过觉得义理这玩意儿太玄秘，太抽象，恍兮惚兮，其中无象，颇有点“公说公有理，婆说婆有理”的味道。为禀赋所限，我喜欢能摸得着看得见的实打实的东西，那种有一千个哲学家就有一千条真理的情况，我的脑筋跟不上。

可是，万万没有想到，我到了耄耋之年，竟然“老年忽发少年狂”，侈谈起了东方文化，谈起了东西方文化的同与异。实际上，这都是属于义理的范畴内的东西，为我以前所不敢谈、所不愿谈者。个中原因，颇有可得而言之者。

我虽然专门从事语言考证以及文化交流的研究工作，但必然会与文化现象有所接触。久而久之，我逐渐隐约感到东方文化确有其特点，东西文化确有其差异之处。适在这同时，我读到了钱宾四（穆）先生的生平最后的一篇文章，我顿有所悟，立即写成了一篇文章《“天人合一”新解》，就发表在本刊上。这篇顿悟之作，颇受到学术界（中外皆有）的关注。同时我又进一步阅读和思考，又写成了《关于“天人合一”思想的再思考》。这时我对东西文化不同之处认得更具体更深入了。而阅读的结果也越来越多地证实了自己的想法。例子太多，不能多举。我只举两个，以概其余。一个是古代的而且是外国的，这就是法国学者（原伊朗裔）阿里·玛扎海里的《丝绸之路——中国波斯文化交流史》。这里面讲到，在伊斯兰运动初期，在阿拉伯和波斯（今伊朗）一带，流传着一种说法：希腊人有一只眼睛，而中国人则有两只眼睛。希腊人只有理论，而中国人有技术。中国人有技术，此话不假。但如果说中国没有理论，则不符事实。这且不去讲他。古希腊可以说是西方文化的代表，而中国则是东方文化的代表。阿拉伯和波斯一带的人，在那样早的时候，就已经看出了东西文化的差异，真不能不令人钦佩其远见卓识。

另一个例子是当前中国的。大数学家吴文俊教授在他为《九章算术》所写的序中提到，在数学方面，中西是颇有不同的。西方古代从公理出发，而中国数学则从问题出发。连在自然科学的基础的数学上，中西都有差异，遑论其他！我们不能不佩服吴文俊先生的远见卓识。

上面两个例子，一个是古代外国的，一个是当前中国自然科学的。这样两个例子都与我们今天的东西文化的讨论或者争论似无关联，然而结论却如此一致，你能说这是偶然的巧合吗？这岂不值得我们深思吗？

其他真正与文化或中西文化有关的言论，比比皆是，中国有，外国也有。而且在中国近现代史上，有关中西文化的大辩论是有过多次的；虽然都没有得到完全一致的结论，但中西文化之有差异，则系不容否定之事实。剩下的问题就是：中西文化之差异究竟何在这一个关键问题了。

上面叙述的过程，在不知不觉中，对我起了作用。它逐渐把我从搞考据的轻车熟路上吸引了出来，走到了另一条以前绝对想不到的侈谈义理之学的道路上来。俗话说："一瓶子醋不响，半瓶子醋晃荡。"在义理之学方面，我是一个"半瓶醋"，这是丝毫也无可怀疑的，但是我有一个好胡思乱想的天性，是优点？是缺点？姑置不论，反正我的"乱想"现在就一变而为"乱响"了。

我想到的问题很多，这几年在许多文章中和座谈会上，我都讲到过。约略言之，可以有以下诸端，性质不同，但都与东西文化有某些关联：第一，汉语语法的研究必须改弦更张。第二，《中国通史》必须重写。第三，《中国文学史》

必须重写。第四，中国文艺理论必须使用中国国有的术语，采用同西方不同的判断方法，这样才能在国际学坛上发出声音。第五，中国美学研究必须根本“转型”。第六，我认为，西方的基本思维模式是分析的，而中国或其他东方国家则是综合的。第七，西方处理人与大自然的关系的“征服”手段是错误的；中国的“天人合一”的观点是正确的。第八，西方的科学技术，在为世界人民谋福利的同时，产生了众多的弊端甚至灾害。现在如仍不悬崖勒马，则人类生存的前途必受到威胁。第九，东方文化与西方文化的关系是“三十年河东，三十年河西”。这一切还仅仅只能算是荦荦大者。你看，这些重重怪论，累累奇思，怎能不引起人们的关注？我这个半瓶醋岂非过分狂妄不自量力了吗？我决无意哗众取宠，我多年的胡思乱想让我不得不写。不管别人如何骇怪，我则深信不疑。

在骇异声中，赞同我的看法者有之，反对我的看法者有之，不知是赞同还是反对者亦有之。对于这些必然会出现的反应，我一律泰然处之。赞同者我当然会喜，反对者我决不会怒。我曾编选过两册《东西文化议论集》，收入我主编的大型丛书《东方文化集成》中。我曾为该书写过一篇序，说明了我的想法。我不称此书为“辩论集”，也不称之为“争论集”，而只称之为“议论集”，意思就是我在该书序中所说的：“我认为，居今而谈二十一世纪，不是一个理论问题，而是一个文学创作问题，创作的就是‘畅想曲’。我们大家都不妨来畅想一下，以抒发思未来之幽情，共庆升平。”我曾拿京剧《三岔口》来作比喻，在舞台上，刀光剑影，发出森森的寒光，但是你打你的，我打我的，谁也碰不着谁，谁也用不着碰谁。这是一个有待于二十一世纪历史进程来证明的历史问题。在二十一世纪还没有来临的这一块匾下，我们大家都是猜匾上字的近视眼，谁也不敢说匾上究竟是什么字。

最近我在上海《新民晚报》“夜光杯”上发表了一篇短文《真理愈辨愈明吗？》。这个题目就告诉人们，我是不相信真理越辨，或者越辩越明的。常见辩论者双方，最初还能摆事实，讲道理，尚能做到语有伦次。但是随着辩论激烈程度的提高，个人意气用事的情况也愈益显著，终于辩到了最后，人身攻击者有之，强词夺理者有之，互相谩骂者有之，辩论至此，真理宁论！哪里还谈到越辩越明呢？

我在《东西文化议论集》中先把我自己的看法鲜明地摆出来，然后收入赞成我的看法的文章，反对我的看法的文章，只要能搜罗到，我也照收不误。我的意思是让读者自己去辨曲直，明是非。读者是有这个能力的。

我在这里想顺便澄清一个问题。在《西方不亮东方亮》那一篇发言中，我讲到了，有人告诉我说有的学者认为，搞国学就是想反对马克思主义，而且说文章就发表在《哲学研究》某一期上，言之凿凿，不由得我不信。我没有去查阅《哲学研究》。如果上面没有刊登过这样的文章的话，我向《哲学研究》表示歉意。说句老实话，即使有人这样主张，也只能说是“百家争鸣”中的一家，算不得“大逆不道”。每个人有发表自己意见的权利，别人阻挡不得，当然，我也有骇怪的权利，别人也阻挡不得。至于“西方不亮东方亮”那一个观点，我仍然坚持不放。

“我与东方文化研究”，想要写下去的话，还是大有话可说的，限于时间，先就写这样多吧。我还有两点要补充或者说明一下。第一是一点希望，希望不同意我的看法的学者们，要多读一点我写的东西，不要看了我一篇文章，对其中的要领并不完全清楚，也许是我没有完全说清楚，就立即反驳，或者要与我“商榷”。这有点失之过急，让我读了啼笑皆非。还有一点是，我的一些说法，看起来不管多么新奇，都是先有人说过的。我决不敢立即到专利局去申请专利。希望某一些反对我的某一些看法的学者眼光放远一点，书要多读一点，不要急于把“荣誉”或者谴责都一股脑堆到我身上。

侈谈东西方文化，已经颇有些年头了，这违反我的天性，已如上述。但是既然已经走上了这一条路，我还要走下去的。特别是对东西文化之差异处，我仿佛害了“差异狂”，越看越多。没有办法，事实告诉我是这样，我只有这样相信，我这个“半瓶醋”晃荡了这样许多年，醋是否减少了一点，或者增加了一点呢？我看不出。我只是相信，如果醋增加到了装满了瓶子，那就没有晃荡的余地，想晃荡也不会出声。反之，如果醋减少到了一滴不剩，那么，瓶子里只剩下了空气，同样是不能出声。我看而且也希望，我这个“半瓶醋”，永远保留半瓶，给永远晃荡下去提供条件和基础。

1997年12月16日

谈文学交流

近若干年以来，我逐渐形成了一个颇为自信的观点：文化交流是推动人类社会前进的重要动力之一。我们简直无法想象，如果没有历史上的文化交流，我们今天的社会会是一个什么样子。

文化交流的范围极为广博，天文地理，医卜星象，科学技术，哲学思想，伦理道德，宗教信仰，以及人类社会的方方面面，旮旮旯旯，下至草木虫鱼，花果菜蔬，无一不在交流范围以内。但是，据我个人的观察和思考，在众多的交流对象中，文学交流历时最久，领域最广，影响最大，追踪最易。文学交流中包含民间文学，比如寓言、童话、小故事等，都是民间老百姓创造出来的。民间文学，同其他文化交流对象一样，最少保守性，最少保密性，一旦被创造出来，便立即向外传播，不分天南和海北，不分民族和国家，无远弗届。这样的例子比比皆是，举不胜举，我只举一个以概其余。十九世纪德国比较文学史大家 T.本费埃（Benley）追踪印度著名的寓言童话集《五卷书》，写成了一部巨著，描述了《五卷书》在大半个世界流传演变的情况，其国家之众多，语言之繁杂，头绪之交叉，线索之迷离，真令人惊诧不已，谁也不会想到一部简单的寓言童话集竟会有这样大的生命力，竟会有这样的迷人感人的力量。像《五卷书》这样的事例，研究中外文学交流的，特别是中外民间文学交流的专家们都知道得很多很多。在中外文学交流中，民间文学的交流实居首位。《五卷书》确实没有以整本书的形式传入中国，但是其中的一些寓言、童话和小故事，确亦传入中国，在中国民间故事以及文人的创作中，在极其悠久的历史上，蛛丝马迹，确能寻出。

回溯一下两千多年的中外文学交流的历史，我们能够发现，在先秦时期已有外国文学传入的痕迹，主要是印度文学。例如，“狐假虎威”的故事见于《战国策》。还有一些其他的故事，看上去都不像是中国土产。这一点西方的汉学家早就指出过。可能受外国影响的最突出的例子是《楚辞》，《离骚》已有一些域外的色彩和词句，《天问》中特别突出，其中一些类似荒诞的神话，与以《诗经》为代表的黄河流域的文学创作，迥异其趣。有人怀疑是来自域外，特别是印度，这种怀疑是极有根据的。估计这些神话传说不是通过当时还没有开辟的丝绸之路传进来的，而是通过那一条滇缅道路，这一条道艰险难行，却确实是存在的。

到了汉代，由于丝绸之路的凿通，中外文化交流达到了第一个高峰。中国对于输出文化，其中包括科学技术的发明创造，从来是不吝惜的。我们大度地把我们的四大发明送了出去，这些发明对促进人类文化的发展以及人类社会的进步，都起了决定性的作用。同时，我们对吸取外来文化也决不保守，只要对我们有用的东西，不管来自何方何国，我们都勇敢地拿过来为我所用。肇自汉代的丝绸之路就是一个彰明昭著的证据。但是，在文学交流方面，却找不出很多的东西。我个人认为，不是没有，而是我们的探讨研究工作还没有到家。印度佛教于汉代传入中国，是文化交流史上的一件大事。后汉三国时代的译经，可以算是文学交流的一种形式。

南北朝时期，五胡乱华，中原板荡，众多的民族逐鹿于北疆，宋、齐、梁、陈偏安于南国；然而文化交流却并没有停止。在文学交流方面，主要是输入，输入又主要来自印度。在印度的，多半是随着佛教进来的影响，中国汉语文学创作增添了很多新内容，名目庞杂的鬼神志怪之书大量出现。此事鲁迅在《中国小说史略》中论之颇详。连伪书《列子》中都有印度的故事，至于对诗歌创作至关重要的四声，本是中国汉语中所固有的东西，可是，我们以前对它并没有明确的认识。也由于印度古典文献的启迪，终于被发现了，被我们清晰地意识到了，这在中外文学交流史上也不能算是一件无关重要的小事。

唐代又是中国历史上一个非常辉煌的朝代，兵力遍及西域，从而保证了丝路的畅通。首都长安几乎成为世界经济和文化的中心，从向达的《唐代长安与西域文明》中可以看出当时中外文化交流之兴旺频繁。在文学交流方面，也同样可以看出非常活跃的情况。唐代传奇颇受印度文学的影响。王度的《古镜记》从内容到结构形式，都能够找到印度文学的痕迹。至于那些龙女的故事，当然都与印度文学有关，因为龙女本身就是一种舶来品。对此，霍世休做过比较深入的探讨。也有人主张，连韩愈的《南山》，在结构方面，都受到了一些印度的影响。在其他方面，外来的成分也可以找到一些，这里就不再一一列举了。

唐代以后，经过宋、元、明，中外文学交流一直没有断过，不过不像六朝和唐代那样显著而已。明末清初，是中外交流的一个空前转折时期。过去的交流，东部以日本为主，西部以印度、波斯为主。到了此时，欧风东渐，中国的文化交流主要以欧洲为对象了。天主教取代了佛教的地位，澳门成了主要的交流通道。交流对象以天文历算、科学技术为主，其间也杂有文学艺术。有人考证，古希腊的《伊索寓言》已于此时传入中国。绘画方面，有郎世宁的作品，技巧是西方的，有时也流露出一点华夏画风。到了十九世纪，中西双方相互摸索的时间已经够长了，双方的相互了解已经大为增强了。中国方面少数有识之士，比如林则徐、魏源等等，冲破了闭关锁国的桎梏，张开眼睛看世界，喜见西方世界之昌盛，深感夜郎自大之可笑，遂锐意介绍，积多半之努力而纂成的魏源的《海国图志》可以作为一个代表。此书在日本产生了良好的影响。据说，此书对1868年的明治维新也不无贡献。在中国方面，十九世纪末的“洋务运动”表现出中国一部分开明人士向西方寻求救世良药的努力。这个运动最初效果并不十分显著，但它是顺应时代潮流的，是无法抗御的，它自然会持续发展下去，一直到了二十世纪。

二十世纪是公元第二个千纪的最后一个世纪。在这一百年里，人类社会的进步速度超过了过去的几千年，好像物理学上物体下坠的定理一样，速度越来越快。就拿二十世纪之初和世纪末相比，其速度也是极为悬殊的。现在的地球已经小成了一个“地球村”，虽相距千里万里也能朝发夕至。因此，文化交流，其中当然包括文学交流，越来越方便，越来越频繁，效果也越来越显著。在李岫教授等写作的这一部《二十世纪中外文学交流史》中，对文学交流的方方面面都做了细致深刻的叙述和分析，这实在是一件功德无量的事，值得我们大大地予以赞扬的。

文学交流的意义何在呢？我个人认为，物质方面的文化交流能提高世界人民的生活水平。而文学交流则属于精神方面的文化交流，它能提高世界人民的精神境界，能促进世界文学创作的繁荣，更重要的是能促进世界上不同民族的相互了解，增强他们之间的友谊和感情，而最后这一点是极其重要的。世界人民，不管肤色多么不同，语言风习多么歧异，但是，他们却有一个共同的愿望：他们要和平，不要战争；他们要安定，不要祸乱；他们要正义，不要邪恶。二十世纪在这方面做出了很坏的榜样，一百年内，狼烟四起，战乱不断，两次世界大战震古烁今。有的大国，手握原子弹和指挥棒，以世界警察自命。这些邪恶现象引起了全世界的公愤。转瞬二十一世纪即将来临，这邪恶现象必将会继续下去。遏止之方不是没有，但是最重要的还要依靠人民的力量。文学交流是沟通人们的心灵和加强团结斗争的重要渠道。

1999年12月8日

（本文为《二十世纪中外文学交流史》序）

研究中国文化应该把宗教考虑进来

近几年来，国内掀起了一个讨论文化问题的高潮。这是容易理解的。因为我们正在从事两个文明的建设，不讨论文化问题，对工作开展不利。

相对来说，宗教问题讨论得比较少。其中原因就不大容易说得清楚。人们可能认为，宗教问题已经解决了，没有再讨论的必要了，而且宗教与文化井水不犯河水，讨论文化时没有必要兼顾宗教。

但是，事实上，事情并不就如此简单、明了。我个人认为，宗教问题还远远没有解决。宗教与文化的关系问题还没有认真进行探讨。

恩格斯说过："创立宗教的人，他们必须本身感到宗教上的需要，并能体贴群众的宗教需要，而繁琐哲学家照例不是如此。"所谓群众的需要有多种多样。有真正的需要，有虚幻的需要，有麻醉的需要，有安慰的需要，尽管形式不同，其为需要则一也。宗教能满足麻醉的需要，这个一清二楚，用不着多加解释。但是，如果一提宗教，就一声："鸦片烟！"想一棍子打死，那是把极端复杂的问题过分简单化了。只要人民需要还在，一棍子打不死，几百几千棍子也是打不死的。

宗教也不是对时时事事都是鸦片烟。它有阻碍科学文化发展的一面，例如欧洲中世纪的天主教，疯狂迫害进步的科学家。但是像印度佛教传入中国，除了麻醉作用之外，也不能否认，还有促进中国哲学思想发展的一面。如果世界上从来也没有一个什么佛教，则一部中国思想史将会是另外一个样子。这件事情昭如日月，想否定它，那不是实事求是的态度。

我的意思不外是说，研究中国文化——研究世界文化也一样——应该把宗教考虑进来。一方面不要拜倒在我佛如来莲座之下，口念“阿弥陀佛”，五体投地，皈依三宝；另一方面也不要横眉竖目，义形于色，三呼打倒，立即动手。前者是蠢材，后者是昏蛋，莲座上的佛像可以砸碎，一些人们心中的佛像通过这种手段是砸不碎的。正确的办法只有一个，那就是，用科学的态度，面对现实，平心静气，对中国文化和宗教的关系，从各方面加以细致的分析，然后从中得出实事求是的结论，用以指导我们的行动。

郁龙余同志编选了《中国文化与宗教》一书，作为《台港海外中国文化研究丛书》之一。根据上面我说的理由，我认为是非常有意义的工作。里面的观点当然不一定都完全正确，肯定有我们目前不能接受的地方。但是，他山之石，可以攻玉。不管怎样，它定能帮助我们思考这个问题。我也希望我们大陆的同行们能立即行动起来，参加到研究文化与宗教的行列里来。

1987年10月11日

（本文为《中国文化与宗教》序言）

第三章 中国青年与现代文明

人类社会的进步，有如运动场上的接力赛。老年人跑第一棒，中年人跑第二棒，青年人跑第三棒。各有各的长度，各有各的任务，互相协调，共同努力，以期获得最后胜利。

中国青年与现代文明

当前中国青年正面对着一个新的世纪末，二十世纪的世纪末。

所谓世纪和与之相联系的“世纪末”，完全是人为地造成的，与人类社会的发展没有任何必然的联系。但是，上一个世纪末，十九世纪的世纪末，世界上，特别是文化中心的欧洲，却确实出现了一些特异的现象，在意识形态领域里更为显著，比如文学创作之类。

到了今天，一百年过去了，另一个世纪末又来到了我们眼前。世界形势怎样呢？有目共睹，世界上，特别是在欧洲，又出现了一些特异的，甚至令人震惊的事件。在政治方面，存在了七八十年的苏联突然解体了，东欧国家解体的解体，内讧的内讧，等等。在经济方面，人们也碰到了困难。难道这还不足以引起人们的深思吗？

在寰球激荡中，我们中国相对说来是平静的。这正是励精图治，建设我们国家的大好时机。但是，有一些现象也不容忽视，我指的是社会风习方面。在这方面，并不是毫无问题的。有识之士早已惄然忧之，剀切认为，应当认真对待，不能掉以轻心。

在不良风气中，最使我吃惊的是崇洋媚外。这种极端恶劣的风气，几乎到处可见。我们中华泱泱大国过去的声威，现在不知哪里去了。我坚决反对盲目排外那种极端幼稚可笑的行动。从中华民族的历史上来看，我们的先民都是肯于、善于、敢于学习外国的好东西的，我们的民族文化之所以能够无远弗届历久不衰，其根源就在这里。到了今天，外国的好东西，特别是在科技方面的好东西，我们必须学习。不但现在学，而且将来也要学，这是毫无可疑的。然而眼前是什么情况呢？学习漫无边际，只要是外国东西，一律奉为至宝。给商品起名字，必须带点洋味，否则无人问津。中国美食甲天下，这一点“老外”都承认的，连孙中山先生都曾提到过。然而今天流行中国市面的却是肯德基、麦当劳、加州牛肉面、比萨饼。门市一开，购者盈万。从事涉外活动的某一些人，自视高人一等。在旧中国，“华人与狗，不许入内”，立这样的牌子的是外国侵略者。今天，在思想上，在行动上树立这样牌子的却是某一些中国人自己。

哀莫大于心死，我们某一些人竟沦落到这样可笑又可怜的地步了吗？

上面这种情况，你可以说是在新旧文明交替时代不可避免的。这话有几分道理，完全避免是不可能的。但是，听之任之，视而不见，也不见得是正确的做法。我们必须敢于面对现实，不屈服于这个现实，不回避这个现实。我认为，在这里，关键是提高我们的认识，提高我们对祖国文化以及西方文化的认识。我们要得到一种完全实事求是的、不偏不倚的，深刻而不是肤浅的认识。

尽人皆知，祖国文化是光辉灿烂的文化，对人类做出了极大的贡献。要完全实事求是地认识祖国文化，必须从宏观上来看，“风物长宜放眼量”，不能鼠目寸光，不能只看眼前。我国汉唐时期，文化广被寰球。我最近看到了一则报道。如果我没有记错的话，根据最新考古发掘的成果来看，唐代的长安（今西安）面积比现在大二十倍。这简直是一个难以想象的数字。长安真是当年世界文化和经济的中心。万国商贾荟萃于此，交流商品，交流文化。八方风雨会长安，其繁荣情况至少可以与今天的纽约、巴黎、柏林、东京相媲美，何其盛哉！

据我自己的思考，中国在外国人眼中失去光辉是从1840年鸦片战争开始的。在欧洲，十七、十八世纪不必说了。那时候流行的是“东化”，而不是今天的“西化”。一直到十九世纪二十年代，在1827年1月，欧洲最伟大的天才之一，德国最伟大的诗人，可以说是欧洲文化化身的歌德，在同爱克曼谈话时，还盛赞中国文化，盛赞中国伦理道德水平之高，认为远非欧洲所能比。仅仅在十三年之后，到了1840年的鸦片战争，英国侵略者用大炮轰开了中国的国门，把鸦片送了进来，中国这一只貌似庞然大物的纸老虎被戳破了。从此中国的声望在只知崇拜武力的欧洲人眼中一落千丈。

在这以前，中国的某一些人，特别是那几位皇帝老子，以及一些贵族大臣，愚昧无知，以为自己真是居天下之中，自己真是真龙天子和天上的星宿下凡，坐井观天，不知天高地厚，骄纵狂妄，可笑不自量。可是，一旦当头棒加，昏眩了一阵以后，清醒过来，就变成了另外的人。对洋人五体投地，让洋人的坚船利炮吓得浑身发抖。上行下效，老百姓中也颇有一些人变成了贾桂。

旧社会有这种情况，是完全可以理解的。1949年建国以后，中国人民真正站起来了。有相当长的一段时间，中国人自尊自爱，精神状态是正常的、健康的。中间几经变乱，特别是“十年浩劫”，把中国人的思想又搞乱了。到了今天，就发展成了我上面说的那种情况。岂不大可哀哉！

我们究竟怎样看待西方文明呢？首先我们对人类历史上文明或文化的发展，有一个正确的看法。人类历史的发展告诉我们，任何时代，任何国家的文明都不是一成不变的。它们都有一个诞生，成长，繁荣，衰微，消逝的过程。这是一个客观规律，是不以人的主观意志为转移的。中国文明如此，西方文明也是如此。

在欧洲，自从文艺复兴以后，随着资本主义的萌芽和发展，文化也逐渐发展起来。不管是在科学技术领域里，还是在文学艺术领域里，西方人都获得了极其辉煌的空前的成就，他们把人类文化推到了一个崭新的阶段上。一直到今天，西方文化还占有垄断的地位。世界各国，包括我们国家在内，无不蒙受其影响。上而至于政治、经济、文学、艺术、哲学、教育等等，下而至于衣食住行各个方面，没有一个地方没有西方文化的烙印。西方资本主义和以后的帝国主义，对全世界弱小民族的剥削和压迫，我们当然也不会忘记。那是另一本账，我认为，可以与西方文化分开来算。

这样的西方文化是不是就能万岁千秋永远繁荣下去呢？根据我上面谈到的人类文化的发展规律，那是决不可能的。西方文化也会有一个盛极而衰的过程的。而且据我看，这个衰的过程已经露出了端倪。西方有识之士也已承认，自己的文化并非万能。自己的政治和经济问题，它也并不能解决。两次杀人盈野的大战都源于欧洲，就是一个具体的证明。有人主张，资本主义能够自我调节。这是事实，但是调节的作用是有限的，只能治标，不能治本。正如人们服食人参鹿茸，只能暂时生效，不能长生不老。

就连西方文化表现得最突出的自然科学方面，西方人，甚至一些东方人，认为那就是真理，可是有许多自然现象它仍然解决不了，比如中国的气功和特异功能，还有贵州傩文化的一些特异现象。把这些东西说得神乎其神，我并不相信。但是这些现象确实存在，却也无法否认。

摆在我们眼前的东西方文化的情况就是这样。人类文化的发展将何去何从呢？

我不搞意识形态的研究，探讨义理，非我所长。但是，近几年来，一些社会和自然现象逼着我思考一些问题。我觉得，一部人类文化史告诉我们，几千年来人类发展的文化不外两大体系，一个是东方文化，一个是西方文化。东方文化的基础是综合的思维模式，西方则是分析的思维模式。所谓“综合”，其核心是强调普遍联系，注重整体概念。用句通俗的话来说，就是“既见树木，又见森林”。拿治病来做个例子，头痛可以医脚。所谓“分析”，就是“只见树木，不见森林”，“头痛医头，脚痛医脚”。这只是一个极其概括的说法，百分之百纯粹的综合思维或分析思维是没有的。

此外，我还发现，在历史上，东西方文化的关系是“三十年河东，三十年河西”。以中国文化为基础的东方文化，曾在世界上占主导地位。资本主义兴起以后，西方文化逐渐取代了东方文化，垄断世界达数百年之久。现在似乎是渐渐成了强弩之末。济其穷者必然是而且也只有东方文化。

我的意思并不是让东方文化消灭西方文化。那是完全荒谬绝伦的。我只是想说，在西方文化的基础上，用综合的思维方式来纠正分析的思维方式的某一些偏颇之处，能够解决西方文化迄今无法解决的一些自然和社会问题，把人类文化推到一个更高的阶段。

这样一个艰巨的任务绝非一代人或几代人在一两百年内就能完成的。我认为，下一个世纪就会是一个转折点。

今天的青年是迈向一个新世纪的一代新人，这个任务的开端工作就落在他们肩上。

1992年7月8日

希望在你们身上

人类社会的进步，有如运动场上的接力赛。老年人跑第一棒，中年人跑第二棒，青年人跑第三棒。各有各的长度，各有各的任务，互相协调，共同努力，以期获得最后胜利。这里面并没有高低之分，而只有前后之别。老年人不必“倚老卖老”，青年人也不必“倚少卖少”。老年人当然先走，青年人也会变老。如此循环往复，流转不息。这是宇宙和人世间的永恒规律，谁也改变不了一丝一毫。所谓社会的进步，就寓于其中。

中国古话说：“长江后浪推前浪，世上新人换旧人。”像我这样年届耄耋的老朽，当然已是“旧人”。我们可以说是已经交了棒，看你们年轻人奋勇向前了。但是我们虽无棒在手，也绝不会停下不走，“坐以待毙”；我们仍然要焚膏继晷，献上自己的余力，跟中青年人同心协力，把我们国家的事情办好。

我说的这一番道理，迹近老生常谈，然而却是真理。人世间的真理都是明白易懂的。可是，芸芸众生，花花世界，浑浑噩噩者居多，而明明白白者实少。你们青年人感觉锐敏，英气蓬勃，首先应该认识这个真理。要想树立正确的人生观和价值观，也必须从这里开始。换句话说就是，要认清自己在人类社会进化的漫漫长河中的地位。人类的前途要由你们来决定，祖国的前途要由你们来创造。这就是你们青年人的责任。千万不要把人生观和价值观当作一个哲学命题来讨论，徒托空谈，无补实际。一切人生观和价值观，离开了这个责任感，都是空谈。

那么，我作为一个老人，要对你们说些什么座右铭呢？你们想要从我这里学些什么经验呢？我没有多少哲理，我也讨厌说些空话、废话、假话、大话。我一无灵丹妙药，二无锦囊妙计。我只有一点明白易懂简单朴素、迹近老生常谈又确实是真理的道理。我引一首宋代大儒朱子的诗：

少年易老学难成，一寸光阴不可轻。
未觉池塘春草梦，阶前梧叶已秋声。

明白易懂，用不着解释。这首诗的关键有二：一是要学习，二是要惜寸阴。朱子心目中的“学”，同我们的当然不会完全一样。这个道理也用不着多加解释，只要心里明白就行。至于爱惜光阴，更是易懂。然而真正能实行者，却不多见。

这就是一个耄耋老人对你们的肺腑之谈。

青年们，好自为之。世界是你们的。

1994年12月4日

天下第一好事，还是读书

古今中外赞美读书的名人和文章，多得不可胜数。张元济先生有一句简单朴素的话："天下第一好事，还是读书。""天下"而又"第一"，可见他对读书重要性的认识。

为什么读书是一件"好事"呢？

也许有人认为，这问题提得幼稚而又突兀。这就等于问"为什么人要吃饭"一样，因为没有人反对吃饭，也没有人说读书不是一件好事。

但是，我却认为，凡事都必须问一个"为什么"，事出都有因，不应当马马虎虎，等闲视之。现在就谈一谈我个人的认识，谈一谈读书为什么是一件好事。

凡是事情古老的，我们常常总说"自从盘古开天地"。我现在还要从盘古开天地以前谈起，从人类脱离了兽界进入人界开始谈。人成了人以后，就开始积累人的智慧，这种智慧如滚雪球，越滚越大，也就是越积越多。禽兽似乎没有发现有这种本领，一只蠢猪一万年以前是这样蠢，到了今天仍然是这样蠢，没有增加什么智慧。人则不然，不但能随时增加智慧，而且根据我的观察，增加的速度越来越快，有如物体从高空下坠一般。到了今天，达到了知识爆炸的水平。最近一段时间以来，“克隆”使全世界的人都大吃一惊。有的人竟忧心忡忡，不知这种技术发展“伊于胡底”。信耶稣教的人担心将来一旦“克隆”出来了人，他们的上帝将向何处躲藏。

人类千百年以来保存智慧的手段不出两端：一是实物，比如长城等等；二是书籍，以后者为主。在发明文字以前，保存智慧靠记忆；文字发明了以后，则使用书籍。把脑海里记忆的东西搬出来，搬到纸上，就形成了书籍，书籍是贮存人类代代相传的智慧的宝库。后一代的人必须读书，才能继承和发扬前人的智慧。人类之所以能够进步，永远不停地向前迈进，靠的就是能读书又能写书的本领。我常常想，人类向前发展，有如接力赛跑，第一代人跑第一棒；第二代人接过棒来，跑第二棒，以至第三棒、第四棒，永远跑下去，永无穷尽，这样智慧的传承也永无穷尽。这样的传承靠的主要就是书，书是事关人类智慧传承的大事，这样一来，读书不是“天下第一好事”又是什么呢？

但是，话又说了回来，中国历代都有“读书无用论”的说法，读书的知识分子，古代通称之为“秀才”，常常成为取笑的对象，比如说什么“秀才造反，三年不成”，是取笑秀才的无能。这话不无道理。在古代——请注意，我说的是“在古代”，今天已经完全不同了——造反而成功者几乎都是不识字的痞子流氓，中国历史上两个马上皇帝、开国“英主”，刘邦和朱元璋，都属此类。诗人只有慨叹“刘项原来不读书”。“秀才”最多也只有成为这一批地痞流氓的“帮忙”或者“帮闲”，帮不上的，就只好慨叹“儒冠多误身”了。

但是，话还要再说回来，中国悠久的优秀的传统文化的传承者，是这一批地痞流氓，还是“秀才”？答案皎如天日。这一批“读书无用论”的现身“说法”者的“高祖”、“太祖”之类，除了镇压人民剥削人民之外，只给后代留下了什么陵之类，供今天搞旅游的人赚钱而已。他们对我们国家竟无贡献可言。

总而言之，“天下第一好事，还是读书”。

1997年4月8日

勤奋、天才（才能）与机遇

人类的才能，每个人都有所不同，这是大家都看到的事实，不能不承认的。但是有一种特殊的才能一般人称之为“天才”。有没有“天才”呢？似乎还有点争论，有点看法的不同。“文化大革命”期间，有一度曾大批“天才”，葫芦里卖的什么药，我至今不懂。根据我六七十年来的观察和思考，有“天才”是否定不了的，特别在音乐和绘画方面。你能说贝多芬、莫扎特不是音乐天才吗？即使不谈“天才”，只谈才能，人与人之间也是相差十分悬殊的。就拿教梵文来说，在同一个班上，一年教下来，学习好的学生能够教学习差的而有余。有的学生就是一辈子也跳不过梵文这个龙门。这情形我在国内外都见到过。

拿做学问来说，天才与勤奋的关系究竟如何呢？有人说：“九十九分勤奋，一分神来（属于天才的范畴）。”我认为，这个百分比应该纠正一下。七八十分的勤奋，二三十分的天才（才能），我觉得更符合实际一点。我丝毫也没有贬低勤奋的意思。无论干哪一行的，没有勤奋，一事无成。我只是感到，如果没有才能而只靠勤奋，一个人发展是有限度的。

现在，我来谈一谈天才、勤奋与机遇的关系问题。我记得六十多年前在清华大学读西洋文学时，读过一首英国诗人 Thomas Gray 的诗，题目大概是叫《乡村墓地哀歌（Elegy）》。诗的内容，时隔半个多世纪，全都忘了，只有一句还记得："在墓地埋着可能有莎士比亚。"意思是指，有莎士比亚天才的人，老死穷乡僻壤间。换句话说，他没有得到"机遇"，天才白白浪费了。上面讲的有张冠李戴的可能；如果有的话，请大家原谅。

总之，我认为，"机遇"（在一般人嘴里可能叫做"命运"）是无法否认的。一个人一辈子做事、读书，不管是干什么，其中都有"机遇"的成分。我自己就是一个活生生的例子。如果"机遇"不垂青，我至今还恐怕是一个识字不多的贫农，也许早已离开了世界。我不是"王半仙"或"张铁嘴"，我不会算卦、相面，我不想来解释这一个"机遇"问题，那是超出我的能力的事。

1997年12月

莫让时间再怕东方人

五六十年前，我在德国读书的时候，在一本书上读到了这样一句谚语："所有的人都怕时间，时间独怕东方人。"这需要加一点解释。时间这玩意儿对任何人都一视同仁，"逝者如斯夫，不舍昼夜。"不管是国王，是皇帝，时间一点面子也不给留，一个劲儿地向前飞奔。"高堂明镜悲白发，朝如青丝暮成雪。"一转瞬间，人就老了，生命要划句号了。一想到这一点，谁人敢不害怕！

谚语里的"东方人"，大概指的中东一带的人，也可能包含这地区以外的人。古代一部分波斯人，当然是有钱者和有闲者，过着慢悠悠的闲散生活。"树荫下一卷诗章，一瓶葡萄美酒，一点干粮。"对时间的流逝表现出不屑一顾的大无畏的精神，时间对他们毫无办法，束缚无策，只好放下被一切人都畏惧的架子，拜倒在这样的"东方人"脚下，反而怕起他们来了。

印度人毕竟是有智慧的民族。他们的古代语言梵文是同义词最多的语言。别的且不说，只说 Kala 一个词儿，含义一是"时间"，二是"死神"。他们直接把"时间"与"死亡"结合起来，显得有多么深刻，多么聪明！

中国人也毕竟是有智慧的民族。先秦时期，庄子就有"方生方死"的提法，把生与死直接联系起来，显得有多么辩证，多么真实！至于时间，古来多称作“光阴”。历代哲人贤士没有哪一个不提倡爱惜光阴的。“一寸光阴一寸金，寸金难买寸光阴”，是家喻户晓的。朱子有一首诗：“少年易老学难成，一寸光阴不可轻。未觉池塘春草梦，阶前梧叶已秋声。”讲得更明白具体，更形象生动。

倘若援用我一开头引的那两句谚语，我们也可以说，我们中国人也是害怕时间的。

但是，从目前的情况看起来，我们生活节奏太慢太慢了。浪费时间的现象普遍存在。过去“铁饭碗”时期培养了一批懒人，终日无所事事。他们只吃干粮，喝美酒，却没有什么诗章。他们对时间也表现出一种不屑一顾的大无畏神态，时间对他们也是束手无策的。如果那一个谚语指的真是中东地区的人的话，我相信，今天那里的人早已改变了态度，决不会再让时间怕他们了。我倒有点担心，今天如果时间再怕“东方人”的话，这些“东方人”恐怕要包括一些我们的同胞在内。

我真诚希望：莫让时间再怕“东方人”。

1998年1月10日

我害怕『天才』

人类的智商是不平衡的，这种认识已经属于常识的范畴，无人会否认的。不但人类如此，连动物也不例外。我在乡下观察过猪，我原以为这蠢然一物，智商都一样，无所谓高低的。然而事实上猪们的智商颇有悬殊。我喜欢养猫，经我多年的观察，猫们的智商也不平衡，而且连脾气都不一样，颇使我感到新奇。

猪们和猫们有没有天才，我说不出。专就人类而论，什么叫做“天才”呢？我曾在一本书里或一篇文章里读到过一个故事。某某数学家，在玄秘深奥的数字和数学符号的大海里游泳，如鱼得水，圆融无碍。别人看不到的问题，他能看到；别人解答不了的方程式之类的东西，他能解答。于是众人称之为“天才”。但是，一遇到现实生活中的问题，他的智商还比不了一个小学生。比如猪肉三角三分一斤，五斤猪肉共值多少钱呢？他瞠目结舌，无言以对。

因此，我得出一个结论：“天才”即偏才。

在中国文学史或艺术史上，常常有几“绝”的说法。最多的是“三绝”，指的是诗、书、画三绝。所谓“绝”，就是超越常人，用一个现成的词儿，就是“天才”。可是，如果仔细分析起来，这个人在几绝中只有一项，或者是两项是真正的“绝”，为常人所不能及，其他几绝都是为了凑数凑上去的。因此，所谓“三绝”或几绝的“天才”，其实也是偏才。

可惜古今中外参透这一点的人极少极少，更多的是自命“天才”的人。这样的人老中青都有。他们仿佛是从菩提树下金刚台上走下来的如来佛，开口便昭告天下：“天上天下，唯我独尊。”这种人最多是在某一方面稍有成就，便自命不凡起来，看不起所有的人，一副“天才气”，催人欲呕。这种人在任何团体中都不能团结同仁，有的竟成为害群之马。从前在某个大学中有一位年轻的历史教授，自命“天才”，瞧不起别人，说这个人是“狗蛋”，那个人是“狗蛋”。结果是投桃报李，群众联合起来，把“狗蛋”的尊号恭呈给这个人，他自己成了“狗蛋”。

这样的人在当今社会上并不少见，他们成为社会上不安定的因素。

蒙田在一篇名叫《论自命不凡》的随笔中写道：

> 对荣誉的另一种追求，是我们对自己的长处评价过高。这是我们对自己怀有的本能的爱，这种爱使我们把自己看得和我们的实际情况完全不同。

我决不反对一个人对自己本能的爱。应该把这种爱引向正确的方向。如果把它引向自命不凡，引向自命“天才”，引向傲慢，则会损己而不利人。

我害怕的就是这样的“天才”。

1999年7月25日

人生

在一个“人生漫谈”的专栏中，首先谈一谈人生，似乎是理所当然的，未可厚非的。

而且我认为，对于我来说，这个题目也并不难写。我已经到了望九之年，在人生中已经滚了八十多个春秋了。一天天面对人生，时时刻刻面对人生，让我这样一个世故老人来谈人生，还有什么困难呢？岂不是易如反掌吗？

但是，稍微进一步一琢磨，立即出了疑问：什么叫人生呢？我并不清楚。

不但我不清楚，我看芸芸众生中也没有哪一个人真清楚的。古今中外的哲学家谈人生者众矣。什么人生意义，又是什么人生的价值，花样繁多，扑朔迷离，令人眼花缭乱；然而他们说了些什么呢？恐怕连他们自己也是越谈越糊涂。以己之昏昏，焉能使人昭昭！

哲学家的哲学，至矣高矣。但是，恕我大不敬，他们的哲学同吾辈凡人不搭界，让这些哲学，连同它们的“家”，坐在神圣的殿堂里去独现辉煌吧！像我这样一个凡人，吃饱了饭没事儿的时候，有时也会想到人生问题。我觉得，我们“人”的“生”，都绝对是被动的。没有哪一个人能先制定一个诞生计划，然后再下生，一步步让计划实现。只有一个人是例外，他就是佛祖释迦牟尼。他住在天上，忽然想降生人寰，超度众生。先考虑要降生的国家，再考虑要降生的父母。考虑周详之后，才从容下降。但他是佛祖，不是吾辈凡人。

吾辈凡人的诞生，无一例外，都是被动的，一点主动也没有。我们糊里糊涂地降生，糊里糊涂地成长，有时也会糊里糊涂地夭折，当然也会糊里糊涂地寿登耄耋，像我这样。

生的对立面是死。对于死，我们也基本上是被动的。我们只有那么一点主动权，那就是自杀。但是，这点主动权却是不能随便使用的。除非万不得已，是决不能使用的。

我在上面讲了那么些被动，那么些糊里糊涂，是不是我个人真正欣赏这一套，赞扬这一套呢？否，否，我决不欣赏和赞扬。我只是说了一点实话而已。

正相反，我倒是觉得，我们在被动中，在糊里糊涂中，还是能够有所作为的。我劝人们不妨在吃饱了燕窝鱼翅之后，或者在吃糠咽菜之后，或者在卡拉 OK、高尔夫之后，问一问自己：你为什么活着？活着难道就是为了恣睢的享受吗？难道就是为了忍饥受寒吗？问了这些简单的问题之后，会使你头脑清醒一点，会减少一些糊涂。谓予不信，请尝试之。

1996年11月9日

再谈人生

人生这样一个变化莫测的万花筒，用千把字来谈，是谈不清楚的。所以来一个“再谈”。

这一回我想集中谈一下人性的问题。

大家知道，中国哲学史上，有一个不大不小的争论问题：人是性善，还是性恶？这两个提法都源于儒家。孟子主性善，而荀子主性恶。争论了几千年，也没有争论出一个名堂来。

记得鲁迅先生说过：“人的本性是，一要生存，二要温饱，三要发展。”（记错了，由我负责）这同中国古代一句有名的话，精神完全是一致的：“食色，性也。”食是为了解决生存和温饱的问题，色是为了解决发展问题，也就是所谓传宗接代。

我看，这不仅仅是人的本性，而且是一切动植物的本性。试放眼观看大千世界，林林总总，哪一个动植物不具备上述三个本能？动物姑且不谈，只拿距离人类更远的植物来说，“桃李无言”，它们不但不能行动，连发声也发不出来。然而，它们求生存和发展的欲望，却表现得淋漓尽致。桃李等结甜果子的植物，为什么结甜果子呢？无非是想让人和其他能行动的动物吃了甜果子把核带到远的或近的其他地方，落在地上，生入土中，能发芽、开花、结果，达到发展，即传宗接代的目的。

你再观察，一棵小草或其他植物，生在石头缝中，或者甚至压在石头块下，缺水少光，但是它们却以令人震惊得目瞪口呆的毅力，冲破了身上的重压，弯弯曲曲地、忍辱负重地长了出来，由细弱变为强硬，由一根细苗甚至变成一棵大树，再作为一个独立体，继续顽强地实现那三种本性。“下自成蹊”，就是“无言”的结果吧。

你还可以观察，世界上任何动植物，如果放纵地任其发挥自己的本性，则在不太长的时间内，哪一种动植物也能长满塞满我们生存的这一个小小的星球地球。那些已绝种或现在濒临绝种的动植物，属于另一个范畴，另有其原因，我以后还会谈到。

那么，为什么到现在还没有哪一种动植物——包括万物之灵的人类在内——能塞满了地球呢？

在这里，我要引老子的话：“天地不仁，以万物为刍狗。”是造化小儿——谁也不知道，他究竟有没有？他究竟是什么样子？我不信什么上帝，什么天老爷，什么大梵天，宇宙间没有他们存在的地方。

但是，冥冥中似乎应该有这一类的东西，是他或它巧妙计算，不让动植物的本性光合得逞。

1996年11月12日

三论人生

上一篇《再论》戛然而止，显然没有能把话说完，所以再来一篇《三论》。

造化小儿对禽兽和人类似乎有点区别对待的意思。它给你生存的本能，同时又遏制这种本能，方法或者手法颇多。制造一个对立面似乎就是手法之一，比如制造了老鼠，又制造它的天敌猫。

对于人类，它似乎有点优待。它先赋予人类思想（动物有没有思想和言语是一个有争论的问题），又赋予人类良知良能。关于人类本性，我在上面已经谈到。我不大相信什么良知，什么“恻隐之心，人皆有之”；但是我又无从反驳。古人说：“人之所以异于禽兽者几希。”“几希”者，极少极少之谓也。即使是极少极少，总还是有的。我个人胡思乱想，我觉得，在对待生物的生存、温饱、发展的本能的态度上，就存在着一点点“几希”。

我们观察，老虎、狮子等猛兽，饿了就要吃别的动物，包括人在内。它们决没有什么恻隐之心，决没有什么良知。吃的时候，它们也决不会像人吃人的时候那样，有时还会捏造一些我必须吃你的道理，做好“思想工作”。它们只是吃开了，吃饱为止。人类则有所不同。人与人当然也不会完全一样。有的人确实能够遏制自己的求生本能，表现出一定的良知和一定的恻隐之心。古往今来的许多仁人志士，都是这方面的好榜样。他们为什么能为国捐躯？为什么能为了救别人而牺牲自己的性命？鲁迅先生所说的“中国的脊梁”，就是这样的人。孟子所谓的“浩然之气”，只有这样的人能有。禽兽中是决不会有什么“脊梁”，有什么“浩然之气”的，这就叫做“几希”。

但是人也不能一概而论，有的人能够做到，有的人就做不到。像曹操说：“宁教我负天下人，休教天下人负我！”他怎能做到这一步呢？

说到这里，就涉及伦理道德问题。我没有研究过伦理学，不知道怎样给道德下定义。我认为，能为国家，为人民，为他人着想而遏制自己的本性的，就是有道德的人。能够百分之六十为他人着想，百分之四十为自己着想，他就是一个及格的好人。为他人着想的百分比越高越好，道德水平越高。百分之百，所谓“毫不利己，专门利人”的人是绝无仅有。反之，为自己着想而不为他人着想的百分比，越高越坏。到了曹操那样，就算是坏到了顶。毫不利人，专门利己的人，普天之下倒是不老少的。说这话，有点泄气。无奈这是事实，我有什么办法？

1996年11月13日

不完满才是人生

每个人都争取一个完满的人生。然而，自古及今，海内海外，一个百分之百完满的人生是没有的。所以我说，不完满才是人生。

关于这一点，古今的民间谚语，文人诗句，说到的很多很多。最常见的比如苏东坡的词："人有悲欢离合，月有阴晴圆缺，此事古难全。"南宋方岳（根据吴小如先生考证）诗句："不如意事常八九，可与人言无二三。"这都是我们时常引用的，脍炙人口的。类似的例子还能够举出成百上千来。

这种说法适用于一切人，旧社会的皇帝老爷子也包括在里面。他们君临天下，"率土之滨，莫非王土"，可以为所欲为，杀人灭族，小事一端，按理说，他们不应该有什么不如意的事。然而，实际上，王位继承，宫廷斗争，比民间残酷万倍。他们威仪俨然地坐在宝座上，如坐针毡。虽然捏造了"龙御上宾"这种神话，他们自己也并不相信。他们想方设法以求得长生不老，他们最怕"一旦魂断，宫车晚出"。连英主如汉武帝、唐太宗之辈也不能"免俗"。汉武帝造承露金盘，妄想饮仙露以长生；唐太宗服印度婆罗门的灵药，期望借此以不死。结果，事与愿违，仍然是"龙御上宾"呜呼哀哉了。

在这些皇帝手下的大臣们，"一人之下，万人之上"，权力极大，骄纵恣肆，贪赃枉法，无所不至。在这一类人中，好东西大概极少，否则包公和海瑞等决不会流芳千古，久垂宇宙了。可这些人到了皇帝跟前，只是一个奴才，常言道：伴君如伴虎，可见他们的日子并不好过。据说明朝的大臣上朝时在笏板上夹带一点鹤顶红，一旦皇恩浩荡，钦赐极刑，连忙用舌尖舔一点鹤顶红，立即涅槃，落得一个全尸。可见这一批人的日子也并不好过，谈不到什么完满的人生。

至于我辈平头老百姓，日子就更难过了。建国前后，不能说没有区别，可是一直到今天仍然是“不如意事常八九”。早晨在早市上被小贩“宰”了一刀；在公共汽车上被扒手割了包，踩了人一下，或者被人踩了一下，根本不会说“对不起”了，代之以对骂，或者甚至演出全武行；到了商店，难免买到假冒伪劣的商品，又得生一肚子气……谁能说，我们的人生多是完满的呢？

再说到我们这一批手无缚鸡之力的知识分子，在历史上一生中就难得过上几天好日子。只一个“考”字，就能让你谈“考”色变。“考”者，考试也。在旧社会科举时代，“千军万马独木桥”，要上进，只有科举一途，你只需读一读吴敬梓的《儒林外史》，就能淋漓尽致地了解到科举的情况。以周进和范进为代表的那一批举人进士，其窘态难道还不能让你胆战心惊，啼笑皆非吗？

现在我们运气好，得生于新社会中。然而那一个“考”字，宛如如来佛的手掌，你别想逃脱得了。幼儿园升小学，考；小学升初中，考；初中升高中，考；高中升大学，考；大学毕业想当硕士，考；硕士想当博士，考。考，考，考，变成烤，烤，烤；一直到知命之年，厄运仍然难免，现代知识分子落到这一张密而不漏的天网中，无所逃于天地之间，我们的人生还谈什么完满呢？

灾难并不限于知识分子：“人人有一本难念的经。”所以我说“不完满才是人生”。这是一个“平凡的真理”；但是真能了解其中的意义，对己对人都有好处。对己，可以不烦不躁；对人，可以互相谅解。这会大大地有利于整个社会的安定团结。

1998年8月20日

生命的价值

人世多悲欢，珍重生命的人，会寻求一种较合理的人生态度。我所欣赏的人生态度，是道家的一种境界。正如陶渊明诗中所云：

纵浪大化中，不喜亦不惧。
应尽便须尽，无复独多虑。

人总希望活下去，生与死是相对的。

印度梵文中的“死”字，是一个动词，而不是名词，变化形式同被动态一样。这说明印度古代的语法学家，精通人情心态。死几乎都是被动的，一个人除非被逼至绝境，他是不会轻易抛弃自己生命的。

我向无大志，是一个很平常的人。我对亲人，对朋友，总是怀有真挚的感情，我从来没有故意伤害过别人。但是，在那段浩劫的岁月里，我因为敢于仗义执言，几乎把老命赔上。那时，任何一个戴红箍的学生和教员，都可以随意对我进行辱骂和殴打，我这样一位手无搏击之力的老人，被打得一佛出世，二佛升天，这种皮肉上的痛苦给心灵上带来的摧残是终生难忘的。

我的性命本该在那场浩劫中结束，在比一根头发丝还细的偶然中我没有像老舍先生那样走上绝路，我侥幸活了下来，我被分配淘厕所，看门房，守电话，我像个患了“麻风”病的人，很少人能有勇气同我交谈，我听从任何人的训斥或调遣，只能规规矩矩，不敢乱说乱动。

我活下来，一种悔愧耻辱之感在咬我的心。

我活下来，一种求生本能之意在唤我的心。

我扪心自问：我是个有教养、有尊严、有点学问、有点良知的人，我能忍辱负重地活下来，根本缘由在于我的思想还在，我的理智还在，我的信念还在，我的感情还在。我不甘心成为行尸走肉，我不情愿那样苟且偷生，我必须干点事情。二百多万字的印度大史诗《罗摩衍那》，就是在那段时期，那个环境，那种心态下译完的。

我活下来，寻找并实现着我的生命价值……

几十年过去了，回忆往昔岁月，依旧历历在目。中国的知识分子，尤其是老知识分子生经忧患，在过去几十年的所谓政治运动中，被戴上许多离奇荒诞匪夷所思的帽子。磕磕碰碰，道路并不平坦。他们在风雨中经受了磨炼，抱着一种更宽厚、更仁爱的心胸看待生活，他们更愿讲真话。

敢讲真话是需要极大的勇气，有时甚至需要极硬的“骨气”。历史上，因为讲真话而受迫害，遭厄运的人数还少吗?

我们北大的老校长马寅初先生，在1957年曾发表过著名的《新人口论》，他讲了真话。但到了1959年，这个纯粹学术探讨的问题，竟变成了全国性的政治讨伐。面对数百人的批判，老马拼上一身老骨头，迎接挑战。他曾著文声明：“这个挑战是合理的，我当敬谨拜受。我虽年近八十，明知寡不敌众，自当单身匹马，出来迎战，直至战死为止，决不向专以力压服而不以理说服的那种批判者投降。”马老很快遭了厄运。但他的精神，他的“骨气”，为世人所钦仰、所颂扬，因为他敢于维护自己的信念，敢于坚持真话。他成为我们这一代知识分子的楷模。

我国著名老作家巴金先生，对三十年前那场浩劫所造成的灾难，认真地反思，他在晚年，以老迈龙钟之身，花费了整整七年的时间，呕心沥血地写成了一部讲真话的大书《随想录》。这部书的永恒价值，就在于巴老敢于在书里写真话。

当然，只写真话，并不一定都是好文章，好文章应有淳美的文采和深邃的思想。真情实感只有融入艺术性中，才能成为好文章，才能产生感人的力量。我所欣赏的文章风格是：淳朴恬澹，本色天然，外表平易，秀色内涵，有节奏性，有韵律感的文章。我不喜欢浮滑率意，平板呆滞的文章。

现在，善待知识分子已成为我们的国策，我希望中国年轻一代知识分子，不要再经受我们老辈人所经受的那种磨难，他们应该生活在一种更人道的环境里。当然，社会是发展的，他们会在新的环境里，遇到更激烈的竞争。但这是一种智力上的公平竞争，是现代社会中一种高尚的、文明的竞争。它的存在，是社会进步的表现。

有志于使中华民族强盛的人们，尤其是年轻一代知识分子，你们的生命只有和民族的命运融合在一起才有价值，离开民族大业的个人追求，总是渺小的。这就是我，一个老知识分子的心声。

我在写这篇序文时，窗外暗夜正在向前流动着，不知不觉中，暗夜已逝，旭日东升。朝阳从窗外流入我的书房。我静坐沉思，时而举目凝望，窗外的树木枝叶繁茂，那青翠昂然的浓绿扑人眉宇，它给我心中增添了鲜活的力量。

1997年5月5日

（本文为《人世文丛》序）

做人与处世

一个人活在世界上，必须处理好三个关系：第一，人与大自然的关系；第二，人与人的关系，包括家庭关系在内；第三，个人心中思想与感情矛盾与平衡的关系。这三个关系，如果能处理很好，生活就能愉快；否则，生活就有苦恼。

人本来也是属于大自然范畴的。但是，人自从变成了“万物之灵”以后，就同大自然闹起独立来，有时竟成了大自然的对立面。人类的衣食住行所有的资料都取自大自然，我们向大自然索取是不可避免的。关键是，怎样去索取？索取手段不出两途：一用和平手段，一用强制手段。我个人认为，东西文化之分野，就在这里。西方对待大自然的基本态度或指导思想是“征服自然”。用一句现成的套话来说，就是用处理敌我矛盾的方法来处理人与大自然的关系。结果呢，从表面上看上去，西方人是胜利了，大自然真的被他们征服了。自从西方产业革命以后，西方人屡创奇迹。楼上楼下，电灯电话。大至宇宙飞船，小至原子，无一不出自西方“征服者”之手。

然而，大自然的容忍是有限度的。它是能报复的，它是能惩罚的。报复或惩罚的结果，人皆见之，比如环境污染，生态失衡，臭氧层出洞，物种灭绝，人口爆炸，淡水资源匮乏，新疾病产生，如此等等，不一而足。这些弊端中哪一项不解决都能影响人类生存的前途。我并非危言耸听，现在全世界人民和政府都高呼环保，并采取措施。古人说："失之东隅，收之桑榆。"犹未为晚。

中国或者东方对待大自然的态度或哲学基础是"天人合一"。宋人张载说得最简明扼要："民，吾同胞，物，吾与也。""与"的意思是伙伴。我们把大自然看作伙伴。可惜我们的行为没能跟上。在某种程度上，也采取了"征服自然"的办法，结果也受到了大自然的报复，前不久南北的大洪水不是很能发人深省吗?

至于人与人的关系，我的想法是：对待一切善良的人，不管是家属，还是朋友，都应该有一个两字箴言：一曰真，二曰忍。真者，以真情实意相待，不允许弄虚作假。对待坏人，则另当别论。忍者，相互容忍也。日子久了，难免有点磕磕碰碰。在这时候，头脑清醒的一方应该能够容忍。如果双方都不冷静，必致因小失大，后果不堪设想。唐朝张公艺的"百忍"是历史上有名的例子。

至于个人心中思想感情的矛盾，则多半起于私心杂念。解之之方，唯有消灭私心，学习诸葛亮的"淡泊以明志，宁静以致远"，庶几近之。

1998年11月17日

谈孝

孝，这个概念和行为，在世界上许多国家中都是有的，而在中国独为突出。中国社会，几千年以来就是一个宗法伦理色彩非常浓的社会，为世界上任何国家所不及。

中国人民一向视孝为最高美德。嘴里常说的，书上常讲的三纲五常，又是什么三纲六纪，哪里也不缺少父子这一纲。具体地应该说“父慈子孝”是一个对等的关系。后来不知道是怎么一来，只强调“子孝”，而淡化了“父慈”，甚至变成了“天下无不是的父母”。古书上说：“身体发肤，受之父母”，一个人的身体是父母给的，父母如果愿意收回去，也是可以允许的了。

历代有不少皇帝昭告人民：“以孝治天下”，自己还装模作样，尽量露出一副孝子的形象。尽管中国历史上也并不缺少为了争夺王位导致儿子弑父的记载。野史中这类记载就更多。但那是天子的事，老百姓则是绝对不能允许的。如果发生儿女杀父母的事，皇帝必赫然震怒，处儿女以极刑中的极刑：万剐凌迟。在中国流传时间极长而又极广的所谓“教孝”中，就有一些提倡愚孝的故事，比如王祥卧冰、割股疗疾等等都是迷信色彩极浓的故事，产生了不良的影响。

但是中华民族毕竟是一个极富于理性的民族，就在已经被视为经典的《孝经·谏诤章》中，我们可以读到下列的话：

> 昔者，天子有诤臣七人，虽无道，不失其天下；诸侯有诤臣五人，虽无道，不失其国；大夫有诤臣三人，虽无道，不失其家；士有诤友，则身不离于令名；父有诤子，则身不陷于不义。故当不义，则子不可以不诤于父，臣不可以不诤于君；故当不义，则诤之，从父之令，又焉得为孝乎？

这话说得多么好呀，多么合情合理呀！这与“天下无不是的父母”这一句话形成了鲜明的对立。后者只能归入愚孝一类，是不足取的。

到了今天，我们应该怎样对待孝呢？我们还要不要提倡孝道呢？据我个人的观察，在时代变革的大潮中，孝的概念确实已经淡化了。不赡养老父老母，甚至虐待他们的事情，时有所闻。我认为，这是不应该的，是影响社会安定团结的消极因素。我们当然不能再提倡愚孝；但是，小时候父母抚养子女，没有这种抚养，儿女是活不下来的。父母年老了，子女来赡养，就不说是报恩吧，也是合乎人情的。如果多数子女不这样做，我们的国家和社会能负担起这个任务来吗？这对我们迫切要求的安定团结是极为不利的。这一点简单的道理，希望当今为子女者三思。

1999年5月14日

爱情

一

人们常说，爱情是文艺创作的永恒的主题。不同意这个意见的人，恐怕是不多的。爱情同时也是人生不可缺少的东西。即使后来出家当了和尚，与爱情完全“拜拜”；在这之前也曾淌过爱河，受过爱情的洗礼，有名的例子不必向古代去搜求，近代的苏曼殊和弘一法师就摆在眼前。

可是为什么我写“人生漫谈”已经写了三十多篇，还没有碰爱情这个题目呢？难道爱情在人生中不重要吗？非也。只因它太重要，太普遍，但却又太神秘，太玄乎，我因而不敢去碰它。

中国俗话说：“丑媳妇迟早要见公婆的。”我迟早也必须写关于爱情的漫谈的。现在，适逢有一个机会，我正读法国大散文家蒙田的随笔《论友谊》这一篇，里面谈到了爱情。我干脆抄上几段，加以引申发挥，借他人的杯，装自己的酒，以了此一段公案。以后倘有更高更深刻的领悟，还会再写的。

蒙田说：我们不可能将爱情放在友谊的位置上。“我承认，爱情之火更活跃，更激烈，更灼热……但爱情是一种朝三暮四、变化无常的感情，它狂热冲动，时高时低，忽冷忽热，把我们系于一发之上。而友谊是一种普遍和通用的热情……再者，爱情不过是一种疯狂的欲望，越是躲避的东西越要追求……爱情一旦进入友谊阶段，也就是说，进入意愿相投的阶段，它就会衰弱和消逝。爱情是以身体的快感为目的，一旦享有了，就不复存在。”

总之，在蒙田眼中，爱情比不上友谊，不是什么好东西。我个人觉得，蒙田的话虽然说得太激烈，太偏颇，太极端；然而我们却不能不承认，它有合理的实事求是的一方面。

根据我个人的观察与思考，我觉得，世人对爱情的态度可以笼统分为两大流派：一派是现实主义，一派是理想主义。蒙田显然属于现实主义，他没有把爱情神秘化、理想化。如果他是一个诗人的话，他也决不会像一大群理想主义的诗人那样，写出些卿卿我我、鸳鸯蝴蝶，有时候甚至拿肉麻当有趣的诗篇，令普天下的才子佳人们击节赞赏。他干净利落地直言不讳，把爱情说成是“朝三暮四，变化无常的感情”。对某一些高人雅士来说，这实在有点大煞风景，仿佛在佛头上着粪一样。

我不才，窃自附于现实主义一派。我与蒙田也有不同之处：我认为，在爱情的某一个阶段上，可能有纯真之处。否则就无法解释日本青年恋人在相爱达到最高潮时有的就双双跳入火山口中，让他们的爱情永垂不朽。

二

像这样的情况，在日本恐怕也是极少极少的。在别的国家，则未闻之也。

当然，在别的国家也并不缺少歌颂纯真爱情的诗篇、戏剧、小说，以及民间传说。莎士比亚的《罗密欧与朱丽叶》，中国的梁山伯与祝英台是世所周知的。谁能怀疑这种爱情的纯真呢？专就中国来说，民间类似梁祝爱情的传说，还能够举出不少来。至于“誓死不嫁”和“誓死不娶”的真实的故事，则所在多有。这样一来，爱情似乎真同蒙田的说法完全相违，纯真圣洁得不得了啦。

我在这里想分析一个有名的爱情的案例，这就是杨贵妃和唐玄宗的爱情故事，这是一个古今艳称的故事。唐代大诗人白居易的《长恨歌》歌颂的就是这一件事。你看，唐玄宗失掉了杨贵妃以后，他是多么想念，多么情深："夕殿萤飞思悄然，孤灯挑尽未成眠。"这一首歌最后两句诗是"天长地久有时尽，此恨绵绵无绝期。"写得多么动人心魄，多么令人同情，好像他们两人之间的爱情真正纯真到了无以复加的程度。但是，常识告诉我们，爱情是有排他性的，真正的爱情不容有一个第三者。可是唐玄宗怎样呢？"后宫佳丽三千人"，小老婆真够多的。即使是"三千宠爱在一身"，这"在一身"能可靠吗？白居易以唐代臣子，竟敢乱谈天子宫闱中事，这在明清是绝对办不到的。这先不去说它，白居易真正头脑简单到相信这爱情是纯真的才加以歌颂吗？抑或另有别的原因？

这些封建的爱情"俱往矣"，今天我们怎样对待爱情呢？我明人不说暗话，我是颇有点同意蒙田的意见的。中国古人说："食、色，性也。"爱情，特别是结婚，总是同"色"相联系的。家喻户晓的《西厢记》歌颂张生和莺莺的爱情，高潮竟是一幕"酬简"，也就是"以身相许"。个中消息，很值得我们参悟。

我们今天的青年怎样对待爱情呢？这我有点不大清楚，也没有什么青年人来同我这望九之年的老古董谈这类事情。据我所见所闻，那一套封建的东西早为今天的青年所扬弃。如果真有人想向我这爱情的盲人问道的话，我也可以把我的看法告诉他们的。如果一个人不想终生独身的话，他必须谈恋爱以至结婚，这是"人间正道"。但是千万别浪费过多的时间，终日卿卿我我，闹得神魂颠倒，处心积虑，不时闹点小别扭，学习不好，工作难成，最终还可能是"竹篮子打水一场空"。这真是何苦来！我并不提倡二人"一见倾心"，立即办理结婚手续。我觉得，两个人必须有一个互相了解的过程。这过程不必过长，短则半年，多则一年。余出来的时间应当用到刀刃上，搞点事业，为了个人，为了家庭，为了国家，为了世界。

1997年11月22日

公德

一

什么叫“公德”？查一查字典，解释是“公共道德”。这等于没有解释。继而一想，也只能这样。字典毕竟不是哲学教科书，也不是法律大全。要求它做详尽的解释，是不切实际的。

先谈事实。

我住在燕园最北部，北墙外，只隔一条马路，就是圆明园。门前有清塘一片，面积仅次于未名湖。时值初夏，湖水潋滟，波平如镜。周围垂杨环绕。柳色已由鹅黄转为嫩绿，衬上后面杨树的浓绿，浓淡分明，景色十分宜人。北大人口中称之为后湖。因为僻远，学生来者不多，所以平时显得十分清净。为了有利于居住者纳凉，学校特安上了木制长椅十几个，环湖半周。现在每天清晨和黄昏，椅子上总是坐满了人。据知情人的情报，坐者多非北大人，多来自附近的学校，甚至是外地来的游人。

这样一个人间仙境，能吸引外边的人来，我们这里的居民，谁也不会反对，有时还会窃喜。我们家住垂杨深处，却如入芝兰之室，久而不闻其香。有外来人来共同分享，焉得而不知喜呢？

然而且慢。这里不都是芝兰，还有鲍鱼。每天十点，玉洁来我家上班时，我们有时候也到湖边木椅上小坐。几乎每次都看到椅前地上，铺满了瓜子皮、烟头，还有不同颜色的垃圾。有时候竟有饭盒的残骸，里面吐满了鸡骨头和鱼刺。还有各种的水果皮，狼藉满地，看了令人头痛生厌，屁股再也坐不下去。有一次我竟看到，附近外国专家招待所的一对外国夫妇，手持塑料袋和竹夹，在椅子前面，弯腰曲背，捡地上的垃圾。我们的脸腾地一下子红了起来。看了这种情况，一个稍有公德心的中国人，谁还能无动于衷呢？我于是同玉洁约好：明天我们也带塑料袋和竹夹子来捡垃圾，企图给中国人挽回一点面子。捡这些垃圾并不容易。大件的好办，连小件的烟头也并不困难。最难捡的是瓜子皮，体积小而薄，数量多而广，吐在地上，脚一踩，就与泥土合二而一，一个个地从泥土中抠出来，真是煞费苦心。捡不多久，就腰酸腿痛，气喘吁吁了。本来是想出来纳凉的，却带一身臭汗回家。但我们心里却是高兴的，我们为我们国家做了一件小到不能再小的事情。此外，我们也有“同志”。一位邻居是新华社退休老干部，他同我们一样，对这种现象看不下去。有一次，我们看到他赤手空拳、搜捡垃圾。吾道不孤，我们更高兴了。

中华民族是伟大的民族，这一点，全世界谁也不敢否认。可是，到了今天，由于种种原因，一部分人竟然沦落到不知什么是公德，实在是给我们脸上抹黑。现在许多有识之士高呼提高人民素质，其中当然也包括道德素质。这实在是当务之急。

2002年5月28日

二

标题似乎应作“风化”，但是，因为第一，它与《公德（一）》所谈到的湖边木椅有关；第二，在这里，“有伤风化”与“有损公德”实在难解难分，因此仍作《公德》，加上一个（二）字。

话题当然要从木椅谈起。木椅既是制造垃圾的场所，又是谈情说爱的胜地。是否是同一批人同时并举，没有证明，不敢乱说。

在光天化日之下，大庭广众之中，亲人们，特别是夫妇们由于某种原因接一个吻，在任何文明国家中都允许的，不以为怪的。在中国古代，是不行的，这大概属于“非礼”的范围。

可是，到了今天，中国“现代化”了。洋玩意儿不停地涌入，上述情况也流行起来。这我并不反对。不过，我们中国有一部分人，特别是青年人，一学习外国，就不但是“弟子不必不如师”，而且有出蓝之誉。要证明嘛，远在天边，近在眼前，就在燕园后湖边木椅子上。

经常能够看到，在大白天，一对或多对青年男女，坐在椅子上。最初还能规规矩矩，不久就动手动脚，互抱接吻，不是一个，而是一串。然后，一个人躺在另外一个的怀里，仍然是照吻不已。最后则干脆一个人压在另一个的身上。此时，路人侧目，行者咋舌，而当事人则天上天下，唯我独尊，岿然不动，旁若无人。招待所里住的外国专家们大概也会从窗后外窥，自愧不如。

汉代张敞对宣帝说：“闺房之内，夫妇之私，有过于画眉者。”但那是夫妇之间暗室里的事情。现在移于光天化日之下，岂能不令人吃惊！我不是说，在白天椅子上竟做起了闺房之内的事情来。但我们在捡垃圾时确实捡到过避孕套。那可能是夜间留下的，我现在不去考证了。

燕园后湖这一片地方，比较僻静。有小山蜿蜒数百米，前傍湖水，有茂林修竹，绿草如茵。有些地方，罕见人迹。真正是幽会的好地方。傍晚时见对对男女青年，携手搂腰，迤逦走过，倩影最终消失在绿树丛中。至于以后干些什么，那只能意会，而不必言传了。

一天晚上，一位原图书馆学系退休的老教授来看我，他住在西校门外。如果从我家走回家，应该出门向右转，走过我上面讲的那一条倚山傍湖的小径。但他却向左转，要经过未名湖，走出西门，这要多走好多路。我怪而问之。他说，之所以不走那一条小路，怕惊动了对对的野鸳鸯。对对者，不止一对也，我听了恍然大悟，立即想起了我们捡垃圾时捡到的避孕套。

故事讲完了，读者诸君以为这是“有伤风化”呢？还是“有损公德”？

恐怕是二者都有吧。

2002年5月29日

三

已经写了两篇《公德》，但言犹未尽，再添上一篇。

改革开放以来，我国经济发展了，人民生活水平提高了，钱包鼓起来了。于是就要花钱。花钱花样繁多，旅游即其中之一。于是空前未有的旅游热兴起来了。国内的泰山、长城、黄山、张家界、九寨沟、桂林等逛厌了，于是出国，先是新、马、泰，后又扩大到欧美。大队人马出国旅游，浩浩荡荡，猗与休哉！

我是赞成出国旅游的。这可以开阔人们的眼界，增长人们的见识，有百利而无一弊。而且，我多年来就有一个想法：西方人对中国很不了解。他们不懂“士别三日，当刮目相看”的道理，至今仍顽固抱住“欧洲中心主义”不放。这大大地不利于国际的相互了解，不利于人民之间友谊的增长。所以我就张皇“送去主义”，你不来拿，我就送去。然而送去也并不容易。现在中国人出国旅游，不正是送去的好机会吗？

然而，一部分中国游客送出去的不是中国文化，不是精华，而是糟粕。例子繁多，不胜枚举。我干脆做一次文抄公，从《参考消息》上转载的香港《亚洲周刊》上摘抄一点，以概其余。首先我必须声明一下，我不同意该刊“七宗罪”的提法。这只是不顾国格，不讲公德，还不能上纲到“罪”。这七宗是：

第一宗：脏。不讲公德，乱扔垃圾。拙文《公德（一）》讲的就是这个问题。

第二宗：吵。在飞机上，在火车上，在餐厅中，在饭店里，大声喧哗。

第三宗：抢。不守规则，不讲秩序，干什么都要抢先。

第四宗：粗。不懂起码的礼貌，不会说：“谢谢！”“对不起。”

第五宗：俗。在大饭店吃饭时，把鞋脱掉，赤脚坐在椅子上，或盘腿而坐。

第六宗：窘。穿戴不齐，令人尴尬。穿着睡衣，在大饭店里东奔西逛。

第七宗：泼。遇到不顺心的事，不但动口骂人，而且动手打人。

以上七宗，都是极其概括的。因为，细说要占极多的篇幅。不过，我仍然要突出一“宗”，这就是随地吐痰，我戏称之为“国吐”，与“国骂”成双成对。这是中国相当大一部分人的痼疾，屡罚不改。现在也被输出国外，为中国脸上抹黑。

处在这种情况下，我们应该怎么办呢？想改变以上几种弊端，是长期的工作，国内尚且如此，何况国外。我们决不能因噎废食，停止出国旅游。出国旅游还是要继续的。能否采取一个应急的办法：在出国前，由旅游局或旅行社组织一次短期学习，把外国习惯讲清，把应注意的事项讲清。或许能起点作用。

2002年5月30日

四

已经写了三篇《公德》，但仍然觉得不够。现在再写上一篇，专门谈“国吐”。

随地吐痰这个痼疾，过去已经有很多人注意到了。记得鲁迅在一篇杂文中，谈到旧时代中国照相，常常是一对老年夫妇，分坐茶几左右，几前置一痰桶，说明这一对夫妇胸腔里痰多。据说，美国前总统访华时，特别买了一个痰桶，带回了美国。

中国官方也不是没有注意到这个现象。很多年以前，北京市公布了一项罚款的规定：凡在大街上随地吐痰者，处以五毛钱的罚款。有一次，一个人在大街上吐痰，被检查人员发现，立刻走过来，向吐痰人索要罚款。那个人处变不惊，立刻又吐一口痰在地上，嘴里说：“五毛钱找钱麻烦，我索性再吐上一口，凑足一元钱，公私两利。”这个故事真实性如何，我不是亲身经历，不敢确说，但是流传得纷纷扬扬，我宁信其有，而不信其无。

也是在很多年以前，北大动员群众，反击随地吐痰的恶习。没有听说有什么罚款。仅在学校内几条大马路上，派人检查吐痰的痕迹，查出来后，用红粉笔圈一个圆圈，以痰迹为中心。这种检查简直易如反掌，隔不远，就能画一个大红圈。结果是满地斑斓，像是一幅未来派的图画。

结果怎样呢？在北京大街上照样能够看到和听到，左右不远，有人吭、咔一声，一团浓痰飞落在人行道上，熟练得有如大匠运斤成风，北大校园内也仍然是痰迹斑驳陆离。

我们中华民族是伟大的民族，是英勇善战的民族，我们能够以弱胜强，战胜了武装到牙齿的外敌和国内反动派，对像“国吐”这样的还达不到癣疥之疾的弊端竟至于束手无策吗？

更为严重的是，最近几年来，国际旅游之风兴。“国吐”也随之传入国外。据说，我们近邻的一个国家，为外国游人制定了注意事项，都用英文写成，独有一条是用汉文：“请勿随地吐痰！”针对性极其鲜明。但却决非诬蔑。我们这一张脸往哪里摆呀！

治这样的顽症有办法没有呢？我认为，有的。新加坡的办法就值得我们参考，他们用的是严惩重罚。你要是敢在大街上吐一口痰，甚至只是丢一点垃圾，罚款之重让你多年难忘。如果在北京有人在大街上吐痰，不是罚五毛，而是罚五百元，他就决不敢再吐第二口了。但这要有两个先决条件：一是耐心的教育，不厌其烦地说明利害，苦口婆心。二是要有国家机关、法院和公安局等的有力支持，决不允许任何人耍赖。实行这个办法，必须持之以恒，而且推向全国。用不了几年的时间，“国吐”这种恶习就可以根除。这是我的希望，也是我的信念。

2002年6月4日

时间

一抬头，就看到书桌上座钟的秒针在一跳一跳地向前走动。它那里一跳，我的心就一跳。孔子说：“逝者如斯夫，不舍昼夜！”这里指的是水。水永远不停地流逝，让孔夫子吃惊兴叹。我的心跳，跳的是时间。水是能看得见，摸得着的。时间却看不见，摸不着的。它的流逝你感觉不到，然而确实是在流逝。现在我眼前摆上了座钟，它的秒针一跳一跳，让我再清楚不过地看到了时间的流逝，焉能不心跳？焉能不兴叹呢？

远古的人大概是很幸福的。他们日出而作，日入而息，根据太阳的出没来规定自己的活动。即使能感到时间的流逝，也只在依稀隐约之间。后来，他们聪明了，根据太阳光和阴影的推移，把时间称作光阴。再后来，人们的聪明才智更提高了，用铜壶滴漏的办法来显示和测定时间的推移，这是用人工来抓住看不见摸不着的时间的尝试。到了近几百年，人类发明了钟表，把时间的存在与流逝清清楚楚地摆在每一个人的面前。这是人类文明进步的表现。但是，正如人们常说的那样：“有一利必有一弊”，人类成了时间的奴隶，成了手表的奴隶。现在各种各样的会极多，开会必须规定时间，几点几分，不能任意伸缩。如果参加重要的会而路上偏偏赶上堵车，任你怎样焦急，怎样频频看手表，都是白搭。这不是典型的时间的奴隶又是什么呢？然而，话又说了回来，在今天头绪纷纭杂乱有章的社会里，开会不定时间，还像古人那样“日出而作，日入而息”，优哉游哉，顺帝之则，今天的社会还能运转吗？不管你愿意不愿意，成为时间的奴隶就正是文明的表现。

不管你有没有意识到，大自然还是把虚无缥缈的时间用具体的东西暗示给了人们。比如用日出日落标志出一天，用月亮的圆缺标志出一月，用四季（在印度是六季或者两季）标志出一年。农民最关心这些问题，一年二十四个节气对他们种庄稼有重要意义。在自然科学家和哲学家眼中，时间具有另外的意义。他们说，大千世界，人类万物，都生长在时间和空间内，而时间是无头无尾的，空间是无边无际的。我既不是自然科学家，也不是哲学家，对无头无尾和无边无际实在难以理解。可是不这样又能怎样呢？如果时间有了头尾，头以前尾以后又是什么呢？因此，难以理解也只得理解，此外更没有其他途径。

生与死也属于时间范畴。一般人总是把生与死绝对对立起来。但是，中国古代的道家却主张“万物方生方死”，把生与死辩证地联系在一起，而且准确无误地道出了生即是死的关系。随着座钟秒针的一跳，我自己就长了无法用言语表达出来的那么一点点儿，同时也就是向着死亡走近了那么一点点儿。不但我是这样，现在正是初夏，窗外的玉兰花、垂柳和深埋在清塘里的荷花，也都长了那么一点点儿。不久前还是冰封的湖水，现在是“风乍起，吹皱一池夏水”，波光潋滟，水色接天。岸上的垂杨，从光秃秃的枝条上逐渐长出了小叶片，一转瞬间，出现了一片鹅黄；再一转瞬，就是一片嫩绿，现在则是接近浓绿了。小山上原来是一片枯草，“一夜东风送春暖，满山开遍二月兰”。今年是二月兰的大年，山上地下，只要有空隙，二月兰必然出现在那里，座钟的秒针再跳上多少万次，二月兰即将枯萎，也就是走向暂时的死亡了。所有这些东西，都是方生方死。这是自然的规律，不可逆转的。

印度人是聪明的，他们把时间和死亡视为一物。梵文hāla，既是“时间”，又是“死亡或死神”。《罗摩衍那》的主人公罗摩，在活了极长的时间以后，hāla 走上门来，这表示他就要死亡了。罗摩泰然处之，既不“饮恨”，也不“吞声”。他知道这是自然规律，人类是无能为力的。我们今天知道，不但人类是这样，世界上万事万物都有始有终，无一例外。“顺其自然”是最好的办法。我在这里顺便说一下。在梵文里，动词“死”的字根是mn；但是此字不用manati来表示现在时，而是用被动式mniyati（ti），这表示，印度人认为“死”是被动的，主动自杀者究属少数。

同印度人比较起来，中国人大概希望争取长生。越是有钱有势的人越希望活下去，在旧社会里生活在水深火热中的小百姓，决不会愿意长远活下去的。而富有天下的天子则热切希望长生。中国历史上几位有名的英主，莫不如此。秦始皇和汉武帝都寻求不死之药或者仙丹什么的，连唐太宗都是服用了印度婆罗门的“仙药”而中毒身亡的。老百姓书呆子中也有寻求肉身升天的，而且连鸡犬都带了上去。我这个木头脑袋瓜真想也想不通。如果真有那么一个“天”的话，人数也不会太多。升到那里去干些什么呢？那里不会有官僚衙门，想走后门靠贿赂来谋求升官，没有这个可能。那里也不会有什么市场，什么WTO，想发财也英雄无用武之地。想打麻将，唱卡拉OK，唱几天，打几天，还是会有兴趣的，但让你一月月一年年永远打下去，你受得了吗？养鸡喂狗，永远喂下去，你也受不了。“不为无益之事，何以遣无涯之生！”无益之事天上没有。在天上待长了，你一定会自杀的。苏东坡说“起舞弄清影，何似在人间！”是有见地之言。我们还是老老实实待在人间吧。

要待在人间，就必须受时间的制约。在时间面前，人人平等。如果想不通我在上面说的那一些并不深奥的道理，时间就变成了枷锁，让你处处感到不舒服。但是，如果真想通了，则戴着枷锁跳舞反而更能增加一些意想不到的兴趣。我自认是想通了。现在照样一抬头就看到书桌上座钟的秒针一跳一跳向前走动，但是我的心却不跳了。我觉得这是时间给我提醒儿，让我知道时间的价值。“一寸光阴不可轻”，朱子这一句诗对我这个年过九十的老头儿也是适用的。

2002年3月31日

第四章 我对未来的梦与希望

拿最近几百年的世界史来看，就可以看出下面的规律：十七八世纪，它是在欧洲大陆法、德等国，十九世纪在英国，二十世纪在美国，二十一世纪按规律应该在中国。所以我说：二十一世纪将是中国人民的世纪。

梦游二十一世纪

二十一世纪就在眼前，不久我们就能够亲身莅临，何劳梦游？但是，我们眼前还毕竟是处在二十世纪中，要谈二十一世纪，只能梦游了。

二十一世纪究竟是个什么样子呢？我不相信二十世纪的最后一天和二十一世纪的最初一天会有什么区别。早晨，太阳照样从东方出来；晚上，太阳照样在西方落下，一切几乎都一模一样。

但是，我认为，既然是二十一世纪，必然有其特点，不过，这个特点决不会一下子就显露出来的，这是一个缓慢的逐渐显露的过程。在这个世纪的初叶，只能渐露端倪，到了2050年左右，它已如日中天，整个特点都会毫无保留地显露出来了。

对于那一点特点，我现在只能做梦。

我梦到，近几百年以来，西方的科学技术给人民，全世界人民带来了空前的幸福；但是，其基础是“征服自然”，与自然为敌，因而受到了大自然的惩罚，产生了许多弊端，比如大气污染、环境污染、生态失衡、物种灭绝，如此等等，不一而足。切盼到了二十一世纪能有所改变，能改恶向善。要想做到这一点，必须以东方“天人合一”的思想，济西方思想之穷，也就是说，人类必须同大自然为友，双方互相了解，增强友谊，然后再伸手向大自然要衣，要食，要住，要行。只有这样，人类才能避免现在面临的这一些灾难。

我梦到，我们的国家继续安定团结，繁荣昌盛下去。政府中减少了官气，社会上杜绝了假冒伪劣。人民的伦理道德水平提高，人文素质教育加强。五十六个民族团结得像一个人。南方不再洪水泛滥，北方没有森林火灾。天比现在蓝，水比现在清，一片祥和气象。

我梦到，在每一个家庭里，父慈子孝，兄友弟恭，夫妻相敬相爱，相忍相让。像眼前这样的一些青年对恋爱和婚姻的轻率态度，再也看不到了。对待爱情坚贞真实，谁也不做露水夫妻，把离婚当作家常便饭。原本温馨的家庭更温馨了，原本不温馨的家庭变得逐渐温馨起来。在任何时代，人生都是一场搏斗，搏斗就难免惊涛骇浪。在这样的浪涛中，有胜利者，当然也有失败者。在整个社会中，家庭对这样的浪涛来说，就是一个安全的避风港。胜利者回到这个避风港中，在温馨的气氛中，细细品味这胜利的甜蜜；失败者回到这个避风港中，追忆和分析失败的教训，家庭的温馨会增强他的斗志。回忆之余，奋然而起，他又有了足够的勇气和力量，再回到社会中，继续拼搏，勇往直前，必须胜利在握而后止。家庭的作用大矣哉！

我梦到，个人也有了新的变化和起色。对世界来说，他是一个世界公民。对国家来说，他是一个国家公民。对社会来说，他是其中的一分子。他应当在道德方面不断修养和锻炼，能做到"苟日新，又日新，日日新"，成为一个有用的人，成为一个正直的人。对世界，对国家和社会，对家庭都能尽上应尽的责任。他决不应当像杨花柳絮一样，虽然一时能飞满春城，但是随风飘荡，毫无自主能力，到头来，虽然给骚人墨客增添一些灵感，写出了美妙绝伦的诗词，自己最终却落到泥土地上，化为尘埃，消逝得无影无踪。

我想做和能做的梦还有很多很多，今天就先做这一些，至于能否成为现实，那就不能由我来决定，这要由每一个人自己决定，一方面要奋发图强，另一方面还必须靠点机遇，二者缺一不可。不管怎么样，我的梦是异常美妙的。我切盼，到了二十一世纪某一个时刻，我的梦能够完全实现，喜气盈大地，春色满寰中，全世界人民共庆升平。

1999年10月23日

梦萦未名湖

北京大学正在庆祝九十周年华诞。对一个人来说，九十周年是一个很长的时期，就是所谓耄耋之年。自古以来，能够活到这个年龄的只有极少数的人。但是，对一个大学来说，九十周年也许只是幼儿园阶段。北京大学肯定还要存在下去的，二百年，三百年，一千年，甚至更长的时期。同这样长的时间相比，九十周年难道还不就是幼儿园阶段吗？

我们的校史，还有另外一种计算方法，那就是从汉代的太学算起。这决非我的发明创造，国外不乏先例。这样一来，我们的校史就要延伸到两千来年，要居世界第一了。就算是两千来年吧，我们的北大还要照样存在下去的，也许三千年，四千年，谁又敢说不行呢？同将来的历史比较起来，活了两千年也只能算是如日中天，我们的学校远远没有达到耄耋之年。

一个大学的历史存在于什么地方呢？在书面的记载里，在建筑的实物上，当然是的。但是，它同样也存在于人们的记忆中。相对而言，存在于人们的记忆中，时间是有限的，但它毕竟是存在，而且这个存在更具体，更生动，更动人心魄。在过去九十年中，从北京大学毕业的人数无法统计，每个人都有自己对母校的回忆。在这些人中，有许多在中国近代史上非常显赫的名字。离开这一些人，中国近代史的写法恐怕就要改变。这当然只是极少数人。其他绝大多数的人，尽管知名度不尽相同，也都在自己的工作岗位上，对祖国的建设事业作出了自己的贡献。他们个人的情况错综复杂，他们的工作岗位五花八门。但是，我相信，有一点却是相同的：他们都没有忘记自己的母校北京大学。母校像是一块大磁石吸引住了他们的心，让他们那记忆的丝缕永远同母校挂在一起，挂在巍峨的红楼上面，挂在未名湖的湖光塔影上面，挂在燕园的四时不同的景光上面：春天的桃杏藤萝，夏天的绿叶红荷，秋天的红叶黄花，冬天的青松瑞雪；甚至临湖轩的修篁，红湖岸边的古松，夜晚大图书馆的灯影，绿茵上飘动的琅琅书声，所有这一切无不挂上校友们回忆的丝缕，他们的梦永远萦绕在未名湖畔。《沙恭达罗》里面有一首著名的诗：

你无论走得多么远也不会走出了我的心，
黄昏时刻的树影拖得再长也离不开树根。

北大校友们不完全就是这个样子吗？

至于我自己，我七十多年的一生（我只是说到目前为止，并不想就要做结论），除了当过一年高中国文教员，在国外工作了几年以外，唯一的工作岗位就是北京大学，到现在已经四十多年了，占了我一生的一半还要多。我于1946年深秋回到故都，学校派人到车站去接。汽车行驶在十里长街上，凄风苦雨，街灯昏黄，我真有点悲从中来。我离开故都已经十几年了，身处万里以外的异域，作为一个海外游子经常给自己描绘重逢的欢悦情景。谁又能想到，重逢竟是这般凄苦！我心头不由自主地涌出了两句诗："西风凋碧树，落叶满长安（长安街也）。"我心头有一个比深秋更深秋的深秋。

到了学校以后，我被安置在红楼三层楼上。在日寇占领时期，红楼驻有日寇的宪兵队，地下室就是行刑杀人的地方，传说里面有鬼叫声。我从来不相信有什么鬼神。但是，在当时，整个红楼上下五层，寥寥茫茫，只住着四五个人，再加上电灯不明，在楼道的薄暗处真仿佛有鬼影飘忽。走过长长的楼道，听到自己的足音回荡，颇疑非置身人间了。

但是，我怕的不是真鬼，而是假鬼，这就是决不承认自己是魔鬼的国民党特务，以及由他们纠集来的当打手的天桥的地痞流氓。当时国民党反动派正处在垂死挣扎阶段。号称北平解放区的北大的民主广场成了他们的眼中钉、肉中刺。红楼又是民主广场的屏障，于是就成了他们进攻的目标。他们白天派流氓到红楼附近来捣乱，晚上还想伺机进攻。住在红楼的人逐渐多起来了。大家都提高警惕，注意动静。我记得有几次甚至想用椅子堵塞红楼主要通道，防备坏蛋冲进来。这样紧张的气氛颇延续了一段时间。

延续了一段时间，恶魔们终于也没能闯进红楼，而北平却解放了。我于此时真正是耳目为之一新。这件事把我的一生明显地分成了两个阶段。从此以后，我的回忆也截然分成了两个阶段：一段是魑魅横行，黑云压城；一段是魍魉现形，天日重明。两者有天渊之别、云泥之分。北大不久就迁至城外有名的燕园中，我当然也随学校迁来，一住就住了将近四十年。我的记忆的丝缕会挂在红楼上面，会挂在截然不同的两个世界上，这是不言而喻的。

一住就是四十年，天天面对未名湖的湖光塔影。难道我还能有什么回忆的丝缕要挂在湖光塔影上面吗？别人认为没有，我自己也认为没有。我住房的窗子正面对未名湖畔的宝塔。一抬头，就能看到高耸的塔尖直刺蔚蓝的天空。层楼栉比，绿树历历，这一切都是活生生的现实，一睁眼，就明明白白能够看到，哪里还用去回忆呢？

然而，世事多变。正如世界上没有一条完全平坦笔直的道路一样，我脚下的道路也不可能是完全平坦笔直的。在魍魉现形、天日重明之后，新生的魑魅魍魉仍然可能出现。我在美丽的燕园中，同一些真正善良的人们在一起，又经历了一场群魔乱舞、黑云压城的特大暴风骤雨。这在中国人民的历史上是空前的（我但愿它也能绝后）！我同一些善良正直的人们被关了起来，一关就是八九个月。但是，终于又像“凤凰涅槃”一般，活了下来。遗憾的是，燕园中许多美好的东西遭到了破坏。许多楼房外面墙上的爬山虎，那些有一二百年寿命的丁香花，在北京城颇有一点名气的西府海棠，繁荣茂盛了三四百年的藤萝，都坚决、彻底、干净、全部地被消灭了。为什么世间一些美好的花草树木也竟像人一样成了“反革命”，成了十恶不赦的罪犯呢？我百思不得其解。

我自己总算侥幸活了下来了。但是，这一些为人们所深深喜爱的花草树木，却再也不能见到了。如果它们也有灵魂的话（我希望它们有！），这灵魂也决不会离开美丽的燕园。月白风清之夜，它们也会流连于未名湖畔湖光塔影中吧！如果它们能回忆的话，它们回忆的丝缕也会挂在未名湖上吧！可惜我不是活神仙，起死无方，回生乏术。它们消逝了，永远消逝了。这里用得上一句旧剧的戏词："要相会，除非是梦里团圆。"

到了今天，这场噩梦早已消逝得无影无踪。我又经历了一次魑魅现形、天日重明的局面。我上面说到，将近四十年来，我一直住在燕园中、未名湖畔，我那记忆的丝缕用不着再挂在未名湖上。然而，那些被铲除的可爱的花草时来入梦。我那些本来应该投闲置散的回忆的丝缕又派上了用场。它挂在苍翠繁茂的爬山虎上，芳香四溢的丁香花上，红绿皆肥的西府海棠上，葳蕤茂密的藤萝花上。这样一来，我就同那些离开母校的校友一样，也梦萦未名湖了。

尽管我们目前还有这样那样的困难，但是我们未来的道路将会越走越宽广。我们今天回忆过去，决不仅仅是发思古之幽情。我们回忆过去是为了未来。愿普天之下的北大校友：国内的、海外的、男的、女的、老的、少的，什么时候也不要割断你们对母校的回忆的丝缕，愿你们永远梦萦未名湖，愿我们大家在十年以后都来庆祝母校的百岁华诞。"但愿人长久，千里共婵娟！"

1988年1月3日

清华梦忆

人有人格，国有国格，校也有校格。

就以北大和清华而论，两校同为全国最高学府，共同之处当然很多；但是不同之处也颇突出，这就是所谓两校校格不同。

不同之处究竟何在呢？

这是一个大题目，恐怕开上几次国际研讨会，也难以说得明白。我现在不揣谫陋，聊陈己见。

整整七十年前，在1930年，我从山东到北京（北平）来考大学。来自五湖四海的五六千学生，心目中最高的目标就是北大和清华。但是这两所大学门槛是异常高的，往往是几十个学生中才能录取一个。我有幸被两所大学都录取了。由于我幻想把自己这一个渺小粗陋的身躯镀上一层不管是多么薄的金子，好以此吓唬人，抢得一只好饭碗。而镀金只能出国留学，留学的机会清华比北大多一些，所以我就舍北大而取清华。

在清华住了一段时间以后，对清华的校格逐渐明确了，最后形成了初步的看法。我在北大有不少朋友，言谈之间，也了解到了北大的一些情况，于是对北大的校格也逐渐形成了一个明确的概念。我恍然小悟：两所大学的校格原来竟是有许多不同之处的。

我从小处谈起，先举一个小例子。在清华，呼唤服务的工人，一般都叫作“工友”。在北大，据说是叫“听差”。而在朝阳大学则是“茶房”。在清华，工人和教师、学生处于平等的地位上，在北大则处于主仆的地位，而在朝阳大学则是处于顾客与旅馆杂役的地位。这是一件十分细微的末节，然而却是多么生动，多么清楚，又多么耐人寻味。

其中原因，我认为并不复杂。清华建立的基础是美国退还的庚子赔款，完全受美国的影响，受资本主义的影响，身上没有封建的包袱。而北大则是由京师大学堂转变成的，身上背着几千年的封建传统。好的方面是文化基础雄厚，坏的方面是封建主义严重。我听人说到过——据说这并不是笑话——北大初建时，学习西方，有体操一门课，聘请了专门的体操教员，这些人当然都是平头老百姓，而被他们训练的学生则很多都是世荫的二三品大员。教员发口令时，不敢明目张胆地喊出“立正！”“稍息！”，于是想出了一个奇妙的办法，改变舶来的口令，大喊：“老爷们立正！”“老爷们稍息！”从这些小事儿也可以看出来，清华多的是资本主义，北大多的是封建主义。

但是，稍有一些辩证法常识的人都会知道，世间事物都是一分为二的。北大的封建主义也能产生好的效果，如果北大没有这样浓重的封建传统或者气氛，“五四”运动，即使注定要爆发，也决不会是在北大。你能够想象清华会爆发反封建的“五四”运动吗？即使1919年清华已经建成了大学，而不是留美预备学校，这样的事情也决不会出现的。人们常说，坏事变好事，北大的封建传统促成了改变中国面貌的启蒙运动，不正证实了这一句话吗？

“五四”运动对中国，特别是对中国学界，更特别是对北大，留下了深远的影响。北大学生继承了自东汉太学生起就有了的关心国家大事，天下兴亡，匹夫有责的爱国主义传统，对政治动向特别敏感，到了“五四”运动，达到了一个高潮。从那以后，历届学生运动几乎都从北大开始就是一个证明。在这方面，清华并不落后，“一二·九”运动就是一个生动的例证。在这一点上，清华与北大是有相同之处的。

我在清华待了四年，而在北大则已经待了五十四年，是清华的十几倍。

我一直到今天还在不断考虑两校同异的问题。我一向不赞成西方那种以分析的思维模式为基础的一、二、三、四、A、B、C、D的分析方法，而垂青于中国的以综合的思维模式为基础的评断方法。中国古代月旦人物，品评艺术，都不采用分析的方法，而是选用几个简单的、生动的、形象的、看似模糊而实则内涵极为丰富的词语，形神毕具，给人以无量的暗示能力，给人以无限的想象活动的余地。根据这一条准则，我用四个字来表示清华的校格，这四个字是：清新俊逸。给北大的则是：凝重深厚。两者各有千秋，无所轩轾于其间。但两者是能够、也是必须互相学习的。这样做是互补的，两利的。谁要是想成为“老子天下第一”，那就必然会是“可怜无补费精神”。

以上是我对北大和清华两校校格的看法，也是我对两校的希望和祝福。

在母校将庆祝成立九十年华诞之际，《清华大学学报》（哲社版）的副主编刘石教授写信给我，要我写点纪念文字。这是我义不容辞的。但是，可写的东西真是太多太多了。想来想去，终于决定了写上面这一番怪论。我自己说它是“怪论”，这是我以退为进的手法，我是一点也不觉得它有什么“怪”的。如果我真正认为它怪，我就决不会写出来出自己的丑。我认为，这是我一家之言，是长期思考的结果。我希望能够在北大、清华两校找到一些知音。

2000年11月7日

一个预言的实现

大约在十几二十年前，我曾讲过一个预言：二十一世纪将是中国的世纪。

我没有研究过新兴科学预言学，我也不会算卦占卜，我不是季铁嘴、季半仙，但也并非全无根据。我根据只是一点类似地缘政治学的世界历史地理常识。

我发现，在这个地球村中，每一个时代都有自己的政治经济文化中心，有的在东方，有的在西方，存在的时间长短不一，影响的程度也深浅不一。而这个中心不是一成不变的，而是有规律地变动着。拿最近几百年的世界史来看，就可以看出下面的规律：十七八世纪，它是在欧洲大陆法、德等国，十九世纪在英国，二十世纪在美国，二十一世纪按规律应该在中国。所以我说：二十一世纪将是中国人民的世纪。这决不是无知妄言，也不出于狭隘的爱国主义，而是规律使然。可在当时，颇有一些什么什么之士嗤之以鼻。我并不在乎，是嗤之以鼻，还是嗤之以屁股，那是他们的事，与我无干。

值得庆幸的事是，我在十几二十年前提出来的预言完全说对了。中华民族所固有的大气磅礴的创造力，被种种内在的和外在的力量堵塞了几百年；现在，一旦乘机迸发，有如翻江倒海，势不可挡。例子多得不胜枚举。我只举一个看似虽小而意义实大的例子："中国制造"（made in China）的商品现在流传全世界，包括美国在内，这在以前无论如何也是难以想象的。中国报刊以"中国和平崛起，世界拍案惊奇"等类的词句来表达这种感情。

中国人不喜欢"老王卖瓜，自卖自夸"。认为这是没有出息的事。我现在从外国请一位贵宾来，帮着夸上几句。英国前外交大臣杰弗里·豪曾说过几句话："过去二十五年，中国发生了巨大变化，它不仅确立了自己是国际社会一个稳定且负责任的成员的地位，它的政治制度及人民的聪明才智和能量已经产生了举世瞩目的经济成就，绝大多数人的生存条件和日常生活大大改善。"这一位英国绅士肯说几句真话，值得我们钦佩。我引用他的话来抹掉自己的自卖自夸之嫌。

2004年2月13日

我对未来教育的几点希望

教育为立国之本，这是中国两千多年来的历代王朝都执行的根本大法。在封建社会，帝王的所作所为，无一不是为了巩固统治，教育亦然。然而，动机与效果往往不能完全统一。不管他们的动机如何，效果却是为我们国家培养了一批批人才，使我国优秀文化传承几千年而未中断。

今天，时移世迁，已经换了人间。教育为立国之本的思想，深入人心。我们政府提出了科教兴国的方针，受到了全国人民的热烈拥护。把教育的重要性提高到兴国的高度，可以说前承千年传统，后开万世太平。特别是在今天知识经济正在勃然兴起的大时代中，教育更有其独特的意义。知识经济以智力开发、知识创新为第一要素，不大力振兴教育，焉能达到这个宏伟的目标？但是，我要讲一句实话，我们的振兴教育，谈论多于行动。别的例子先不举，只举一个教育经费在国民总收入中所占的百分比之低，就很清楚了。我们教育所占的百分比，不但低于发达国家，在发展中国家中也是比较低的。这让很多人难以理解。我们国家正在努力建设，用钱的地方很多，这一点谁都理解，没有人想苛求；但是，既然把教育的重要性提高到那样的高度，教育经费却又不提高，报纸上再三辩解，实难令人信服。现在，据我了解所及，全国各类学校经费来源十分庞杂，贫富不均的程度颇为严重。大学的党委书记和校长，主要任务是“找钱”，连系主任的主要任务也是“创收”。如果创收不力或不利，奖金发不出去，全系教员就很难团结好。学校的根本任务是教学和科研，是出人才，出成果。现在却舍本而逐末，这样办教育，欲求兴国，盖亦难矣。因此，我对未来教育的第一个希望就是切切实实地增加教育经费。

我的第二个希望是重视大、中、小学生的人文素质教育和伦理道德教育。现在我们中华民族的一般道德水平，实不能尽如人意。年轻的学生在这个大气候下，思想水平也不够高。他们对世界，对人生的看法，在像我这样的思想保守的老顽固眼中，有时实在难以理解。现在，全世界正处在一个巨大转变中，每个人都会受到影响的，特别是青年人，他们敏感易变，受的影响更大。日本据说有一个新名词“新人类”，可见青老代沟之深。中国也差不多。我在中外大学里待了一辈子；可是对眼前中国大学生的思想、情感等等，却越来越感到陌生。他们的一些想法和做法，有时候让我目瞪口呆。在我眼中，有些青年人也仿佛成了“新人类”了。

救之之法，除了教育以外，实在也难想出别的花招。根据我的了解，现在大学里的思想教育课，很难说是成功的。一上政治课，师生两苦，教员讲起来乏味，学生听起来无味。长此以往，不知伊于胡底！

我个人认为，抓学生思想教育，应该从小学抓起。回想我当年上小学时，有两门课很感兴趣，一门叫做公民或者修身，一门叫作乡土。后一门专讲本地的山川、人物、风土、人情。近在眼前，学生听起来有趣又愿听。讲爱国从爱乡开始，是一个好办法。

至于公民这一门课，则讲的都是极简单的处世做人的道理，比如热爱祖国，孝顺父母，尊敬老师，和睦同学；讲真话，不说谎话；干好事，不做坏事；讲公德，不能自私；帮助别人，不坑害别人；要谦虚，不能骄傲，等等，都是些平常的伦理规范。听说现在教小学生也先讲唯心与唯物，存在与意识，物质与精神，小学生莫名其妙，只能硬背。这能收到什么效果呢？显而易见，什么好效果也是收不到的。到了中学和大学，依然是这一套，结果就是我在上面说到的师生两难。现在全国都在谈要重视学生的素质教育，足见这个问题已经引起了广泛的注意。这无疑是一个好现象。但是，我总觉得，空谈无补于实际，当务之急是采取适当的行动，才能走出目前的困境。

我对未来教育的希望，当然不止这两点。但限于目前的时间，我只能先提出这两点来，供有关人士，特别是政府主管教育的部门参考，一得之愚，也许还有可取之处吧。

1999年2月21日

对未来的悬思

我于2002年8月15日入院，当年9月30日出院回家，带着捡回来的一条命，也可以说是三〇一送给我的一条命。这四十五天并不长，却在我生命历程上划上了一个深深的痕迹。

现在回家来了，怎么办？

记得去年一位泰国哲学家预言我今年将有一场大灾。对这种预言我从来不相信，现在也不相信。但是却不能不承认，他说准了。“大难不死，必有后福。”我还能有什么后福呢？

那些什么“相期以茶”，什么活一百二十岁的话，是说着玩玩儿的，像唱歌或作诗，不能当真的。真实的情况是，我已经九十多岁。是古今中外文人中极少见的了，我应该满意了。通过这一场大病，我认识到，过去那种忘乎所以的态度是要不得的，是极其危险的。老了就得服老，老老实实地服老，才是正道。我现在能做到这一步了。

或许有人要问：你读万卷书，行万里路，生平极多坎坷，你对人生悟出了什么真谛吗？答曰：悟出了一些，就是我上面说的那一些，真谛就寓于日常生活中，不劳远求。那一套“菩提本无树，明镜亦非台；本来无一物，何处染尘埃？”我是绝对悟不出来的。

现在我身躯上的零件，都已经用了九十多年，老化是必然的。可惜不能像机器一样，拆开来涂上点儿油。不过，尽管老化，看来还能对付一些日子。而且，不管别的零件怎样，我的脑袋还是难得糊涂的。我就利用这一点优势，努力工作下去，再多写出几篇《新日知录》，多写出一些抒情的短文，歌颂祖国，歌颂人民，歌颂生命，歌颂自然，歌颂一切应该歌颂的美好的东西，鞠躬尽瘁，死而后已。

写到这里，最重要的问题我还没有说。老子是讲辩证法的哲学家。他那有名的关于祸福的话，两千年来，尽人皆知：福兮祸所伏，祸兮福所倚。我这一次重得新生，当然是福。但是，这个重得并非绝对的，也还并没有完成。医生让我继续服药，至少半年，随时仔细观察。倘若再有湿疹模样的东西出现，那就殆矣。这无疑在我头顶上用一根头发悬上了一把达摩克利斯利之剑，随时都有刺下来的可能。其实，每一个人从出生的那一刹那开始，就有这样的利剑悬在头上，有道是：“黄泉路上无老少”嘛，只是人们不去感觉而已。我被告知，也算是幸运，让我随时警惕，不敢忘乎所以。这不是极大的幸福吗？

2002年

（本文节选自《在病中》）

我的怀旧观

《怀旧集》这个书名我曾经想用过，这就是现在已经出版了的《万泉集》。因为集中的文章怀念旧人者颇多。我记忆的丝缕又挂到了一些已经逝世的师友身上，感触极多。我因此想到了《昭明文选》中潘安仁的《怀旧赋》中的文句："霄辗转而不寐，骤长叹以达晨；独郁结其谁语，聊缀思于斯文。"我把那一个集子定名为"怀旧集"。但是，原来应允出版的出版社提出了异议："怀旧"这个词儿太沉闷，太不响亮，会影响书的销路，劝我改一改。我那时候出书还不能像现在这样到处开绿灯。我出书心切，连忙巴结出版社，立即遵命改名，由"怀旧"改为"万泉"。然而出版社并不赏脸，最终还是把稿子退回，一甩了之。

这一段公案应该说是并不怎样愉快。好在我的《万泉集》换了一个出版社出版了，社会反应还并不坏。我慢慢地就把这一件事忘记了。

最近，出我意料之外，北京大学出版社的老友张文定先生一天忽然对我说："你最近写的几篇悼念或者怀念旧人的文章，情真意切，很能感动人，能否收集在一起，专门出一个集子？"他随便举了一个例子，就是悼念胡乔木同志的文章。他这个建议过去我没有敢想过，然而实获我心。我首先表示同意，立即又想到："怀旧集"这个名字可以复活了，岂不大可喜哉！

怀旧是一种什么情绪，或感情，或心理状态呢？我还没有读到过古今中外任何学人给它下的定义。恐怕这个定义是非常难下的。根据我个人的想法，古往今来，天底下的万事万物，包括人和动植物，总在不停地变化着，总在前进着。既然前进，留在后面的人或物，或人生的一个阶段，就会变成旧的，怀念这样的人或物，或人生的一个阶段，就是怀旧。人类有一个缺点或优点，常常觉得过去的好，旧的好，古代好，觉得当时天比现在要明朗，太阳比现在要光辉，花草树木比现在要翠绿。总之，一切比现在都要好，于是就怀，就"发思古之幽情"，这就是怀旧。

但是，根据每一个人的常识，也并不是一切旧人、旧物都值得怀。有的旧人，有的旧事，就并不值得去怀。有时一想到，简直就令人作呕，弃之不暇，哪里还能怀呢？也并不是每一次怀人或者怀事都能写成文章。感情过分地激动，过分悲哀，一想到，心里就会流血，到了此时，文章无论如何是写不出来的。这个道理并不难懂，每个人一想就会明白的。

同绝大多数的人一样，我是一个非常平常的人。人的七情六欲，我一应俱全。尽管我有不少的缺点，也做过一些错事；但是，我从来没有故意伤害别人；如有必要，我还伸出将伯之手。因此，不管我打算多么谦虚，我仍然把自己归入好人一类，我是一个"性情中人"。我对亲人，对朋友，怀有真挚的感情。这种感情看似平常，但实际上却非常不平常。我生平颇遇到一些人，对人毫无感情。我有时候难免有一些腹诽，我甚至想用一个听起来非常刺耳的词儿来形容这种人：没有"人味"。按说，既然是个人，就应当有"人味"。然而，我积八十年之经验，深知情况并非如此。"人味"，岂易言哉！岂易言哉！

怀旧就是有"人味"的一种表现，而有"人味"是有很高的报酬的：怀旧能净化人的灵魂。亲故老友逝去了，或者离开自己远了。但是，他们身上那一些优良的品质，离开自己越远，时间越久，越能闪出异样的光芒。它仿佛成为一面镜子，在照亮着自己，在砥砺着自己。怀这样的旧人，在惆怅中感到幸福，在苦涩中感到甜美。这不是很高的报酬吗？对逝去者的怀念，更能激发起我们"后死者"的责任感。先死者固然能让我们哀伤，后死者更值得同情，他们身上的心灵上的担子更沉重。死者已矣，他们不知不觉了。后死者却还活着，他们能知能觉。先死者的遗志要我们去实现，他们没有完成的工作要我们去做。即使有时候难免有点想懈怠一下，休息一下。但一想到先人的声音笑貌，立即会振奋起来。这样的怀旧，报酬难道还不够高吗？

古代希腊哲人说，悲剧能净化（katharsis）人们的灵魂。我看，怀旧也同样能净化人们的灵魂。这一种净化的形式，比悲剧更深刻，更深入灵魂。

这就是我的怀旧观。

我庆幸我能怀旧，我庆幸我的“人味”支持我怀旧，我庆幸我的《怀旧集》这个书名在含冤蒙尘十几年以后又得以重见天日，我乐而为之序。

1994年10月22日

（本文为《怀旧集》自序）

迎新怀旧
——二十一世纪第一个元旦感怀

我可真正是万万也没有想到，我能够活到八十九岁，迎接一个新世纪和新千年的来临。

我经常说到，我是幼无大志的人。其实我老也无大志，那种“大丈夫当如是也”的豪言壮语，我觉得，只有不世出的英雄才能说出。但是，历史的记载是否可靠，我也怀疑。刘邦和朱元璋等地痞流氓，一无所有，从而一无所惧，运气好成了皇上。一批帮闲的书生极尽拍马之能事，连这一批流氓的并不漂亮的长相也成了神奇的东西，在这些书生笔下猛吹不已。他们年轻时未必有这样的豪言壮语，书生也臆造出来，以达到吹拍的目的。

这话扯远了，还是谈我自己吧。我的“无大志”表现在各个方面，在年龄方面也有表现。我的父母都只活四十岁多一点。我自己想，我决超过父母的，能活到五十岁，我就应该满足了。记得大概是在五十年代，我四十多岁的时候，忽发奇想，想到我能否看到一个新世纪。我计算了一下，我必须活到八十九岁，才能做到。八十九岁，对当时的我来说，简直是一个天文数字，古今中外的文人，有几个能活到这个岁数的？这简直像是蓬莱三山，烟波淼茫，可望而不可即。

然而曾几何时，知命之年，倏尔而逝；耳顺之年，也没有留下什么痕迹，连古稀之年也没能让我有古稀的感觉。物换星移，岁月流逝，我却懵懵然，木木然，没有一点感觉，“高堂明镜悲白发”，我很少揽镜自照，头发变白自己是感觉不到的。只有在校园中偶尔遇到一位熟人，几年不见，发已半白，心里蓦地震颤了一下。被人称呼，从“老季”变成了“季老”，最初觉得有点刺耳。此外则一切平平常常，平平常常。弹指一瞬间，自己竟然活到了八十九岁，迎接了新世纪和新千年，当年认为无法想象的，绝对办不到的，当年的蓬莱三山，“今朝都到眼前来”了。岂不大可喜哉！然而又岂不大可惊哉！

记得有两句诗：“凡所难求皆绝好，及能如愿便平常”，我现在深深地认识到在朴素语言中蕴含的真理。我现在确实如愿了。但是，心情平常到连平常的感觉都没有了。现在是2000年1月1日，同1999年的12月31日，除了多了一天以外，绝没有任何不同的地方。早晨太阳从东方升起，到了晚上，仍然会在西方落下。环顾我的房间，依然是插架盈室，书籍盈架。窗台上的那几盆花草依然绿叶葳蕤，春意盎然。窗外是严冬，荷塘里只剩下了残荷的枯枝，在寒风中抖动。冰下水中鱼儿们是在游泳？还是在睡眠？我不得而知。埋在淤泥中莲藕是在蔓延？还是在冬眠？我也不得而知。荷花如果能做梦的话，我想，它们会梦到春天，坚冰融化，春水溶溶，它们又能长出尖尖的角，笑傲春风了。

荷花是不会知道什么二十世纪二十一世纪的，大千世界的一切动植物都不知道。它们仅仅知道日和夜以及季节的变换这些自然界的现象。只有天之骄子人类才有本领耍出一些新花样，自己耍出来以后，自己又顶礼膜拜，深信不疑。神仙皇帝就属于这一类，世纪和千年也属于这一类。就拿昨天才结束的二十世纪的世纪末来说，明明是自己制造出来的东西，却似乎有了无限的神力。多少年来，世界各国不知有多少聪明睿智之士，大谈他们自己制造出来的世纪末问题，又是总结二十世纪的经验教训，又是侈谈二十一世纪的这个那个，喧呶纷争，煞是热闹；人各自是其是而非他人之是。一时文坛、学坛，还有什么坛，议论蜂起，杀声震天。倘若在高天上某一个地方真有一位造物主的话，他下视人寰，看到一群小动物角斗，恐怕会莞尔而笑吧。

我自己不比任何人聪明，我也参加到这一系列的纷争里来。我谈的主要是文化问题，二十世纪和二十一世纪东西文化的关系问题。我认为，二十世纪是全部人类历史上发展最快的一个世纪。在这个世纪以前西方发生的产业革命大大地解放了生产力，二百多年内，给人类创造了巨大的财富和福利，全世界人民皆受其惠。但这只是事情的一个方面。另一个方面则是并不美好的，由于西方人以“征服自然”为鹄的，对大自然诛求无餍，结果遭到了大自然的报复和惩罚，产生了许多弊端和祸害。这些弊端和灾害彰彰在人耳目，用不着我再来细数。现在世界上几乎所有的政府和人民团体都在高呼“环保”，又是宣传，又是开会，一时甚嚣尘上。奇怪的是，竟无一人提到环保问题产生的根源。为什么欧洲的中世纪和中国的汉唐时代，从来没有什么环保问题呢？这情况难道还不值得人们深思吗？

我自己把环保问题同二十世纪和二十一世纪挂上了钩，同东西文化挂上了钩。同时，我又常常举一个民间流传的近视眼猜匾的笑话，说二十一世纪这一块匾还没有挂了出来，我们现在乱猜匾上的大字，无疑都是近视眼。能吹嘘看到了匾上的字的人，是狡猾者，是事前向主事人打听好了的。但是，这种狡猾行动，对匾是可以的，对二十一世纪则是行不通的。难道谁有能耐到上帝那里去打听吗？我主张在二十一世纪东方天人合一的思想——这是东方文化的精华——能帮助人们解决环保问题。我似乎已经看到了还没有挂出来的匾上的字。不是我从上帝那里打听来的，是我根据自己的观察和思考得出来的，我是我自己的上帝。

昨天夜里，猛然醒来，开灯一看，时针正指十二点，不差一分钟。我心里一愣：我现在已是二十一世纪的人了。未多介意，关灯又睡。早晨七点，乘车到中华世纪坛去，同另外九个科学界闻人，代表学术界十个分支，另外配上了十个儿童，共同撞新铸成的世纪钟王二十一响，象征科学繁荣。钟声深沉洪亮，在北京上空回荡。这时，我的心蓦地一阵颤动，“二十一世纪”五个大字沉重地压在我的心头，真正感觉“往事越千年”，我自己昨天还是二十世纪的“世纪老人”，而今一转瞬间，我已成为二十一世纪的“新人”了。

在这关键的时刻，我过去很多年热心议论的一些问题，什么东西方文化，什么环保，什么天人合一，什么分析的思维模式和综合的思维模式等等，都从我心中隐去。过去侈谈二十一世纪，等到二十一世纪真正来到了眼前，心中却是一个大空虚。中国古书上那个叶公好龙的故事是很有启发意义的。

然而，我心中也并不是完全的真正的空虚，我想到了我自己，我现在确确实实是八十九岁了。这是古今中外都艳羡的一个年龄，我竟于无意中得之，不亦快哉！连我这个少无大志老也无大志的人都不得不感到踌躇满志了。但是，我脑海里立即出现了一个问题：活大年纪究竟是好事呢？还是坏事？这问题还真不易答复。爱活着是人之常情，连中国老百姓都说“好死不如赖活着”，我焉能例外！但是，活得太久了，人事纷纭，应对劳神。人世间的一些魑魅魍魉的现象，看多了也让人心烦。德国大诗人歌德晚年渴望休息（ruhen）的名诗，正表现了这种心情。我有时候也真想休息了。

中国古代诗文中有不少鼓励老年人的话，比如“老骥伏枥，志在千里。烈士暮年，壮心不已”。又如“天意怜幽草，人间重晚晴”。又如“余霞尚满天”，等等，读起来也颇让老人振奋。但是，仔细于字里行间推敲一下，便不难发现，这些诗句实际上是为老人打气的，给老人以安慰的，信以为真，便会上当。

那么，老年人就全该死了吗？也不是的。人老了，识多见广，正反两面的经验教训都非常丰富，这些东西对我们国家还是有用处的，只要不倚老卖老，不倚老吃老，人类社会还是需要老人的。佛经里面有一个《弃老国缘》的故事，说的就是这一番道理。在现在的中国，在二十一世纪的中国，活着无疑还是一种乐事。我常常说，人们吃饭为了活着，但活着不是为了吃饭。这是我的最根本的信条之一，我也身体力行。我现在仍然是黎明即起，兀兀穷年，不求有惊人之举，但求无愧于心，无愧于吃下去的饭。

在北京大学校内，老教授有一大批。比我这个八十九岁的老人更老的人，还有十几位。如果在往八宝山去的路上按年龄顺序排一个队的话，我决不在前几名。我曾说过，我决不会在这个队伍中抢先夹塞儿，我决心鱼贯而前，轮到我的时候，我说不定还会溜号躲开，从后面挤进比我年轻的队伍中。

多少年来，我成了陶渊明的信徒。他的那一首诗：

纵浪大化中，不喜亦不惧。

应尽便须尽，无复独多虑。

我感到，我现在大体上能够做到了，对生死之事，我确实没有多虑。关键在一个“应”字，这个“应”字由谁来掌管，由谁来决定呢？我不能知道，反正不由我自己来决定。既然不由我自己来决定，那么——由它去吧。

2000年1月1日至3日

大放光明

幼年时候，我喜欢读唐代诗人刘梦得的诗《赠眼医婆罗门僧》：

三秋伤望远，终日泣途穷。
两目今先暗，中年似老翁。
看朱渐成碧，羞日不禁风。
师有金篦术，如何为发蒙？

觉得颇为有趣。一个印度游方郎中眼医，不远万里，跋山涉水，来到中国行医，如果把他的经历写下来，其价值恐怕不会低于《马可·波罗游记》。只可惜，我当年目光如炬，“欲穷千里目”，易如反掌；对刘梦得的处境和心情，一点都不理解，以为这不过是中印文化交流史上的一件不大不小的事迹而已。不有同病，焉能相怜！

约摸在十几年前，我已步入真正的老境，身心两个方面，都感到有点力不从心了。眼睛首先出了问题，看东西逐渐模糊了起来。“看朱渐成碧”的经历我还没有过；但是，红绿都看不清楚，则是经常的事。经过了“十年浩劫”

的炼狱，穷途之感是没有了；但是，以眼泪洗面则时常会出现。求医检查，定为白内障。白内障就白内障吧，这是科学，不容怀疑。我是一个随遇而安的乐天派，觉得人生有点白内障也是难免的。有了病，就得治，那种同疾病做斗争的说法或做法，为我所不解。谈到治，我不禁浮想联翩，想到了唐代的刘梦得和那位眼医婆罗门僧。我不知道金篦术是什么样的方法。估计在一千多年前是十分先进的手术，而今则渺矣茫矣，莫名其妙了。在当时，恐怕金篦术还真有效用，否则刘梦得也决不会赋诗赞扬。常言道：到什么时候说什么话，今天只能乞灵于最新的科学技术了。说到治白内障，在今天的北京，最有权威的医院是同仁。在同仁，最有权威的大夫是有“北京第一刀”之誉的施玉英大夫。于是，我求到了施大夫门下，蒙她亲自主刀，仅用二十分钟就完成了手术。但只做了右眼的手术，左眼留待以后，据说这是正常的做法。不管怎样，我能看清东西了。虽然两只眼睛视力相差悬殊，右眼是0.6，左眼是0.1，一明一暗，两只眼睛经常闹点小矛盾。但是，我毕竟能写字看书了，着实快活了几年。

但是，天有不测风云，人有旦夕祸福。近些日子，明亮的右眼突然罢了工，眼球后面长出了一层厚膜，把视力挡住，以致伸手不见五指。中石（欧阳）的右眼也有点小毛病，常自嘲“无出其右者”，我现在也有了深切类似的感受。但是，祸不单行，左眼的视力也逐渐下降，现在已经达不到0.1了。两只眼通力协作，把我制造成了一个半盲人。严重的程度，远远超过了刘梦得，我本来已是老翁，现在更成了超级老翁了。

有颇长的一段时间，我在昏天黑地中过日子。我本来还算是一个谦恭的人，现在却变成了“目中无人”，因为，即使是熟人，一米之内才能分辨出庐山真面目。我又变成了“不知天高地厚”，上不见蓝天，下不见脚下的土地，走路需要有人搀扶，一脚高，一脚低，踉跄前进。两个月前，正是阳春三月，燕园中一派大好风光。嫩柳鹅黄，荷塘青碧；但是，这一切我都无法享受。小蔡搀扶着我，走向湖边，四顾茫然。柳条勉强能够看到，只像是一条条的黑线。数亩方塘，只能看到潋滟的水光中一点波光。我最喜爱的二月兰就在脚下，但我却视而不见。我问小蔡，柳条发绿了没有？她说，不但发绿了，而且柳絮满天飞舞了；我却只能感觉，一团柳絮也没有看到。我手植的玉兰花，今年是大年，开了二百多朵白花，我抬头想去欣赏，也只能看到朦朦胧胧的几团白色。我手植的季荷是我最关心的东西，我每天都追问小蔡，新荷露了尖尖角没有？但是，荷花性子慢，迟迟不肯露面。我就这样过了一个春天。

有病必须求医，这是常识，而求医的首选当然依然是同仁医院，是施玉英大夫。可惜施大夫因事离京，我等候了相当长的一段时间，心中耐不住，奔走了几个著名的大医院。为我检查眼睛的几个著名的眼科专家，看到我动过手术的右眼，无不同声赞赏施玉英大夫手术之精妙。但当我请他们给我治疗时，又无不同声劝我，还是等施大夫。这样我只好耐着性子等候了。

施大夫终于回来了。我立马赶到同仁医院，见到了施大夫。经过检查，她说："右眼打激光，左眼动手术！"斩钉截铁，没有丝毫游移，真正是"指挥若定识萧曹"的大将风度。我一下子仿佛吃了定心丸。

但这并不真能定心，只不过是知道了结论而已。对于这两个手术我是忐忑不安的。因为我患心律不齐症已有四十余年，虽然始终没有发作过；但是，正如我一进宫（第一次进同仁的戏称）时施玉英大夫所说的那样，四十年不发作，不等于永远不发作。不怕一万，就怕万一，万一在手术台上心房一颤动，则在半秒钟内，一只眼就会失明，万万不能掉以轻心。现在是二进宫了，想到施大夫这几句话，我能不不寒而栗吗？何况打激光手术。我完全不知道是怎么一回事，恍兮惚兮，玄妙莫测。一想到这一项新鲜事物，我心里能不打鼓吗？

总之，我认为，这两项手术都是风云莫测的，都包含着或大或小的危险性，我应当做好充分的思想准备，事实上，我也确实做了细致和坚定的思想准备。

谈到思想准备，无非是上、中、下三种。上者争取两项手术都完全成功。对此，基于我在上面讲的危险情况，我确实一点把握都没有。中者指的是一项手术成功，一项失败。这个情况我认为可能性最大。不管是保住左眼，还是保住右眼，只要我还能看到东西，我就满意了。下者则是两项手术全都失败。这情况虽可怕，然而可能性确实是存在的。为了未雨绸缪，我甚至试做赛前的热身操。我故意长时间地闭上双目，只用手来摸索。桌子上和窗台上的小摆设，对我毫无用处了我置之不摸。书本和钢笔、铅笔，也不能再为我服务了，我也不去摸它们。我只摸还有点用的刀子和叉子，手指尖一阵冰凉，心里感到颇为舒服。我又痴想联翩，想到国外一些失明的名人，比如鲁迅的朋友俄国盲诗人爱罗先珂。我又想到自己几位失明的师辈。冯友兰先生晚年目盲，却写出崭新的《中国哲学史新编》，思想解放、挥洒自如，成为一生绝唱。年已一百零五岁的陈翰笙先生，在庆祝他百年诞辰时，虽已目盲多年，却仍然要求工作。陈寅恪先生忧患一生，晚年失明，却写出了长达八十万字的《柳如是别传》，为士林所称绝。类似的例子，还可以举出一些来。但是，我觉得，这几个例子已经够了，已经足以警顽立懦，振聋发聩了。

以上都只是幻想。幻想终归是幻想，我还是回到现实中来吧。现实就是我要二进宫，再回到同仁医院。当年一进宫的时候，我坐车中，心神不定，不知是出于什么原因，无端背诵起来了苏东坡的“明月几时有？把酒问青天”这一首词，往复背诵了不知道多少遍，一直到走下汽车，躺在手术台上，我又无端背诵起来了苏词“缥缈红妆照浅溪”一首，原因至今不明。

我这一出一进宫，只是为了做一个手术，却唱了十七天。这一出二进宫，是想做两个手术，难道真让我唱上三十四天吗？可是我真正万万没有想到，我进宫的第二天早晨，施大夫就让人通知我，下午一点做白内障手术，后来又提前到十二点。这一次我根本没有诗兴，根本没有想到东坡词。一躺上手术台，施大夫同我聊了几句闲天：“季老！你已经迫近九十高龄，牙齿却还这样好。”我答曰：“前面排牙是装饰门面的，后面的都已支离破碎了。”于是手术开始，不到二十分钟便胜利结束，让我愉快地吃了一惊。

过了几天，我又经历了一次愉快的吃惊。刚吃完午饭，正想躺下午休，推门进来了一位大夫，不是别人，正是施玉英大夫本人，后面跟着一位柴大夫，这完全出我意料。除了查房外，施大夫是不进病房的。她通知我，待一会儿下午一点半做打激光手术。我惊诧莫名，但心里立即紧张起来。我听一个过来人说过，打激光要扎麻药，打完后，第一夜时有剧痛，须服止痛药，才能勉强熬住，过一两天，还要回医院检查。手续麻烦得很哩。但是，箭在弦上，不能不发，我硬着头皮，准时到了手术室，两位大夫都在。施大夫让我坐在一架医院到处都有的检查眼睛的机器旁，我熟练地把下巴颏儿压在一个盘状的东西上，心里想，这不过是手术前照例的检查，下一道手续应该是扎麻药针了。柴大夫先坐在机器的对面，告诉我，右眼珠不要动，要向前看。只听得啪啪几声响。施大夫又坐在那个位子上，又只是啪啪几声，前后不到几秒钟，两个大夫说："手术完了！"我吃惊得目瞪口呆："怎么完了？"我以为大头还在后面哩。我站了起来，睁眼环顾四周，眼前大放光明了。几秒钟之隔，竟换了一个天地，我首先看到了施大夫。我同这一位为我发蒙的大恩人，做白内障手术已达两万多例的，名满天下的女大夫，打交道已有数年之久；但是，她的形象在我眼中只是一个影子。今天，她活灵活现地站在我眼前，满面含笑。我又是一惊："她怎么竟是这样年轻啊！"我目光所及，无不熠熠闪光。几秒钟前，不见舆薪，而今却能明察秋毫。回到病房，看到陆燕大夫，几天来，她的庐山真面目，似乎总是隐而不彰，现在看到她是一个二十岁刚出头的年轻少女，当年杜甫闻官军收复河南河北而"漫卷诗书喜欲狂"。我眼前虽没有诗书可卷，而"喜欲狂"则是完全相同的。

回到燕园，时隔只有九天，却仿佛真正换了人间。临走时，一切都是模模糊糊的，回来时却一切都清清楚楚，都在光天化日之下了。天空更蓝，云彩更白；山更青，水更碧；小草更绿，月季更红；水塔更显得凌空巍然，小岛更显得蓊郁葳蕤。所有这一切，以前都似乎没有看得这样清清白白，今天一见，俨然如故友重逢了。

楼前的一半种了季荷的大池塘，多少年来，特别是近半年以来，在我眼中，只是扑朔迷离，模糊一团，现在却明明白白，清清晰晰地奔来眼底。塘边垂柳，枝条万千，倒影塘中，形象朗然。小鱼在树影中穿梭浮游，有时似爬上枝条，有时竟如穿透树干。水面上的黑色长腿的小虫，一跳一跳地往来游戏。荷塘中莲叶已田田出水，嫩绿满目，水中游鱼大概正在"游戏莲叶间"吧。可惜这情景不但现在看不到，连以前也是难以看到的。

走进家中，我多日想念的小猫们列队欢迎。它们真也像想念我多日了。现在挤在一起，在我脚下，钻来钻去。有的用嘴咬我的裤腿角，有的用毛茸茸的身子在我腿上蹭来蹭去，有的竟跳上桌子，用软软的小爪子拍我的脸。一时白光闪闪，满室生春，我顾而乐不可支。我养的小猫都是从我家乡山东临清带来的纯种波斯猫，纯白色，其中有一些是两只眼睛颜色不同的，一黄一碧，俗称金银眼或鸳鸯眼。这是波斯猫的特征之一。但是，在我长期半盲期间，除非把小猫脑袋抱在逼近我眼前，我是看不出来的。平常只觉得猫眼浑然一体而已。现在，自己的眼睛大放光明了，小猫在我眼中形象也随之大变，它们瞪大了圆圆的眼睛瞅着我，黄碧荧然，如同初见，我真正惊喜莫名了。

总之，花花世界，万紫千红，大放光明，尽收眼中。我真想手之舞之，足之蹈之了。

我真觉得，大千世界是美妙的。

我真觉得，人间是秀丽的。

我真觉得，生活是可爱的。

所有这一切都是二进宫的产物。我现在唯有祈祷上苍，千万不要让我三进宫。

2000年6月8日写完

新世纪新千年寄语

人们往往有这样的经验：过去带来惆怅，现在带来迷惘，未来带来希望。

现在，一个新世纪，新千年就要来到我们的眼前了。这正是人们让幻想驰骋、对未来提出希望的最佳时刻。

在我国报刊、杂志上，在开会的发言中，人们确实已经提出了五花八门的希望。我想，全世界恐怕也是这个样子吧。许多政治家、文学家、艺术家、学者、商业界的大款等等都提出了自己的希望，希望政治如何如何，希望经济如何如何，希望文学如何如何，希望学术如何如何，希望人文素质如何如何，让人眼花缭乱，煞是热闹。然而独独没有人，至少是很少有人提出如何处理好人与自然的关系问题，而我个人认为，这才是未来的关键。

恩格斯在《自然辩证法》中说："我们不能过分陶醉于我们对自然界的胜利，对于每一次这样的胜利，自然界都报复了我们。"恩格斯真不愧是马克思主义奠基人之一。在一百多年以前，当时自然界对人类的报复还不太显著或者只能说是初露端倪，可是伟大的恩格斯已经注意到了，而且给世人敲响了警钟。对这样天才的预见和警告，我们能不五体投地地赞佩吗？

眼前世界的形势已经充分地证明了恩格斯预见之伟大与睿智。许多自然界和人类社会的现象已经充分证明了自然界正在日益强烈地对我们人类进行着报复。稍有头脑的人都能看到，例子是不胜枚举的。

然而我们的反应怎样呢？除了少数有识之士外，大多数人，包括一些国家的领导人在内还在懵懵懂懂，驰骋于蜗角，搏斗于蚁冢，美国在演着总统选举的闹剧，中东在演着巴以冲突的悲剧，全球狼烟四起，动荡混乱，如果真有一个造物主的话——我不相信真有——他站在宇宙某一个地方，俯视地球村里的几台大戏正在演得红红火火，难道他不会像我们人类一样，看到地上的蚁群厮杀，积尸满地，流血——蚂蚁不知有血没有——成河，不禁莞尔而笑吗?

我虔诚希望，我们人类要同大自然成为朋友，不要再视它为敌人，成了朋友以后，再伸手向它要衣，要食，要一切我们需要的东西。

这就是我的新千年寄语。

2000年12月11日

第五章 那些真正的中国人

爱国须有“国”，没有“国”就没有爱国主义，这是很简单的。有了国家以后就出现了爱国主义。在中国，出现了许多爱国者，比欧洲、美国都多。

一个真正的中国人，一个真正的中国知识分子

我发言的题目“一个真正的中国人，一个真正的中国知识分子”，分为两个问题，“一个真正的中国人”讲陈（寅恪）先生的爱国主义，因为近几年国内外对陈先生的著作写了很多文章，也是非常有深度的，可是我感到有一点不大够，我们中国评论一个人是“道德文章”，道德摆在前面，文章摆在后面，这标准看起来很简单，实际上并不简单。据我知道，在国际上评论一个人时把道德摆在前面并不是太多。我们中国历史上的严嵩，大家知道是一个坏人，可字写得非常好。传说北京的六必居，还有山海关“天下第一关”都是严嵩写的，没有署名，因为他人坏、道德不行，艺术再好也不行，这是咱们中国的标准。今天我着重讲一下我最近对寅恪先生道德方面的一些想法，不一定都正确。

第一个讲爱国主义。关于爱国主义，过去我写过文章，我听说有一位台湾的学者认同我所说的陈先生是爱国主义者，我感到很高兴。爱国主义这个问题我考虑过好多年，什么叫爱国主义？爱国主义有几种、几类？是不是一讲爱国主义都是好的？在此我把考虑的结果向大家汇报一下。

爱国须有“国”，没有“国”就没有爱国主义，这是很简单的。有了国

家以后就出现了爱国主义。在中国，出现了许多爱国者，比欧洲、美国都多：岳飞、文天祥、史可法等。在欧洲历史上找一个著名的爱国者比较难。我记得小学时学世界历史，有法国爱国者 Jeanne d'Arc（贞德），好像在欧洲历史上再找一个岳飞、文天祥式的爱国者很难，什么原因呢？并不是欧洲人不爱国，也不是说中国人生下来就是爱国的，那是唯心主义。我们讲存在决定意识，因此可以说，是我们的环境决定我们爱国。什么环境呢？在座的都是历史学家，都知道我们中国几千年的历史有一个特点，北方一直有少数民族的活动。先秦，北方就有少数民族威胁中原；先秦之后秦始皇雄才大略，面对北方的威胁派出大将蒙恬去征伐匈奴；到了西汉的开国之君刘邦时，也曾被匈奴包围过；武帝时派出卫青、霍去病征伐匈奴，取得胜利，对于丝绸之路的畅通等有重大意义。六朝时期更没法说了，北方的少数民族或者叫兄弟民族到中原来。隋朝很短。唐代是一个伟大的朝代，唐代的开国之君李渊曾对突厥秘密称臣，不敢宣布，不敢明确讲这个问题。到了宋代，北方辽、金取代了突厥，宋真宗“澶渊之盟”大家都是知道的，不需我讲了，宋徽宗、宋钦宗都被捉到了北方。之后就是南宋，整个宋代由于北方少数民族的威胁，产生了大爱国主义者岳飞、文天祥。元代是蒙古贵族当政，也不必说了。明代又是一个大朝代，明代也受到北方少数民族的威胁，明英宗也有土木堡之围。明代之后清朝又是满族贵族当政。

中国两千多年以来的历史一直有外敌或内敌（下面还将讲这个问题）威胁，如果没有外敌的话，我们也产生不出岳飞、文天祥，也出不了爱国诗人陆游及更早牧羊北海的苏武。中华民族近两千年的历史一直受外敌，后来是西方来或南来的欧洲，或东方来的敌人的威胁。所以，现在中国五十六个民族，过去不这么算，始终都有外敌。外敌存在是一种历史存在，由于有这么一个历史存在，决定了中国五十六个民族爱我们的祖国。

欧洲的历史与这不一样，很不一样。虽然难于从欧洲史上找出爱国主义者，但是欧洲人都爱国，这是毫无问题的，他们都爱自己的国家。我说中国人、中华民族爱国是存在决定意识，这是第一个问题。

第二个问题，爱国主义是不是好的？大家一看，爱国主义能是坏东西吗？我反复考虑这个问题，觉得没那么简单。我在上次纪念论文集的序言中讲了一个看法，认为爱国主义有广义、狭义之分。狭义的爱国主义指敌我矛盾时的表现，如苏武、岳飞、文天祥、史可法；还有一种爱国主义不一定针对敌人，像杜甫“致君尧舜上，再使风俗淳”，“君”嘛，当然代表国家，在当时爱君就是爱国家，杜甫是爱国的诗人。所以，爱国主义有狭义、广义这么两种。最近我又研究这一问题，现在有这么一种不十分确切的看法，爱国主义可分为正义的爱国主义与非正义的爱国主义。正义的爱国主义是什么呢？一个民族、一个国家受外敌压迫、欺凌、屠杀，这时候的爱国主义我认为是正义的爱国主义，应该反抗，敌人来了我们自然会反抗。还有一种非正义的爱国主义，压迫别人的民族，欺凌别人的民族，他们也喊爱国主义，这种爱国主义能不能算正义的？国家名我不必讲，我一说大家都知道是哪个国家，杀了人家，欺侮人家，那么你爱国爱什么国，这个国是干吗的？所以，我将爱国主义分为两类，即正义的爱国主义与非正义的爱国主义，爱国主义不都是好的。

我这个想法惹出一场轩然大波。北京有一个大学校长，看了我这个想法，非常不满，给我写了一封信，说：季羡林你那个想法在我校引起了激烈的争论，认为你说得不对，什么原因呢？你讲的当时的敌人现在都是我们五十六个民族之一，照你这么一讲不是违反民族政策吗？帽子扣得大极了。后来我一想，这事儿麻烦了，那个大学校长亲自给我写信！我就回了一封信，我说贵校一部分教授对我的看法有意见，我非常欢迎，但我得解释我的看法，一是不能把古代史现代化，二是你们那里的教授认为，过去的民族战争，如与匈奴打仗是内战，岳飞与金打仗是内战，都是内战，不能说是爱国。我说，按照这种讲法，中国历史上没有一个爱国者，都是内战牺牲者。若这样，首先应该把西湖的岳庙拆掉，把文天祥的祠堂拆掉，这才属于符合民族政策，这里需加上引号。

关于内战，我说我给你举一个例子，元朝同宋朝打仗能说是民族战争吗？今天的蒙古人民共和国承认是内战吗？别的国家没法说的，如匈奴，现在我们已经搞不清楚了。鲁迅先生几次讲过，当时元朝征服中国时，已经征服俄罗斯了，所以不能讲是内战。我说，你做校长的，真正执行民族政策应该讲道理，不能歪曲，我还听说有人这样理解岳飞的《满江红》，岳飞的《满江红》中有一句“壮志饥餐胡虏肉，笑谈渴饮匈奴血”，他们理解为你们那么厉害，要吃我们的肉，喝我们的血。岳飞的《满江红》是真是假，还值得研究，一般认为是假的。但我知道，邓广铭教授认为是真的。不管怎么样，我们不搞那些考证。虽然这话说得太厉害了，内战嘛，怎么能吃肉喝血。我给他们回信说，你做校长的要给大家解释，说明白，讲道理，不能带情绪。我们五十六个民族基本上是安定团结的，没问题的。安定团结并不等于说用哪一个民族的想法支配别的民族，这样不利于安定团结。后来他没有给我回信，也许他们认为我的说法有道理。

现在我感觉到爱国主义不一定都是好的，也有坏的。像牧羊的苏武、岳飞、文天祥，面对匈奴，抵抗金、蒙古，这些都是真的爱国主义。那么，陈先生的爱国主义呢?

大家都知道，我说陈先生是三世爱国，三代人。第一代人陈宝箴出生于1831年，1860年到北京会试，那时候英法联军火烧圆明园，陈宝箴先生在北京城里看见西方烟火冲天，痛哭流涕。1895年陈宝箴先生任湖南巡抚，主张新政，请梁启超做时务学堂总教习。陈宝箴先生的儿子陈三立是当时的大诗人，陈三立就是陈散原，也是爱国的，后来年老生病，陈先生迎至北京奉养。1937年陈三立先生生病，后来卢沟桥事变，陈三立老人拒绝吃饭，拒绝服药。前面两代人都爱国，陈先生自己对中国充满了热爱，有人问为什么1949年陈先生到南方来，关键问题在上次开会之前就有点争论。有一位台湾学者说陈先生对国民党有幻想，要到台湾去。广州一位青年学者说不是这样。实际上可以讲，陈先生到了台湾也是爱国，因为台湾属于中国，没有出国，这是诡辩。事实上，陈先生到了广东不再走了，他对蒋介石早已失望。四十年代中央研究院院士开会，蒋介石接见，陈先生回来写了一首诗“看花愁近最高楼”，他对蒋介石印象如此。

大家一般都认为陈先生是钻进象牙塔里做学问的，实际上，在座的与陈先生接触过的还有不少，我也与陈先生接触了几年，陈先生非常关心政治，非常关心国家前途，所以说到了广东后不再走了。陈先生后来呢，这就与我所讲的第二个问题有关了。

陈先生对共产主义是什么态度，现在一些人认为他反对共产主义，实际上不是这样的，大家看一看浦江清《清华园日记》，他用英文写了几个字，说陈先生赞成 Communism （共产主义），但反对 Russian Communism，即陈先生赞成共产主义，但反对俄罗斯式的共产主义。浦江清写日记，当时不敢写"共产"两个字，用了英语。说陈先生反对共产主义是不符事实的。那么，为什么他又不到北京去，这就涉及到我讲的第二个问题。第一个问题我讲了陈先生是一个真正的中国人，重点在"真正"，三代爱国还不"真正"吗？这第二个问题讲陈先生是一个真正的中国知识分子。

我自己作为一个中国的知识分子，也做了有八十年了，有一点体会。中国这个国家呢，从历史上讲始终处于别人的压迫之下，当时是敌人现在可能不是了，不过也没法算，你说他们现在跑到哪里去了，谁知道。世界上哪有血统完全纯粹的人！没有。我们身上流的都是混血，广州还好一点，广东胡血少。我说陈先生为什么不到北京去？大家都知道，周总理、陈毅、郭沫若他们都希望陈先生到北方去，还派了一位陈先生的弟子来动员，陈先生没有去，提出的条件大家都知道，我也就不复述了。到了1994年，作为一个中国的知识分子，我写过一篇文章：《一个老知识分子的心声》，我说中国的知识分子由于历史条件决定有两个特点：第一个爱国，刚才我已讲过了；第二个骨头硬，硬骨头，骨头硬并不容易。毛泽东赞扬鲁迅，说鲁迅的骨头最硬，这是中国知识分子的优良传统。

三国时祢衡骂曹操。章太炎骂袁世凯，大家都知道，章太炎挂着大勋章，赤脚，到新华门前骂袁世凯，他那时就不想活着回来。袁世凯这个人很狡猾，未敢怎么样。中国知识分子的这种硬骨头，这种精神，据我了解，欧洲好像也不大提倡。我在欧洲待了多年，有一点发言权，不过也不是百分之百的正确。所以，爱国是中国知识分子几千年来的一个传统，硬骨头又是一个传统。

陈先生不到北京，是不是表示他的骨头硬，若然，这下就出问题了：你应不应该啊？你针对谁啊？你对我们中华人民共和国骨头硬吗？我们五十年代的党员提倡做驯服的工具，不允许硬，难道不对吗？所以，中国的问题很复杂。

我举两个例子，都是我的老师，一个是金岳霖先生，清华园时期我跟他上过课；一个是汤用彤先生，到北大后我听过他的课，我当时是系主任。这是北方的两位，还可以举出其他很多先生，南方的就是陈寅恪先生。

金岳霖先生是伟大的学者，伟大的哲学家，他平常非常随便，后来他在政协待了很多年，我与金岳霖先生同时待了十几年，开会时常在一起，同在一组，说说话，非常随便。有一次开会，金岳霖先生非常严肃地做自我批评，绝不是开玩笑的，什么原因呢？原来他买了一张古画，不知是唐伯虎的还是祝枝山的，不清楚，他说这不应该，现在革命了，买画是不对的。玩物丧志，我这个知识分子应该做深刻的自我批评，深挖灵魂中的资产阶级思想，不是开玩笑，真的！当时我也有点不明白，因为我的脑袋也是驯服的工具，我也有点吃惊，我想金先生怎么这样呢，这样表现呢？

汤用彤先生也是伟大学者，后来年纪大了，坐着轮椅，我有时候见着他，他和别人说话，总讲共产党救了我，我感谢党对我的改造、培养。他说，现在我病了，党又关怀我，所以，我感谢党的改造、培养、关怀，他也是非常真诚的。金岳霖、汤用彤先生不会讲假话的，那么对照一下，陈先生怎么样呢？我不说了。我想到了孟子说的几句话：

> 富贵不能淫，贫贱不能移，威武不能屈，此之谓大丈夫。

陈先生真够得上一个“大丈夫”。

现在有个问题搞不清楚，什么问题呢？究竟是陈先生正确呢，还是金岳霖、汤用彤先生和一大批先生正确呢？我提出来，大家可以研究研究。现在比较清楚了，改革开放以后，知识分子脑筋中的紧箍咒少了，感觉舒服了，可是五十年代的这么两个例子，大家评论一下。像我这样的例子，我也不会讲假话，我也不肯讲假话，不过我认为我与金岳霖先生一派，与汤用彤先生一派，这一点无可怀疑。到了1958年大跃进，说一亩地产十万斤，当时苏联报纸就讲一亩地产十万斤的话，粮食要堆一米厚，加起麦秆来更高，于理不通的。“人有多大胆，地有多大产”，完全是荒谬的，当时我却非常真诚，像我这样的人当时被哄了一大批。我非常真诚，我并不后悔，因为一个人认识自己非常困难，认识社会也不容易。

我常常讲，我这个人不是“不知不觉”，更不是“先知先觉”，而是“后知后觉”，我对什么事情的认识，总比别人晚一步。今天我就把我最近想的与知识分子有关的问题提出来，让大家考虑考虑，我没有答案。我的行动证明我是金岳霖先生一派、汤用彤先生一派，这一派今天正确不正确，我也不说，请大家考虑。

1999年11月

（本文是季羡林先生在广州中山大学召开的纪念陈寅恪先生的学术研讨会上的发言。）

站在胡适之先生墓前

我现在站在胡适之先生墓前。他虽已长眠地下，但是他那典型的“我的朋友”式的笑容，仍宛然在目。可我最后一次见到这个笑容，却已是五十年前的事了。

1948年12月中旬，是北京大学建校五十周年的纪念日。此时，解放军已经包围了北平城，然而城内人心并不惶惶。北大同仁和学生也并不惶惶，不但不惶惶，而且在人们的内心中，有的非常殷切，有的还有点狐疑，都在期望着迎接解放军。适逢北大建校大喜的日子，许多教授都满面春风，聚集在沙滩孑民堂中，举行庆典。记得作为校长的适之先生，做了简短的讲话，满面含笑，只有喜庆的内容，没有愁苦的调子。正在这个时候，城外忽然响起了隆隆的炮声。大家相互开玩笑说：“解放军给北大放礼炮哩！”简短的仪式完毕后，适之先生就辞别了大家，登上飞机，飞赴南京去了。我忽然想到了李后主的几句词：“最是仓皇辞庙日，教坊犹唱别离歌，垂泪对宫娥。”我想改写一下，描绘当时适之先生的情景：“最是仓皇辞校日，城外礼炮声隆隆，含笑辞友朋。”我哪里知道，我们这一次会面竟是最后一次。如果我当时意识到这一点的话，我是含笑不起来的。

从此以后，我同适之先生便天各一方，分道扬镳，“世事两茫茫”了。听说，他离开北平后，曾从南京派来一架专机，点名要接走几位老朋友，他亲自在南京机场恭候。飞机返回以后，机舱门开，他满怀希望要同老友会面。然而，除了一两位以外，所有他想接的人都没有走出机舱。据说——只是据说，他当时大哭一场，心中的滋味恐怕真是不足为外人道也。

适之先生在南京也没有能待多久，“百万雄师过大江”以后，他也逃往台湾。后来又到美国去住了几年，并不得志，往日的辉煌犹如春梦一场，已不复存在。后来又回到台湾。最初也不为当局所礼重，往日总统候选人的迷梦，也只留下了一个话柄，日子过得并不顺心。后来，不知怎样一来，他被选为“中央研究院”的院长，算是得到了应有的礼遇，过了几年舒适称心的日子。适之先生毕竟是一书生，一直迷恋于《水经注》的研究，如醉如痴，此时又得以从容继续下去。他的晚年可以说是差强人意的。可惜仁者不寿，猝死于宴席之间。死后哀荣备至。“中央研究院”为他建立了纪念馆，包括他生前的居室在内，并建立了胡适陵园，遗骨埋葬在院内的陵内。今天我们参拜的，就是这个规模宏伟、极为壮观的陵园。

我现在站在适之先生墓前，鞠躬之后，悲从中来，心内思潮汹涌，如惊涛骇浪，眼泪自然流出。杜甫诗：“焉知二十载，重上君子堂。”我现在是“焉知五十载，躬亲扫陵墓。”此时，我的心情也是不足为外人道也。

典型的“我的朋友”式的笑容

积八十年之经验，我认为，一个人生在世间，如果想有所成就，必须具备三个条件：才能、勤奋、机遇。行行皆然，人人皆然，概莫能外。别的人先不说了，只谈我自己。关于才能一项，再自谦也不能说自己是白痴。但是，自己并不是什么天才，这一点自知之明，我还是有的。谈到勤奋，我自认还能差强人意，用不着有什么愧怍之感。但是，我把重点放在第三项上：机遇。如果我一生还能算得上有些微成就的话，主要是靠机遇。机遇的内涵是十分复杂的，我只谈其中恩师一项。韩愈说：“古之学者必有师。师者所以传道、授业、解惑也。”根据老师这三项任务，老师对学生都是有恩的。然而，在我所知道的世界语言中，只有汉文把“恩”与“师”紧密地嵌在一起，成为一个不可分割的名词。这只能解释为中国人最懂得报师恩，为其他民族所望尘莫及的。

“二战”期间，我被困德国，一待就是十年。“二战”结束后，听说寅恪先生正在英国就医，我连忙给他写了一封致敬信，并附上发表在哥廷根科学院集刊上用德文写成的论文，向他汇报我十年学习的成绩。很快就收到了他的回信，问我愿不愿意到北大去任教。北大为全国最高学府，名扬全球，但是，门坎一向极高，等闲难得进入。现在竟有一个天赐的机遇落到我头上来，我焉有不愿意之理！我立即回信同意。寅恪先生把我推荐给了当时的北大校长胡适之先生，代理校长傅斯年先生，文学院长汤用彤先生。寅恪先生在学术界有极高的声望，一言九鼎。北大三位领导立即接受。于是我这个三十多岁的毛头小伙子，在国内学术界尚藉藉无名，公然堂而皇之地走进了北大的大门。唐代中了进士，就“春风得意马蹄疾，一日看遍长安花”。我虽然没有一日看遍北平花，但是，身为北大正教授兼东方语言文学系系主任，心中有点洋洋自得之感，不也是人之常情吗？

在此后的三年内，我在适之先生和锡予（汤用彤）先生领导下学习和工作，度过了一段毕生难忘的岁月。我同适之先生，虽然学术辈分不同，社会地位悬殊，想来接触是不会太多的。但是，实际上却不然，我们见面的机会非常多。他那一间在孑民堂前东屋里的狭窄简陋的校长办公室，我几乎是常客。作为系主任，我要向校长请示汇报工作，他主编报纸上的一个学术副刊，我又是撰稿者，所以免不了也常谈学术问题，最难能可贵的是，他待人亲切和蔼，见什么人都是笑容满面，对教授是这样，对职员是这样，对学生是这样，对工友也是这样，从来没见他摆当时颇为流行的名人架子、教授架子。此外，在教授会上，在北大文科研究所的导师会上，在北京图书馆的评议会上，我们也时常有见面的机会。我作为一个年轻的后辈，在他面前，决没有什么局促之感，经常如坐春风中。

适之先生是非常懂得幽默的，他决不老气横秋，而是活泼有趣。有一件小事，我至今难忘。有一次召开教授会。杨振声先生新收得了一幅名贵的古画，为了想让大家共同欣赏，他把画带到了会上，打开铺在一张极大的桌子上，大家都啧啧称赞。这时适之先生忽然站了起来，走到桌前，把画卷了起来，做纳入袖中状，引得满堂大笑，喜气洋洋。

他对共产党没有深仇大恨

在政治方面，众所周知，适之先生是不赞成共产主义的。但是，我们不应忘记，他同样也反对三民主义。我认为，在他的心目中，世界上最好的政治就是美国政治，世界上最民主的国家就是美国。这同他的个人经历和哲学信念有关。他们实验主义者不主张设什么“终极真理”。而世界上所有的“主义”都与“终极真理”相似，因此他反对。他同共产党并没有任何深仇大恨。他自己说，他一辈子没有写过批判共产主义的文章，而反对国民党的文章则是写过的。我可以讲两件我亲眼看到的小事。解放前夕，北平学生经常举行示威游行，比如“沈崇事件”、“反饥饿反迫害”等等，背后都有中共地下党在指挥发动，这一点是人所共知的，适之先生焉能不知！但是，每次北平国民党的宪兵和警察逮捕了学生，他都乘坐他那辆当时北平还极少见的汽车，奔走于各大衙门之间，逼迫国民党当局非释放学生不行。他还亲笔给南京驻北平的要人写信，为了同样的目的。据说这些信至今犹存。我个人觉得，这已经不能算是小事了。另外一件事是，有一天我到校长办公室去见适之先生。一个学生走进来对他说：昨夜延安广播电台曾对他专线广播，希望他不要走，北平解放后，将任命他为北大校长兼北京图书馆的馆长。他听了以后，含笑对那个学生说：“人家信任我吗？”谈话到此为止。这个学生的身份他不能不明白，但他不但没有拍案而起，怒发冲冠，态度依然亲切和蔼。小中见大，这些小事都是能够发人深思的。

适之先生以青年暴得大名，誉满士林。我觉得，他一生处在一个矛盾中，一个怪圈中：一方面是学术研究，一方面是政治活动和社会活动。他一生忙忙碌碌，倥偬奔波，作为一个“过河卒子”，勇往直前。我不知道，他自己是否意识到身陷怪圈。当局者迷，旁观者清，我认为，这个怪圈确实存在，而且十分严重。那么，我对这个问题有什么看法呢？我觉得，不管适之先生自己如何定位，他一生毕竟是一个书生，说不好听一点，就是一个书呆子。我也举一件小事。有一次，在北京图书馆开评议会，会议开始时，适之先生匆匆赶到，首先声明，还有一个重要会议，他要早退席，会议开着开着就走了题，有人忽然谈到《水经注》。一听到《水经注》，适之先生立即精神抖擞，眉飞色舞，口若悬河。一直到散会，他也没有退席，而且兴致极高，大有挑灯夜战之势。从这样一个小例子中不也可以小中见大吗？

最使我感动的是他毕生奖掖后进

我在上面谈到了适之先生的许多德行，现在笼统称之为“优点”。我认为，其中最令我钦佩，最使我感动的却是他毕生奖掖后进。“平生不解掩人善，到处逢人说项斯。”他正是这样一个人。这样的例子是举不胜举的。中国是一个很奇怪的国家，一方面有我上面讲到的只此一家的“恩师”；另一方面却又有老虎拜猫为师学艺，猫留下了爬树一招没教给老虎，幸免为徒弟吃掉的民间故事。二者显然是有点矛盾的。适之先生对青年人一向鼓励提挈。四十年代，他在美国哈佛大学遇到当时还是青年的学者周一良和杨联升等，对他们的天才和成就大为赞赏。后来周一良回到中国，倾向进步，参加革命，其结果是众所周知的。杨联升留在美国，在二三十年的长时间内，同适之先生通信论学，互相唱和，在学术成就上也是硕果累累，名扬海外。周的天才与功力，只能说是高于杨，虽然在学术上也有表现，但是，格于形势，不免令人有未尽其才之感。看了二人的遭遇，难道我们能无动于衷吗？

我站在适之先生墓前，心中浮想联翩，上下五十年，纵横数千里，往事如云如烟，又历历如在目前。中国古代有俞伯牙在钟子期墓前摔琴的故事，又有许多在至友墓前焚稿的故事。按照这个旧理，我应当把我那新出齐了的《文集》搬到适之先生墓前焚掉，算是向他汇报我毕生科学研究的成果。但是，我此时虽思绪混乱，神智还是清楚的，我没有这样做。我环顾陵园，只见石阶整洁，盘旋而上，陵墓极雄伟，上覆巨石，墓志铭为毛子水亲笔书写，墓后石墙上嵌有“德艺双隆”四个大字，连同墓志铭，都金光闪闪，炫人双目。我站在那里，蓦抬头，适之先生那有魅力的典型的“我的朋友”式的笑容，突然显现在眼前，五十年依稀缩为一刹那，历史仿佛没有移动。但是，一定神儿，忽然想到自己的年龄，历史毕竟是动了。可我一点也没有颓唐之感。我现在大有“老骥伏枥，志在千里”之感。我相信，有朝一日，我还会有机会重来宝岛，再一次站在适之先生墓前。

1999年5月

回忆陈寅恪先生

别人奇怪，我自己也奇怪：我写了这样多的回忆师友的文章，独独遗漏了陈寅恪先生。这究竟是为什么呢？对我来说，这是事出有因，查亦有据的。我一直到今天还经常读陈先生的文章，而且协助出版社出先生的全集。我当然会时时想到寅恪先生的。我是一个颇为喜欢舞笔弄墨的人，想写一篇回忆文章，自是意中事。但是，我对先生的回忆，我认为是异常珍贵的，超乎寻常的神圣的。我希望自己的文章不要玷污了这一点神圣性，故而迟迟不敢下笔。到了今天，北大出版社要出版我的《怀旧集》，已经到了非写不行的时候了。

要论我同寅恪先生的关系，应该从六十五年前的清华大学算起。我于1930年考入国立清华大学，入西洋文学系（不知道从什么时候起改名为外国语文系）。西洋文学系有一套完整的教学计划，必修课规定得有条有理，完完整整。但是给选修课留下的时间却是很富裕的，除了选修课以外，还可以旁听或者偷听。教师不以为忤，学生各得其乐。我曾旁听过朱自清、俞平伯、郑振铎等先生的课，都安然无恙，而且因此同郑振铎先生建立了终生的友谊。但也并不是一切都一帆风顺。我同一群学生去旁听冰心先生的课。她当时极年轻，而名满天下。我们是慕名而去的。冰心先生满脸庄严，不苟言笑，看到课堂上挤满了这样多学生，知道其中有“诈”，于是威仪俨然地下了“逐客令”：“凡非选修此课者，下一堂不许再来！”我们悚然而听，憬然而退，从此不敢再进她讲课的教室。四十多年以后，我同冰心重逢，她已经变成了一个慈祥和蔼的老人，由怒目金刚一变而为慈眉菩萨。我向她谈起她当年“逐客”的事情，她已经完全忘记，我们相视而笑，有会于心。

就在这个时候，我旁听了寅恪先生的“佛经翻译文学”。参考书用的是《六祖坛经》，我曾到城里一个大庙里去买过此书。寅恪师讲课，同他写文章一样，先把必要的材料写在黑板上，然后再根据材料进行解释、考证、分析、综合，对地名和人名更是特别注意。他的分析细入毫发，如剥蕉叶，愈剥愈细愈剥愈深，然而一本实事求是的精神，不武断，不夸大，不歪曲，不断章取义。他仿佛引导我们走在山阴道上，盘旋曲折，山重水复，柳暗花明，最终豁然开朗，把我们引上阳关大道。读他的文章，听他的课，简直是一种享受，无法比拟的享受。在中外众多学者中，能给我这种享受的，国外只有海因里希·吕德斯（Heinrich Lüders），在国内只有陈师一人，他被海内外学人公推为考证大师，是完全应该的。这种学风，同后来滋害流毒的“以论代史”的学风，相差不可以道里计。然而，茫茫士林，难得解人，一些鼓其如簧之舌惑学人的所谓“学者”，骄纵跋扈，不禁令人浩叹矣。寅恪师这种学风，影响了我的一生。后来到德国，读了吕德斯教授的书，并且受到了他的嫡传弟子瓦尔德施米特（Waldschmidt）教授的教导和熏陶，可谓三生有幸，可惜自己的学殖瘠茫，又限于天赋，虽还不能说无所收获，然而犹如细流比沧海，空怀仰止之心，徒增效颦之恨。这只怪我自己，怪不得别人。

总之，我在清华四年，读完了西洋文学系所有的必修课程，得到了一个学士头衔。现在回想起来，说一句不客气的话：我从这些课程中收获不大。欧洲著名的作家，什么莎士比亚、歌德、塞万提斯、莫里哀、但丁等等的著作都读过，连现在忽然时髦起来的《尤利西斯》和《追忆似水年华》等等也都读过，然而大都是浮光掠影，并不深入。给我留下深远影响的课反而是一门旁听课和一门选修课。前者就是在上面谈到寅恪师的“佛经翻译文学”；后者是朱光潜先生的“文艺心理学”，也就是美学。关于后者，我在别的地方已经谈过，这里就不再赘述了。

在清华时，除了上课以外，同陈师的接触并不太多。我没到他家去过一次。有时候，在校内林荫道上，在熙往攘来的学生人流中，有时会见到陈师去上课，身着长袍，朴素无华，肘下夹着一个布包，里面装满了讲课时用的书籍和资料。不认识他的人，恐怕大都把他看成是琉璃厂某一个书店的到清华来送书的老板，绝不会知道，他就是名扬海内外的大学者，他同当时清华留洋归来的大多数西装革履、发光鉴人的教授，迥乎不同。在这一方面，他也给我留下了毕生难忘的印象，令我受益无穷。

离开了水木清华，我同寅恪先生有一个长期的别离。我在济南教了一年国文，就到了德国哥廷根大学。到了这里，我才开始学习梵文、巴利文和吐火罗文。在我一生治学的道路上，这是一个极关重要的转折点。我从此告别了歌德和莎士比亚，同释迦牟尼和弥勒佛打起交道来。不用说，这个转变来自寅恪先生的影响。真是无巧不成书，我的德国老师瓦尔德施米特教授同寅恪先生在柏林大学是同学，同为吕德斯教授的学生。这样一来，我的中德两位老师同出一个老师的门下。有人说："名师出高徒。"我的老师和太老师们不可谓不"名"矣，可我这个徒却太不"高"了。忝列门墙，言之汗颜。但不管怎样说，这总算是一个中德学坛上的佳话吧。

我在哥廷根十年，正值"二战"，是我一生精神上最痛苦然而在学术上收获却是最丰富的十年。国家为外寇侵入，家人数年无消息，上有飞机轰炸，下无食品果腹。然而读书却无任何干扰。教授和学生多被征从军。偌大的两个研究所：印度学研究所和汉学研究所，都归我一个人掌管。插架数万册珍贵图书，任我翻阅。在汉学研究所深深的院落里，高大阴沉的书库中；在梵学研究所古老的研究室中，阒无一人。天上飞机的嗡嗡声与我腹中的饥肠辘辘声相应和，闭目则浮想联翩，神驰万里，看到我的国，看到我的家，张目则梵典在前，有许多疑难问题，需要我来发覆。我此时恍如遗世独立，苦欤？乐欤？我自己也回答不上来了。

经过了轰炸的炼狱，又经过了饥饿，到了1945年，在我来到哥廷根十年之后，我终于盼来了光明，东西法西斯垮台了。美国兵先攻占哥廷根，后为英国人来接管。此时，我得知寅恪先生在英国医目疾，我连忙写了一封长信，向他汇报我十年来学习的情况，并将自己在哥廷根科学院院刊及其他刊物上发表的一些论文寄呈。出乎我意料地迅速，我得了先生的复信，也是一封长信，告诉我他的近况，并说不久将回国。信中最重要的事情是说，他想向北大校长胡适、代校长傅斯年、文学院长汤用彤几位先生介绍我到北大任教。我真是喜出望外，谁听到能到最高学府去任教而会不引以为荣呢？我于是立即回信，表示同意和感谢。

这一年深秋，我终于告别了住了整整十年的哥廷根，怀着“客树回看成故乡”的心情，一步三回首地到了瑞士。在这个山明水秀的世界公园里住了几个月，1946年春天，经过法国和越南的西贡，又经过香港，回到了上海。在克家的榻榻米上住了一段时间。从上海到南京，又睡到了长之的办公桌上。这时候，寅恪先生也已从英国回到南京。我曾谒见先生于俞大维官邸中。谈了谈阔别十多年以来的详细情况，先生十分高兴，叮嘱我到鸡鸣寺下中央研究院去拜见北大代校长傅斯年先生，特别嘱咐我带上我用德文写的论文，可见先生对我爱护之深以及用心之细。

这一年的深秋，我从南京回到上海，乘轮船到了秦皇岛，又从秦皇岛乘火车回到了阔别十二年的北京（当时叫北平）。由于战争关系，津浦路早已不通，回北京只能走海路，从那里到北京的铁路由美国少爷兵把守，所以还能通车。到了北京以后，一片“落叶满长安”的悲凉气象。我先在沙滩红楼暂住，随即拜见了汤用彤先生。按北大当时的规定，从海外得到了博士学位回国的人，只能任副教授，在清华叫做专任讲师，经过几年的时间，才能转为正教授。我当然不能例外，而且心悦诚服，没有半点非分之想。然而过了大约一周的光景，汤先生告诉我，我已被聘为正教授，兼东方语言文学系的系主任。这真是石破天惊，大大地出我意料。我这个当一周副教授的纪录，大概也可以进入吉尼斯世界纪录了吧。说自己不高兴，那是谎言，那是矫情。由此也可以看出老一辈学者对后辈的提携和爱护。

不记得是在什么时候，寅恪师也来到北京，仍然住在清华园。我立即到清华去拜见。当时从北京城到清华是要费一些周折的，宛如一次短途旅行。沿途几十里路全是农田。秋天青纱帐起，还真有绿林人士拦路抢劫的。现在的年轻人很难想象了。但是，有寅恪先生在，我绝不会惮于这样的旅行。在三年之内，我颇到清华园去过多次，我知道先生年老体弱，最喜欢当年住北京的天主教外国神甫亲手酿造的栅栏红葡萄酒，我曾到今天市委党校所在地当年神甫们的静修院的地下室中去买过几次栅栏红葡萄酒，又长途跋涉送到清华园，送到先生手中，心里颇觉安慰。几瓶酒在现在不算什么，但是在当时通货膨胀已经达到了钞票上每天加一个零还跟不上物价飞速提高的速度的情况下，几瓶酒已经非同小可。

有一年的春天，中山公园的藤萝开满了紫色的花朵，累累垂垂，紫气弥漫，招来了众多的游人和蜜蜂。我们一群弟子们，记得有周一良、王永兴、汪篯等，知道先生爱花。现在虽患目疾，迹近失明，但据先生自己说，有些东西还能影影绰绰看到一团影子。大片藤萝花的紫光，先生或还能看到。而且在那种兵荒马乱、物价飞涨、人命危浅、朝不虑夕的情况下，我们想请先生散一散心，征询先生的意见，他怡然应允。我们真是大喜过望，在来今雨轩藤萝深处，找到一个茶桌，侍先生观赏紫藤。先生显然兴致极高。我们谈笑风生，尽欢而散。我想，这也许是先生在那样的年头里最愉快的时刻。

还有一件事，也给我留下了毕生难忘的回忆。在解放前夕，政府经济实已完全崩溃。从法币改为银元券，又从银元券改为金元券，越改越乱，到了后来，到粮店买几斤粮食，携带的这币那券的重量有时要超过粮食本身。学术界的泰斗、德高望重、被著名的史学家郑天挺先生称之为“教授的教授”的陈寅恪先生也不能例外。到了冬天，他连买煤取暖的钱都没有，我把这情况告诉了已经回国的北大校长胡适之先生。胡先生最尊重最爱护确有成就的知识分子。当年他介绍王静庵先生到清华国学研究院去任教，一时传为佳话。寅恪先生在《王观堂先生挽词》中有几句诗：“鲁连黄鹞绩溪胡，独为神州惜大儒。学院遂闻传绝业，园林差喜适幽居。”讲的就是这一件事。现在却轮到适之先生再一次“独为神州惜大儒”了，而这个“大儒”不是别人，竟是寅恪先生本人。适之先生想赠寅恪先生一笔数目颇大的美元。但是，寅恪先生却拒不接受。最后寅恪先生决定用卖掉藏书的办法来取得适之先生的美元。于是适之先生就派他自己的汽车——顺便说一句，当时北京汽车极为罕见，北大只有校长的一辆——让我到清华陈先生家装了一车西文关于佛教和中亚古代语言的极为珍贵的书。陈先生只收两千美元。这个数目在当时虽不算少，然而同书比起来，还是微不足道的。在这一批书中，仅一部《圣彼得堡梵德大词典》市价就远远超过这个数目了。这一批书实际上带有捐赠的性质。而寅恪师对于金钱的一芥不取的狷介性格，由此也可见一斑了。

在这三年内，我同寅恪师往来颇频繁。我写了一篇论文：《浮屠与佛》，首先读给他听，想听听他的批评意见。不意竟得到他的赞赏。他把此文介绍给《中央研究院史语所集刊》发表。这个刊物在当时是最具权威性的刊物，简直有点“一登龙门，声价十倍”的威风。我自然感到受宠若惊。差幸我的结论并没有瞎说八道，几十年以后，我又写了一篇《再谈“浮屠”与“佛”》，用大量的新材料，重申前说，颇得到学界同行们的赞许。

在我同先生来往的几年中，我们当然会谈到很多话题。谈治学时最多，政治也并非不谈，但极少。寅恪先生决不是一个“闭门只读圣贤书”的书呆子。他继承了中国“士”的优良传统：天下兴亡，匹夫有责。从他的著作中也可以看出，他非常关心政治。他研究隋唐史，表面上似乎是满篇考证，骨子里谈的都是成败兴衰的政治问题，可惜难得解人。我们谈到当代学术，他当然会对每一个学者都有自己的看法。但是，除了对一位明史专家外，他没有对任何人说过贬低的话。对青年学人，只谈优点，一片爱护青年学者的热忱，真令人肃然起敬。就连那一位由于误会而对他专门攻击，甚至说些难听的话的学者，陈师也从来没有说过半句褒贬的话。先生的盛德由此可见。鲁迅先生从来不攻击年轻人，差堪媲美。

时光如电，人事沧桑，转眼就到了1948年年底。解放军把北京城团团包围住。胡适校长从南京派来了专机，想接几个教授到南京去，有一个名单。名单上有名的人，大多数都没有走，陈寅恪先生走了。这又成了某一些人探讨研究的题目：陈先生是否对共产党有看法？他是否对国民党留恋？根据后来出版的浦江清先生的日记，寅恪先生并不反对共产主义，他反对的仅是苏联牌的共产主义。在当时，这也许是一个怪想法，甚至是一个大逆不道的想法。然而到了今天，真相已大白于天下，难道不应该对先生的睿智表示敬佩吗？至于他对国民党的态度，最明显地表现在他对蒋介石的态度上。1940年，他在《庚辰暮春重庆夜宴归作》这一首诗中写道："食蛤那知天下事，看花愁近最高楼。"吴宓先生对此诗作注说："寅恪赴渝，出席中央研究院会议，寓俞大维妹丈宅。已而蒋公宴请中央研究院到会诸先生。寅恪于座中初次见蒋公，深觉其人不足为，有负厥职，故有此诗第六句。"按即"看花愁近最高楼"这一句。寅恪师对蒋介石，也可以说是对国民党的态度表达得不能再清楚明白了。然而，几年前，一位台湾学者偏偏寻章摘句，说寅恪先生早有意到台湾去。这真是天下一大怪事。

到了南京以后，寅恪先生又辗转到了广州，从此就留在那里没有动。他在台湾有很多亲友，动员他去台湾者，恐怕大有人在，然而他却岿然不为所动。其中详细情况，我不得而知。我们国家许多领导人，包括周恩来、陈毅、陶铸、郭沫若等等，对陈师礼敬备至。他同陶铸和老革命家兼学者的杜国庠，成了私交极深的朋友。在他晚年的诗中，不能说没有欢快之情，然而更多的却是抑郁之感。现在回想起来，他这种抑郁之感能说没有根据吗？能说不是查实有据吗？我们这一批老知识分子，到了今天，都已成了过来人。如果不昧良心说句真话，同陈师比较起来，只能说我们愚钝，我们麻木，此外还有什么话好说呢？

1951年，我奉命随中国文化代表团，访问印度和缅甸。在广州停留了相当长的时间，准备将所有的重要发言稿都译为英文。我当然不会放过这个机会的，我到岭南大学寅恪先生家中去拜谒。相见极欢，陈师母也殷勤招待。陈师此时目疾虽日益严重，仍能看到眼前的白色的东西。有关领导，据说就是陈毅和陶铸，命人在先生楼前草地上铺成了一条白色的路，路旁全是绿草，碧绿与雪白相映照，供先生散步之用。从这一件小事中，也可以看到我们国家对陈师尊敬之真诚了。陈师是极富于感情的人，他对此能无所感吗？

然而，世事如白云苍狗，变幻莫测。解放后不久，正当众多的老知识分子兴高采烈、激情未熄的时候，华盖运便临到头上。运动一个接着一个，针对的全是知识分子。批完了《武训传》，批俞平伯，批完了俞平伯，批胡适，一路批、批、批、斗、斗、斗，最后批到了陈寅恪头上。此时，极大规模的、遍及全国的反右斗争还没有开始。老年反思，我在政治上是个蠢才。对这一系列的批和斗，我是心悦诚服的，一点没有感到其中有什么问题。我虽然没有明确地意识到，在我灵魂深处，我真认为中国老知识分子就是“原罪”的化身，批是天经地义的。但是，一旦批到了陈寅恪先生头上，我心里却感到不是味。虽然经人再三动员，我却始终没有参加到这一场闹剧式的大合唱中去。我不愿意厚着面皮，充当事后的诸葛亮，我当时的认识也是十分模糊的。但是，我毕竟没有行动。现在时过境迁，在四十年之后，想到我没有出卖我的良心，差堪自慰，能够对得起老师的在天之灵了。

可是，从那以后，直到老师于1969年在空前浩劫中被折磨得离开了人世，将近二十年中，我没能再见到他。现在我的年龄已经超过了他在世的年龄五年，算是寿登耄耋了。现在我时常翻读先生的诗文。每读一次，都觉得有新的收获。我明确意识到，我还未能登他的堂奥。哲人其萎，空余著述。我却是进取有心，请益无人，因此更增加了对他的怀念。我们虽非亲属，我却时有风木之悲。这恐怕也是非常自然的吧。

我已经到了望九之年，虽然看样子离开为自己的生命画句号的时候还会有一段距离，现在还不能就作总结；但是，自己毕竟已经到了日薄西山、人命危浅之际，不想到这一点也是不可能的。我身历几个朝代，忍受过千辛万苦。现在只觉得身后的路漫长无边，眼前的路却是越来越短，已经是很有限了。我并没有倚老卖老，苟且偷安；然而我却明确地意识到，我成了一个“悲剧”人物。我的悲剧不在于我不想“不用扬鞭自奋蹄”，不想“老骥伏枥，志在千里”，而是在“老骥伏枥，志在万里”。自己现在承担的或者被迫承担的工作，头绪繁多，五花八门，纷纭复杂，有时还矛盾重重，早已远远超过了自己的负荷量，超过了自己的年龄。这里面，有外在原因，但主要是内在原因。清夜扪心自问：自己患了老来疯了吗？你眼前还有一百年的寿命吗？可是，一到了白天，一接触实际，件件事情都想推掉，但是件件事情都推不掉，真仿佛京剧中的一句话：“马行在夹道内，难以回马。”此中滋味，只有自己一人能了解，实不足为外人道也。

在这样的情况下，我有时会情不自禁地回想自己的一生。自己究竟应该怎样来评价自己的一生呢？我虽遭逢过大大小小的灾难，像“十年浩劫”那样中国人民空前的愚蠢到野蛮到令人无法理解的灾难，我也不幸——也可以说是有“幸”——身逢其盛，几乎把一条老命搭上。然而我仍然觉得自己是幸运的，自己赶上了许多意外的机遇。我只举一个小例子。自从盘古开天地，不知从哪里吹来了一股神风，吹出了知识分子这个特殊的族类。知识分子有很多特点。在经济和物质方面是一个“穷”字，自古已然，于今为烈。在精神方面，是考试多如牛毛。在这里也是自古已然，于今为烈。例子俯拾即是，不必多论。我自己考了一辈子，自小学、中学、大学，一直到留学，月有月考，季有季考，还有什么全国通考，考得一塌糊涂。可是我自己在上百场国内外的考试中，从来没有名落孙山。你能说这不是机遇好吗？

但是，俗话说：“一个篱笆三个桩，一个好汉三个帮。”如果没有人帮助，一个人会是一事无成的。在这方面，我也遇到了极幸运的机遇。生平帮过我的人无虑数百。要我举出人名的话，我首先要举出的，在国外有两个人，一个是我的博士论文导师瓦尔德施米特教授，另一个是教吐火罗语的老师西克教授。在国内的有四个人：一个是冯友兰先生，如果没有他同德国签订德国清华交换研究生的话，我根本到不了德国。一个是胡适之先生，一个是汤用彤先生，如果没有他们的提携的话，我根本来不到北大。最后但不是最少，是陈寅恪先生。如果没有他的影响的话，我不会走上现在走的这一条治学的道路，也同样是来不了北大。至于他为什么不把我介绍给我的母校清华，而介绍给北大，我从来没有问过他，至今恐怕永远也是一个谜，我们不去谈它了。

我不是一个忘恩负义的人。我一向认为，感恩图报是做人的根本准则之一。但是，我对他们四位，以及许许多多帮助过我的师友怎样“报”呢？专就寅恪师而论，我只有努力学习他的著作，努力宣扬他的学术成就，努力帮助出版社把他的全集出全、出好。我深深地感激广州中山大学的校领导和历史系的领导，他们再三举办寅恪先生学术研讨会，包括国外学者在内，群贤毕至。中大还特别创办了陈寅恪纪念馆。所有这一切，我这个寅恪师的弟子都看在眼中，感在心中，感到很大的慰藉。国内外研究陈寅恪先生的学者日益增多，先生的道德文章必将日益发扬光大，这是毫无问题的。这是我在垂暮之年所能得到的最大的愉快。

然而，我仍然有我个人的思想问题和感情问题。我现在是“后已见来者”，然而却是“前不见古人”，再也不会见到寅恪先生了。我心中感到无限的空寞，这个空寞是无论如何也填充不起来了。掷笔长叹，不禁老泪纵横矣。

1995年12月1日

扫傅斯年先生墓

我们虽然算是小同乡，但我与孟真先生并不熟识，几乎是根本没有来往。原因是年龄有别，辈分不同。我于1930年到北京来上大学的时候，进的是清华大学。当时孟真先生已经是学者，是教育家，名满天下了。我只是一个无名小卒，不可能有认识的机会。

我记得，在我大学一年级或二年级时，不知是清华的哪一个团体组织了一次系列讲座，邀请一些著名的学者发表演说，其中就有孟真先生。时间是在晚上，地点是在三院的一间教室里。孟真先生西装笔挺，革履锃亮。讲演的内容，我已经完全忘记了。但是，他那把双手插在西装坎肩的口袋里的独特的姿势，却至今历历如在目前。

在以后一段长达十五六年的时间中，我同孟真先生互不相知，一没有相知的可能，二没有相知的必要，我们本来就是萍水相逢嘛。

然而天公却别有一番安排，我在德国待了十年以后，陈寅恪师把我推荐给北京大学。1946年夏，我回国住在南京，适值寅恪先生也正在南京，我曾去谒见。他让我带着我在德国发表的几篇论文，到鸡鸣寺下中央研究院去拜见当时的北大代校长傅斯年，我遵命而去。见了面，没有说上几句话，就告辞出来。我们第二次见面就是这样匆匆。

“二战”期间，我被阻欧洲，大后方重庆和昆明等地的情况，我茫无所知。到了南京以后，才开始零零星星地听到大后方学术文化教育界的一些情况，涉及面非常广，当然也涉及傅孟真先生。他把山东人特有的直爽的性格——这种性格其他一些省份的人也具有的——发挥到淋漓尽致的水平。他所在的中央研究院当时是国民党政府下属的一个机构。但是，他不但不加入国民党，而且专揭国民党的疮疤。他被选为地位很高的参政员，是所谓“社会贤达”的代表。他主持正义，直言无讳，被称为“傅大炮”。国民党的四大家族，在贪赃枉法方面，各有千秋，手段不同，殊途同归。其中以孔祥熙家族名声最坏。那一位“威”名远扬的孔二小姐，更是名动遐迩，用飞机载狗逃难，而置难民于不顾。孟真先生不讲情面，不分场合，在光天化日之下，大庭广众之中，痛快淋漓地揭露孔家的丑事，引起了人民对孔家的憎恨。孟真先生成为“批孔”的专业户，口碑载道，颂声盈耳。

孟真先生的轶事很多，我只能根据传说讲上几件。他在南京时，开始任中央研究院历史语言研究所所长。他待人宽厚，而要求极严。当时有一位广东籍的研究员，此人脾气古怪，双耳重听，形单影只，不大与人往来，但读书颇多，著述极丰。每天到所，用铅笔在稿纸上写上两千字，便以为完成了任务，可以交卷了，于是悄然离所，打道回府。他所爱极广，隋唐史和黄河史，都有著述，洋洋数十万言。对历史地理特感兴趣，尤嗜对音。他不但不通梵文，看样子连印度天城体字母都不认识。在他手中，字母仿佛成了积木，可以任意挪动。放在前面，与对音不合，就改放在后面。这样产生出来的对音，有时极为荒诞离奇，那就在所难免了。但是，这位老先生自我感觉极为良好，别人也无可奈何。有一次，他在所里做了一个学术报告，说《史记》中的“禁不得祠明星出西方”的“不得”二字是 Buddha（佛陀）的对音，佛教在秦代已输入中国了。实际上，“禁不得”这样的字眼儿在汉代是通用的。老先生不知怎样一时糊涂，提出了这样的意见。在他以前，一位颇负盛名的日本汉学家藤田丰八已有此说，老先生不一定看到过，孤明独发，闹出了笑话。不意此时远在美国的孟真先生听到了这个消息，大为震怒，打电话给所里，要这位老先生检讨，否则就炒鱿鱼。老先生不肯，于是便卷铺盖离开了史语所，老死不明真相。

但是，孟真先生是异常重视人才的，特别是年轻的优秀人才。他奖励扶掖，不遗余力。他心中有一张年轻有为的学者的名单。对于这一些人，他尽力提供或创造条件，让他们能安心研究，帮助他们出国留学，学成回国后仍来所里工作。他还尽力延揽著名学者，礼遇有加。他创办的《史语所集刊》在几十年内都是国内外最有权威的人文社会科学的刊物。一登龙门，身价十倍，能在上面发表文章，是十分光荣的事。这个刊物至今仍在继续刊行，旧的部分有人多方搜求，甚至影印，为二十世纪中国学术界所仅见。

孟真先生有其金刚怒目的一面，也有其菩萨慈眉的一面。当年在大后方昆明，西南联大的教师和中央研究院史语所的研究员，有时住在同一所宿舍里。在靛花巷宿舍里，陈寅恪先生住在楼上，一些年纪比较轻的教员和研究员住在楼下。有一天晚上，孟真先生和一些年轻学者在楼下屋子里闲谈，说到得意处，忍不住纵声大笑。他们乐以忘忧，兴会淋漓，忘记了时光的流逝。猛然间，楼上发出手杖捣地板的声音。孟真先生轻声说："楼上的老先生发火了。""老先生"指的当然就是寅恪先生。从此就有人说，傅斯年谁都不怕，连蒋介石也不放在眼中，唯独怕陈寅恪。我想，在这里，这个"怕"字不妥，改为"尊敬"，就更好了。

这一次，我由于一个不期而遇的机会，来到了台北，又听到了一些孟真先生的轶事。原来他离开大陆后，来到了台湾，仍然担任"中央研究院"史语所所长，同时兼任台湾大学的校长。他这一位大炮，大概仍然是炮声隆隆。据说有一次蒋介石对自己的亲信说："那里（指台大）的事，我们管不了！"可见孟真先生仍然保留着他那一副刚正不阿的铮铮铁骨，他真正继承了中国历代知识分子最优秀的传统。

根据我上面的琐碎的回忆，我对孟真先生是见得少，听得多。我同他最重要的一次接触，就是我进北大时，他正是代校长，是他把我引进北大来的。据说——又是据说，他代表胡适之先生接管北大。当时日寇侵略者刚刚投降，北大，正确说是"伪北大"教员可以说都是为日本服务的；但是每个人情况又各有不同，有少数人认贼作父，觍颜事仇，丧尽了国格和人格。大多数则是不得已而为之。二者应该区别对待。孟真先生说，适之先生为人厚道，经不起别人的恳求与劝说，可能良莠不分，一律留下在北大任教。这个“坏人”必须他做。他于是大刀阔斧，不留情面，把问题严重的教授一律解聘，他说，这是为适之先生扫清道路，清除垃圾，还北大一片净土，让他的老师胡适之先生怡然、安然地打道回校。我就是在这样一个关键时刻到北大来的。我对孟真先生有知遇之感，难道不是很自然的吗？

这一次我们三个北大人来到了台湾。台湾有清华分校，为什么独独没有北大分校呢？有人说，傅斯年担任校长的台湾大学就是北大分校。这个说法被认为是完全正确的。我们三个人中，除我以外，他们俩既没有见过胡适之，也没有见过傅孟真。但是，胡、傅两位毕竟是北大的老校长，我们不远千里而来，为他们二位扫墓，也完全是合情合理的。我们谨以鲜花一束，放在墓穴上，用以寄托我们的哀思。我在孟真先生墓前行礼的时候，心里想了很多很多。两岸人民有手足之情，人为地被迫分开了五十多年，难道现在和好统一的时机还没有到吗？本是同根生，见面却如参与商，一定要先到香港才能再飞台湾。这样人为的悲剧难道还不应该结束吗？北大与台大难道还不应该统一起来吗？我希望，我们下一次再来扫孟真先生墓时，这一出人间悲剧能够结束。

1999年5月5日

我记忆中的老舍先生

老舍先生含冤逝世已经二十多年了。在这一段相当长的时间内，我经常想到他，想到的次数远远超过我认识他以后直至他逝世的三十多年。每次想到他，我都悲从中来。我悲的是中国失去一个热爱祖国、热爱人民的正直的大作家，我自己失去一位从年龄上来看算是师辈的和蔼可亲的老友。目前，我自己已经到了晚年，我的内心再也承受不住这一份悲痛，我也不愿意把它带着离开人间。我知道，原始人是颇为相信文字的神秘力量的，我从来没有这样相信过。但是，我现在宁愿做一个原始人，把我的悲痛和怀念转变成文字，也许这悲痛就能突然消逝掉，还我心灵的宁静，岂不是天大的好事吗?

我从高中时代起，就读老舍先生的著作，什么《老张的哲学》《赵子曰》《二马》，我都读过。到了大学以后，以及离开大学以后，只要他有新作出版，我一定先睹为快，什么《离婚》《骆驼祥子》等等，我都认真读过。最初，由于水平的限制，他的著作我不敢说全都理解。可是我总觉得，他同别的作家不一样，他的语言生动幽默，是地道的北京话，间或也夹上一点山东俗语。他没有许多作家那种忸怩作态让人读了感到浑身难受的非常别扭的文体，一种新鲜活泼的力量跳动在字里行间。他的幽默也同林语堂之流的那种着意为之的幽默不同。总之，老舍先生成了我毕生最喜爱的作家之一，我对他怀有崇高的敬意。

但是，我认识老舍先生却完全出于一个偶然的机会。三十年代初，我离开了高中，到清华大学来念书。当时老舍先生正在济南齐鲁大学教书。济南是我的老家，每年暑假我都回去。李长之是济南人，他是我的唯一的一个小学、中学、大学“三连贯”的同学。有一年暑假，他告诉我，他要在家里请老舍先生吃饭，要我作陪。在旧社会，大学教授架子一般都非常大，他们与大学生之间宛然是两个阶级。要我陪大学教授吃饭，我真有点受宠若惊。及至见到老舍先生，他却全然不是我心目中的那种大学教授。他谈吐自然，蔼然可亲，一点架子也没有，特别是他那一口地道的京腔，铿锵有致，听他说话，简直就像是听音乐，是一种享受。从那以后，我们就算是认识了。

以后是激烈动荡的几十年。我在大学毕业以后，在济南高中教了一年国文，就到欧洲去了，一住就是十一年。中国胜利了，我才回来，在南京住了一个暑假。夜里睡在国立编译馆长之的办公桌上；白天没有地方待，就到处云游，什么台城、玄武湖、莫愁湖等等，我游了一个遍。老舍先生好像同国立编译馆有什么联系，我常从长之口中听到他的名字。但是没有见过面。到了秋天，我也就离开了南京，乘海船绕道秦皇岛，来到北平。

以后又是更为激烈震荡的三年。用美式装备武装到牙齿的国民党反动军队，被彻底消灭。蒋介石一小撮到台湾去了。中国人民苦斗了一百多年，终于迎来解放的春天。我们这一群知识分子都亲身感受到，我们确实已经站起来了。就在这样的情况下，我在当时所谓故都又会见了老舍先生，距第一次见面已经有二十多年了。

我现在已经记不清楚我们重逢时的情景。但是我却清晰地记得起五十年代初期召开的一次汉语规范化会议时的情景。当时语言学界的知名人士，以及曲艺界的名人，都被邀请参加，其中有侯宝林、马增芬姊妹等等。老舍先生、叶圣陶先生、罗常培先生、吕叔湘先生、黎锦熙先生等等都参加了。这是解放后语言学界的第一次盛会。当时还没有达到会议成灾的程度，因此大家的兴致都很高，会上的气氛也十分亲切融洽。

有一天中午，老舍先生忽然建议，要请大家吃一顿地道的北京饭。大家都知道，老舍先生是地道的北京人，他讲的地道的北京饭一定会是非常地道的，都欣然答应。老舍先生对北京人民生活之熟悉，是众所周知的。有人戏称他为“北京土地爷”。他结交的朋友，三教九流都有。他能一个人坐在大酒缸旁，同洋车夫、旧警察等旧社会的“下等人”，开怀畅饮，亲密无间，宛如亲朋旧友，谁也感觉不到他是大作家、名教授、留洋的学士。能做到这一步的，并世作家中没有第二人。这样一位老北京想请大家吃北京饭，大家的兴致哪能不高涨起来呢？商议的结果是到西四砂锅居去吃白煮肉，当然是老舍先生做东。他同饭馆的经理一直到小伙计都是好朋友，因此饭菜极佳，服务周到。大家尽兴地饱餐了一顿。虽然是一顿简单的饭，然而却令人毕生难忘。当时参加宴会今天还健在的叶老、吕先生大概还都记得这一顿饭吧。

还有一件小事，也必须在这里提一提。忘记了是哪一年了，反正我还住在城里翠花胡同没有搬出城外。有一天，我到东安市场北门对门的一家著名的理发馆里去理发，猛然瞥见老舍先生也在那里，正躺在椅子上，下巴上白糊糊的一团肥皂泡沫，正让理发师刮脸。这不是谈话的好时机，只寒暄了几句，就什么也不说了。等我坐在椅子上时，从镜子里看到他跟我打招呼，告别，看到他的身影走出门去。我理完发要付钱时，理发师说，“老舍先生已经替你付过了。”这样芝麻绿豆的小事殊不足以见老舍先生的精神，但是，难道也不足以见他这种细心体贴人的心情吗？

老舍先生的道德文章，光如日月，巍如山斗，用不着我来细加评论，我也没有那个能力。我现在写的都是一些小事。然而小中见大，于琐细中见精神，于平凡中见伟大，豹窥一斑，鼎尝一脔，不也能反映出老舍先生整个人格的一个缩影吗？

中国有一句俗话：“好死不如赖活着。”这一句话道出了一个真理。一个人除非万不得已绝不会自己抛掉自己的生命。印度梵文中“死”这个动词，变化形式同被动态一样。我一直觉得非常有趣，非常有意思。印度古代语法学家深通人情，才创造出这样一个形式。死几乎都是被动的，有几个人主动地去死呢？老舍先生走上自沉这一条道路，必有其不得已之处。有人说，人在临死前总会想到许多许多东西的，他会想到自己的一生的。可惜我还没有这个经验，只能在这里胡思乱想。当老舍先生徘徊在湖水岸边决心自沉时，眼望湖水茫茫，心里悲愤填膺，唤天天不应，唤地地不答，悠悠天地，仿佛只剩下自己孤身一人，他会想到自己的一生吧！这一生是忠诚于祖国、忠诚于人民的一生，然而到头来却落到这等地步。为什么呢？究竟是为什么呢？如果自己留在美国不回来，著书立说，优游自在，洋房、汽车、声名禄利，无一缺少，舒舒服服地过一辈子，说不定能寿登耄耋，富埒王侯。他不是为了热爱自己的祖国母亲，才毅然历尽艰辛回来的吗？是今天祖国母亲无法庇护自己那远方归来的游子了呢？还是不愿意庇护了呢？我猜想，老舍先生决不会埋怨自己的祖国母亲，祖国母亲永远是可爱的，在任何情况下都是可爱的。他也绝不会后悔回来的，但是，他确实有一些问题难以理解，他只有横下一条心，一死了之。这样的问题，我们今天又有谁能够理解呢？我想，老舍先生还会想到自己院子里种的柿子树和菊花，他当然也会想到自己的亲人，想到自己的朋友。所有这一些都是十分美好可爱的。对于这一些难道他就一点也不留恋吗？绝不会的，绝不会的，但是，有一种东西梗在他的心中，像大毒蛇缠住了他，他只能纵身一跳，投入波心，让弥漫的湖水给自己带来解脱了。

两千多年以前，屈原自沉于汨罗江，他行吟泽畔，心里想的恐怕同老舍先生有类似之处吧。他想到："蝉翼为重，千钧为轻；黄钟毁弃，瓦釜雷鸣。"他又想到："世人皆浊我独清，众人皆醉我独醒。"难道老舍先生也这样想过吗？这样的问题，有谁能够答复我呢？恐怕到了地球末日也没有人能答复了。我在泪眼模糊中，看到老舍先生戴着眼镜，在和蔼地对我笑着；我耳朵里仿佛听到了他那铿锵有节奏的北京话。我浑身颤抖，连灵魂也在剧烈地震动。

呜呼！我欲无言。

1987年10月1日

回忆梁实秋先生

我认识梁实秋先生，同他来往，前后也不过两三年，时间是很短的。但是，他留给我的回忆却是很长很长的。分别之后，到现在已经四十年了。我仍然时常想到他。

1946年夏天，我在离开了祖国十一年之后，受尽了千辛万苦，又回到了祖国怀抱，到了南京。当时刚刚打败了日本侵略者，国民党的“劫收”大员正在全国满天飞，搜刮金银财宝，兴高采烈。我这一介书生，“无条无理”，手里没有几个钱，北京大学还没有开学，拿不到工资，住不起旅馆，只好借住在我小学同学李长之在国立编译馆的办公室内。他们白天办公，我就出去游荡，晚上回来，睡在办公桌上。早晨一起床，赶快离开。国立编译馆地处台城下面，我多半在台城上云游。什么鸡鸣寺、胭脂井，我几乎天天都到。再走远一点，出城就到了玄武湖。山光水色，风物怡人。但是我并没有多少闲情逸致，观赏风景。我的处境颇像旧戏中的秦琼，我心里琢磨的是怎样卖掉黄骠马。

我这样天天游荡，梦想有朝一日自己能安定下来，有一间房子，有一张书桌。别的奢望，一点没有。我在台城上面看到郁郁葱葱的古柳，心头不由地涌出了古人的诗：

江雨霏霏江草齐，六朝如梦鸟空啼。

无情最是台城柳，依旧烟笼十里堤。

这里讲的仅仅是六朝。从六朝到现在，又不知道有多少朝多少代过去了。古柳依然是葱茏繁茂，改朝换代并没有影响了它们的情绪。今天我站在古柳面前，一点也没有觉得它们“无情”，我觉得它们有情得很。我天天在六月的炎阳下奔波游荡，只有在台城古柳的浓荫下才能获得片刻的清凉，让我能够坐下来稍憩一会儿。我难道不该感激这些古柳而还说三道四吗?

又过了一些时候，有一天长之告诉我，梁实秋先生全家从重庆复员回到南京了。梁先生也在国立编译馆工作。我听了喜出望外。我不认识梁先生，论资排辈，他大我十几岁，应该算是我的老师。他的文章我在清华大学读书时就读过不少，很欣赏他的文才，对他潜怀崇敬之情。万万没有想到竟在南京能够见到他。见面之后，立刻对他的人品和谈吐十分倾倒。没有经过什么繁文缛节，我们成了朋友。我记得，他曾在一家大饭店里宴请过我。梁夫人和三个孩子：文茜、文蔷、文骐，都见到了。那天饭菜十分精美，交谈更是异常愉快，给我留下了深刻的印象，至今忆念难忘。我自谓尚非馋嘴之辈，可为什么独独对酒宴记得这样清楚呢？难道自己也属于饕餮大王之列吗？这真叫做没有法子。

解放前夕，实秋先生离开了北平，到了台湾，文茜和文骐留下没有走。在那极左的时代，有人把这一件事看得大得不得了。现在看来，也没有什么了不起的。一个人相信马克思主义，这当然很好，这说明他进步。一个人不相信，或者暂时不相信，他也完全有自由，这也绝非反革命。我自己过去不是也不相信马克思主义吗？从来就没有哪一个人一生下就是马克思主义者，连马克思本人也不是，遑论他人。我们今天知人论事，要抱实事求是的态度。

至于说梁实秋同鲁迅有过一些争论，这是事实。是非曲直，暂作别论。我们今天反对对任何人搞“凡是”，对鲁迅也不例外。鲁迅是一个伟大人物，这谁也否认不掉。但不能说凡是鲁迅说的都是正确的。今天，事实已经证明，鲁迅也有一些话是不正确的，是形而上学的，是有偏见的。难道因为他对梁实秋有过批评意见，梁实秋这个人就应该永远打入十八层地狱吗？

实秋先生活到耄耋之年。他的学术文章，功在人民，海峡两岸，有目共睹，谁也不会有什么异辞。我想特别提出一点来说一说。他到了老年，同胡适先生一样，并没有留恋异国，而是回到台湾定居。这充分说明，他是热爱我们祖国大地的。至于他的为人毫无架子，像对我和李长之这样年轻一代的人，竟也平等对待，态度真诚和蔼，更令人难忘。这种作风，即使不是绝无仅有，也总算是难能可贵。对我们今天已经成为前辈的人，不是很有教育意义吗？

去年，他的女儿文茜和文蔷奉父命专门来看我。我非常感动，知道他还没有忘掉我。这勾起我回忆往事，回忆虽然如云如烟，但是感情却是非常真实的。我原期望还能在大陆见他一面，不意他竟尔仙逝。我非常悲痛，想写点什么，终未果。去年，他的夫人从台湾来北京举行追思会。我正在南京开会，没能亲临参加，只能眼望台城，临风凭吊。我对他的回忆将永远保留在我的心中，直至我不能回忆为止。我的这一篇短文，他当然无法看到了。但是，我仿佛觉得，而且痴情希望，他能看到。四十年音问未通，这是仅有的一次也是最后一次通音问了。悲夫！

1988年3月26日

回忆吴宓先生

雨僧先生离开我们已经十多年了。作为他的受业弟子，我同其他弟子一样，始终在忆念着他。

雨僧先生是一个奇特的人，身上也有不少的矛盾。他古貌古心，同其他教授不一样，所以奇特。他言行一致，表里如一，同其他教授不一样，所以奇特。别人写白话文、写新诗，他偏写古文、写旧诗，所以奇特。他反对白话文，但又十分推崇用白话写成的《红楼梦》，所以矛盾。他看似严肃、古板，但又颇有一些恋爱的浪漫史，所以矛盾。他能同青年学生来往，但又凛然、俨然，所以矛盾。

总之，他是一个既奇特又矛盾的人。

我这样说，不但丝毫没有贬意，而且是充满了敬意。雨僧先生在旧社会是一个不同流合污、特立独行的畸人，是一个真正的人。

当年在清华读书的时候，我听过他几门课："英国浪漫诗人"、"中西诗之比较"等。他讲课认真、严肃，有时候也用英文讲，议论时有警策之处。高兴时，他也把自已新写成的旧诗印发给听课的同学，十二首《空轩》就是其中之一。这引得编《清华周刊》的学生秀才们把他的诗译成白话，给他开了一个不大不小而又无伤大雅的玩笑。他一笑置之，不以为忤。他的旧诗确有很深的造诣，同当今想附庸风雅的、写一些根本不像旧诗的“诗人”，绝不能同日而语。他的“中西诗之比较”实际上讲的就是比较文学，当时这个名词还不像现在这样流行，他实际上是中国比较文学的奠基人之一。值得我们永远怀念的。

他坦诚率真，十分怜才。学生有一技之长，他绝不掩没，对同事更是不懂得什么叫忌妒。他在美国时，邂逅结识了陈寅恪先生。他立即驰书国内，说：“合中西新旧各种学问而统论之，吾必以寅恪为全中国最博学之人。”也许就是由于这个缘故，他在清华作为西洋文学系的教授而一度兼国学研究院的主任。

他当时给天津《大公报》主编一个《文学副刊》。我们几个喜欢舞笔弄墨的青年学生，常常给副刊写点书评一类的短文，因而无形中就形成了一个小团体。我们曾多次应邀到他那在工字厅的住处：藤影荷声之馆去做客，也曾被请在工字厅的教授们的西餐餐厅去吃饭。这在当时教授与学生之间存在着一条看不见但感觉到的鸿沟的情况下，是非常难能可贵的。至今回忆起来还感到温暖。

我离开清华以后，到欧洲去住了将近十一年。回到国内时，清华和北大刚刚从云南复员回到北平。雨僧先生留在四川，没有回来。其中原因，我不清楚，也没有认真去打听。但是，我心中却有一点疑团：这难道会同他那耿直的为人有某些联系吗？是不是有人早就把他看作眼中钉了呢？在这漫长的几十年内，我只在六十年代初期，在燕东园李赋宁先生家中拜见过他。以后就再没有见过面。

在“十年浩劫”中，他当然不会幸免。听说，他受过惨无人道的折磨，挨了打，还摔断了什么地方，我对此丝毫也不感到奇怪。以他那种奇特的特立独行的性格，他绝不会投机说谎，绝不会媚俗取巧，受到折磨，倒是合乎规律的。反正知识久已不值一文钱，知识分子被视为“老九”。在黄钟毁弃，瓦釜雷鸣的时代，我们又有什么话好说呢？雨僧先生受到的苦难，我有意不去仔细打听，不知道反而能减轻良心上的负担。至于他有什么想法，我更是无从得知。现在，他终于离开我们，走了。从此人天隔离，永无相见之日了。

雨僧先生这样一个奇特的人，这样一个不同流合污特立独行的人，是会受到他的朋友们和弟子们的爱戴和怀念的。现在编集的这一本《回忆吴宓先生》就是一个充分的证明。

他的弟子和朋友都对他有自己的一份怀念之情，自己的一份回忆。这些回忆不可能完全一样，因为每一个人都有自己观察事物和人物的角度和特点。但是又不可能完全不一样。因为回忆的毕竟是同一个人——我们敬爱的雨僧先生。这一部回忆录就是这样一部既一样又不一样的汇合体。从这个一样又不一样的汇合体中可以反照出雨僧先生整个的性格和人格。

我是雨僧先生的弟子之一，在贡献上我自己那一份回忆之余，又应编者的邀请写了这一篇序。这两件事都是我衷心愿意去做的，也算是我献给雨僧先生的心香一瓣吧。

1989年3月22日

（本文为《回忆吴宓先生》序）

西谛先生

西谛先生不幸逝世，到现在已经有二十多年了。听到飞机失事的消息时，我正在莫斯科。我仿佛当头挨了一棒，惊愕得说不出话来。我是震惊多于哀悼，惋惜胜过忆念，而且还有点儿惴惴不安。当我登上飞机回国时，同一架飞机中就放着西谛先生等六人的骨灰盒。我百感交集。当时我的心情之错综复杂可想而知。从那以后，在这样漫长的时间内，我不时想到西谛先生。每一想到，都不禁悲从中来。到了今天，震惊、惋惜之情已逝，而哀悼之意弥增。这哀悼，像烈酒，像火焰，燃烧着我的灵魂。

倘若论资排辈的话，西谛先生是我的老师。三十年代初期，我在清华大学读西洋文学系。但是从小学起，我对中国文学就有浓厚的兴趣。西谛先生是燕京大学中国文学系的教授，在清华兼课。我曾旁听过他的课。在课堂上，西谛先生是一个渊博的学者，掌握大量的资料，讲起课来，口若悬河泻水，滔滔不绝。他那透过高度的近视眼镜从讲台上向下看挤满了教室的学生的神态，至今仍宛然如在目前。

当时的教授一般都有一点儿所谓“教授架子”。在中国话里，“架子”这个词儿同“面子”一样，是难以捉摸、难以形容描绘的，好像非常虚无缥缈，但它又确实存在。有极少数教授自命清高，但精神和物质待遇却非常优厚。在他们心里，在别人眼中，他们好像是高人一等，不食人间烟火，而实则饱餍粱肉，进可以攻，退可以守，其中有人确实也是官运亨通，青云直上，成了令人羡慕的对象。存在决定意识，因此就产生了架子。

这些教授的对立面就是我们学生。我们的经济情况有好有坏，但是不富裕的占大多数，然而也不至于挨饿。我当时就是这样一个学生。处境相同，容易引起类似同病相怜的感情；爱好相同，又容易同声相求。因此，我就有了几个都是爱好文学的伙伴，经常在一起，其中有吴组缃、林庚、李长之等等。虽然我们所在的系不同，但却常常会面，有时在工字厅大厅中，有时在大礼堂里，有时又在荷花池旁“水木清华”的匾下。我们当时差不多都才二十岁左右，阅世未深，尚无世故，正是天不怕、地不怕的时候。我们经常高谈阔论，臧否天下人物，特别是古今文学家，直抒胸臆，全无顾忌。幼稚恐怕是难免的，但是没有一点儿框框，却也有可爱之处。我们好像是《世说新语》中的人物，任性纵情，毫不矫饰。我们谈论《红楼梦》，我们谈论《水浒》，我们谈论《儒林外史》，每个人都努力发一些怪论，“语不惊人死不休”。记得茅盾的《子夜》出版时，我们间曾掀起一场颇为热烈的大辩论，我们辩论的声音在工字厅大厅中回荡。但事过之后，谁也不再介意。我们有时候也把自己写的东西，什么诗歌之类，拿给大家看，而且自己夸耀哪句是神来之笔，一点儿也不脸红。现在想来，好像是别人干的事，然而确实是自己干的事，这样的率真只在那时候能有，以后只能追忆珍惜了。

在当时的社会上，封建思想弥漫，论资排辈好像是天经地义。一个青年要想出头，那是非常困难的。如果没有奥援，不走门子，除了极个别的奇才异能之士外，谁也别想往上爬。那些少数出身于名门贵阀的子弟，他们丝毫也不担心，毕业后爷老子有的是钱，可以送他出洋镀金，回国后优缺美差在等待着他们。而绝大多数的青年经常为所谓“饭碗问题”担忧，我们也曾为“毕业即失业”这一句话吓得发抖。我们的一线希望就寄托在教授身上。在我们眼中，教授简直如神仙中人，高不可攀。教授们自然也是感觉到这一点的，他们之所以有架子，同这种情况是分不开的。我们对这种架子已经习以为常，不以为怪了。

我就是在这样的气氛中认识西谛先生的。

最初我当然对他并不完全了解。但是同他一接触，我就感到他同别的教授不同，简直不像是一个教授。在他身上，看不到半点儿教授架子；他也没有一点儿论资排辈的恶习。他自己好像并不觉得比我们长一辈，他完全是以平等的态度对待我们。他有时就像一个大孩子，不失其赤子之心。他说话非常坦率，有什么想法就说了出来，既不装腔作势，也不以势吓人。他从来不想教训人，任何时候都是亲切和蔼的。当是流行在社会上的那种帮派习气，在他身上也找不到。只要他认为有一技之长的，不管是老年、中年还是青年，他都一视同仁。因此，我们在背后就常常说他是一个宋江式的人物。他当时正同巴金、靳以主编一个大型的文学刊物《文学季刊》，按照惯例是要找些名人来当主编或编委的，这样可以给刊物镀上一层金，增加号召力量。他确实也找了一些名人，但是像我们这样一些无名又年轻之辈，他也决不嫌弃。我们当中有的人当上了主编，有的人当上特别撰稿人。自己的名字都煌煌然印在杂志的封面上，我们难免有些沾沾自喜。西谛先生对青年人的爱护，除了鲁迅先生外，恐怕并世无二。说老实话，我们有时候简直感到难以理解，有点儿受宠若惊了。

在这样的情况下，我们既景仰他学问之渊博，又热爱他为人之亲切平易，于是就很愿意同他接触。只要有机会，我们总去旁听他的课。有时也到他家去拜访他。记得在一个秋天的夜晚，我们几个人步行，从清华园走到燕园。他的家好像就在今天北大东门里面大烟筒下面。现在时过境迁，房子已经拆掉，沧海桑田，面目全非了。但是在当时给我的印象却是异常美好、至今难忘的。房子是旧式平房，外面有走廊，屋子里有地板，我的印象是非常高级的住宅。屋子里排满了书架，都是珍贵的红木做成的，整整齐齐地摆着珍贵的古代典籍，都是人间瑰宝，其中明清小说、戏剧的收藏更在全国首屈一指。屋子的气氛是优雅典丽的，书香飘拂在画栋雕梁之间。我们都狠狠地羡慕了一番。

总之，我们对西谛先生是尊敬的，是喜爱的。我们在背后常常谈到他，特别是他那些同别人不同的地方，我们更是津津乐道。背后议论人当然并不能算是美德，但是我们一点儿恶意都没有，只是觉得好玩而已。比如他的工作方式，我们当时就觉得非常奇怪。他兼职很多，常常奔走于城内城外。当时交通还不像现在这样方便，清华、燕京，宛如一个村镇，进城要长途跋涉。校车是有的，但非常少，有时候要骑驴，有时候坐人力车。西谛先生挟着一个大皮包，总是装满了稿子，鼓鼓囊囊的。他戴着深度的眼镜，跨着大步，风尘仆仆，来往于清华、燕京和北京城之间。我们在背后说笑话，说郑先生走路就像一只大骆驼。可是他一坐上校车，就打开大皮包拿出稿子，写起文章来。

据说他买书的方式也很特别。他爱书如命，认识许多书贾，一向不同书贾讲价钱，只要有好书，他就留下，手边也不一定就有钱偿付书价，他留下以后，什么时候有了钱就还账，没有钱就用别的书来对换。他自己也印了一些珍贵的古籍，比如《插图本中国文学史》、《玄览堂丛书》之类。他有时候也用这些书去还书债，书贾愿意拿什么书，就拿什么书。他什么东西都喜欢大、喜欢多，出书也有独特的气派，与众不同。所有这一切我们也都觉得很好玩，很可爱。这更增加我们对他的敬爱。在我们眼中，西谛先生简直像长江大河，汪洋浩瀚；泰山华岳，庄严敦厚。当时的某一些名人同他一比，简直如小水洼、小土丘一般，有点儿微末不足道了。

但是时间只是不停地逝去，转瞬过了四年，大学要毕业了。清华大学毕业以后，我回到故乡去，教了一年高中。我学的是西洋文学，教的却是国文，用现在的话说，就是“不结合业务”，因此心情并不很愉快。在这期间，我还同西谛先生通过信。他当时在上海，主编《文学》。我寄过一篇散文给他，他立即刊登了。他还写信给我，说他编了一个什么丛书，要给我出一本散文集。我没有去搞，所以也没有出成。过了一年，我得到一份奖学金，到很远的一个国家里去住了十年。从全世界范围来看，这正是一个天翻地覆的时代。在国内，有外敌入侵，大半个祖国变了颜色；在国外，正在进行着第二次世界大战。我在国外，挨饿先不必说，光是每天躲警报，就真够戗。杜甫的诗：“烽火连三月，家书抵万金。”我的处境是“烽火连十年，家书无从得”。同西谛先生当然失去了联系。

一直到了1946年的夏天，我才从国外回到上海。去国十年，漂洋万里，到了那繁华的上海，连个落脚的地方都没有。我曾在克家的榻榻米上睡过许多夜。这时候，西谛先生也正在上海。我同克家和辛笛去看过他几次，他还曾请我们吃过饭。他的老母亲亲自下厨房做福建菜，我们都非常感动，至今难以忘怀。当时上海反动势力极为猖獗，郑先生是他们的对立面，他主编一个争取民主的刊物，推动民主运动，反动派把他也看作眼中钉，据说是列入了黑名单。有一次，我同他谈到这个问题。完全出乎我的意料，他的面孔一下子红了起来，怒气冲冲，声震屋瓦，流露出极大的义愤与轻蔑。几十年来他给我的印象是和蔼可亲，平易近人，光风霁月，菩萨慈眉；我万万没有想到，他还有另一面：疾恶如仇，横眉冷对，疾风迅雷，金刚怒目。原来我只是认识了西谛先生的一面，对另一面我连想都没有想过。现在总算比较完整地认识西谛先生了。

有一件事情，我还要在这里提一下。我在上海时曾告诉郑先生，我已应北京大学之聘，担任梵文讲座。他听了以后，喜形于色，他认为，在北京大学教梵文简直是理想的职业。他对梵文文学的重视和喜爱溢于言表。1948年，他在他主编的《文艺复兴·中国文学专号》的《题辞》中写道："关于梵文学和中国文学的血脉相通之处，新近的研究呈现了空前的辉煌。北京大学成立了东方语文学系，季羡林先生和金克木先生几位都是对梵文学有深刻研究的。……在这个'专号'里，我们邀约了王重民先生、季羡林先生、万斯年先生、戈宝权先生和其他几位先生们写这个'专题'。我们相信，这个工作一定会给国内许多的做研究工作者们以相当的感奋的。"西谛先生对后学的鼓励之情洋溢于字里行间。

解放后不久，西谛先生就从上海绕道香港到了北京。我们都熬过了寒冬，迎来了春天，又在这文化古都见了面，分外高兴。又过了不久，他同我都参加了新中国开国后派出去的第一个大型文化代表团，到印度和缅甸去访问。在国内筹备工作进行了半年多，在国外和旅途中又用了四五个月。我认识西谛先生已经几十年了，这一次是我们相聚最长的一次，我认识他也更清楚了，他那些优点也表露得更明显了。我更觉得他像一个不失其赤子之心的大孩子，胸怀坦荡，耿直率真。他喜欢同人辩论，有时也说一些歪理。但他自己却一本正经，他同别人抬杠而不知是抬杠。我们都开玩笑说，就抬杠而言，他已达到出神入化的境界，应该选他为"抬杠协会主席"，简称之为"杠协主席"。出国前在检查身体的时候，他糖尿病已达到相当严重的程度，有几个"+"号。别人替他担忧，他自己却丝毫不放在心上，喝酒吃点心如故。他那豁达大度的性格，在这里也表现得非常鲜明。

回国以后，我经常有机会同他接触。他担负的行政职务更重了。有一段时间，他在北海团城里办公，我有时候去看他，那参天的白皮松给我留下了难忘的印象。这时候他对书的爱好似乎一点儿也没有减少。有一次他让我到他家去吃饭。他像从前一样，满屋堆满了书，大都是些珍本的小说、戏剧、明清木刻，满床盈案，累架充栋。一谈到这些书，他自然就眉飞色舞。我心里暗暗地感到庆幸和安慰，我暗暗地希望西谛先生能够这样活下去，多活上许多年，多给人民做一些好事情……

但是正当他充满了青春活力，意气风发，大踏步走上前去的时候，好像一声晴天霹雳，西谛先生不幸过早地离开我们了。他逝世时的情况是什么样子，谁也说不清楚。我时常自己描绘，让幻想驰骋。我知道，这样幻想是毫无意义的，但是自己无论如何也排除不掉。过了几年就爆发了“文化大革命”。我同许多人一样被卷了进去。在以后的将近十年中，我是如临深渊，如履薄冰，天天在战战兢兢地过日子，想到西谛先生的时候不多。间或想到他，心里也充满了矛盾：一方面希望他能活下来，另一方面又庆幸他没有活下来，否则他一定也会同我一样戴上种种的帽子，说不定会关进牛棚。他不幸早逝，反而成了塞翁失马了。

现在，恶贯满盈的“四人帮”终于被打倒了。普天同庆，朗日重辉。但是痛定思痛，我想到西谛先生的次数反而多了起来。将近五十年前的许多回忆，清晰的、模糊的、整齐的、零乱的，一齐涌入我的脑中。西谛先生的一举一动，一颦一笑，时时奔来眼底。我越是觉得前途光明灿烂，就越希望西谛先生能够活下来。像他那样的人，我们是多么需要啊。他一生为了保存祖国的文化，付出了多么巨大的劳动！如果他还能活到现在，那该有多好！然而已经发生的事情是永远无法挽回的。“念天地之悠悠”，我有时甚至感到有点凄凉了。这同我当前的环境和心情显然是有矛盾的，但我无论如何也抑制不住自己。我常常不由自主地低吟起江文通的名句来：

春草暮兮秋风惊，秋风罢兮春草生。绮罗毕兮池馆尽，琴瑟灭兮丘垄平。自古皆有死，莫不饮恨而吞声。

呜呼！生死事大，古今同感。西谛先生只能活在我们回忆中了。

1980年1月8日初稿

1981年2月2日修改

悼念沈从文先生

去年有一天，老友肖离打电话告诉我，从文先生病危，已经准备好了后事。我听了大吃一惊，悲从中来。一时心血来潮，提笔写了一篇悼念文章，自诧为倚马可待，情文并茂。然而，过了几天，肖离又告诉我说，从文先生已经脱险回家。我心里一块石头落了地，又窃笑自己太性急，人还没去，就写悼文，实在非常可笑。我把那一篇“杰作”往旁边一丢，从心头抹去了那一件事，稿子也沉入书山稿海之中，从此“云深不知处”了。

到了今年，从文先生真正去世了。我本应该写点什么的，可是，由于有了上述一段公案，懒于再动笔，一直拖到今天。同时我注意到，像沈先生这样一个人，悼念文章竟如此之少，有点不太正常，我也有点不平。考虑再三，还是自己披挂上马吧。

我认识沈先生已经五十多年了。当我还是一个大学生的时候，我就喜欢读他的作品。我觉得，在所有的并世的作家中，文章有独立风格的人并不多见。除了鲁迅先生之外，就是从文先生。他的作品，只要读上几行，立刻就能辨认出来，绝不含糊。他出身湘西的一个破落小官僚家庭，年轻时当过兵，没有受过多少正规的教育。他完全是自学成家。湘西那一片有点神秘的土地，其怪异的风土人情，通过沈先生的笔而大白于天下。湘西如果没有像沈先生这样的大作家和像黄永玉先生这样的大画家，恐怕一直到今天还是一片充满了神秘的 terra incognita（没有人了解的土地）。

我同沈先生打交道，是通过一件不大不小的事情。丁玲的《母亲》出版以后，我读了觉得有一些意见要说，于是写了一篇书评，刊登在郑振铎、靳以主编的《文学季刊》创刊号上。刊出以后，我听说，沈先生有一些意见。我于是立即写了一封信给他，同时请郑先生在《文学季刊》创刊号再版时，把我那一篇书评抽掉。也许就是由于这一个不能算是太愉快的因缘，我们就认识了。我当时是一个穷学生，沈先生是著名的作家。社会地位，虽不能说如云泥之隔，毕竟差一大截子。可是他一点名作家的架子也不摆，这使我非常感动。他同张兆和女士结婚，在北京前门外大栅栏撷英番菜馆设盛大宴席，我居然也被邀请。当时出席的名流如云。证婚人好像是胡适之先生。

从那以后，有很长的时间，我们并没有多少接触。我到欧洲去住了将近十一年。他在抗日烽火中在昆明住了很久，在西南联大任国文系教授。彼此音问断绝，他的作品我也读不到了。但是，有时候，不知是出于什么原因，我在饥肠辘辘、机声嗡嗡中，竟会想到他。我还是非常怀念这一位可爱、可敬、淳朴、奇特的作家。

一直到1946年夏天，我回到祖国。这一年的深秋，我终于又回到了别离了十几年的北平。从文先生也于此时从云南复员来到北大，我们同在一个学校任职。当时我住在翠花胡同，他住在中老胡同，都离学校不远，因此我们也相距很近。见面的次数就多了起来。他曾请我吃过一顿相当别致、毕生难忘的饭，云南有名的汽锅鸡。锅是他从昆明带回来的，外表看上去像宜兴紫砂，上面雕刻着花卉书法，古色古香，虽系厨房用品，然却古朴高雅，简直可以成为案头清供，与商鼎周彝斗艳争辉。

就在这一次吃饭时，有一件小事给我留下了深刻的印象。当时要解开一个用麻绳捆得紧紧的什么东西。只需用剪子或小刀轻轻地一剪一割，就能开开。然而从文先生却抢了过去，硬是用牙把麻绳咬断。这一个小小的举动，有点粗劲，有点蛮劲，有点野劲，有点土劲，并不高雅，并不优美。然而，它却完全透露了沈先生的个性。在达官贵人、高等华人眼中，这简直非常可笑，非常可鄙。可是，我欣赏的却正是这一种劲头。我自己也许就是这样一个“土包子”，虽然同那一些只会吃西餐、穿西装、半句洋话也不会讲偏又自认为是“洋包子”的人比起来，我并不觉得低他们一等。不是有一些人也认为沈先生是“土包子”吗？

还有一件小事，也使我忆念难忘。有一次我们到什么地方去游逛，可能是中山公园之类。我们要了一壶茶，我正要拿起茶壶来倒茶，沈先生连忙抢了过去，先斟出了一杯，又倒入壶中，说只有这样才能把茶味调得均匀。这当然是一件微不足道的小事，然而在琐细中不是更能看到沈先生的精神吗？

小事过后，来了一件大事：我们共同经历了北平的解放。在这个关键时刻，我并没有听说，从文先生有逃跑的打算。他的心情也是激动的，虽然他并不故作革命状，以达到某种目的，他仍然是朴素如常。可是厄运还是降临到他头上来。一个著名的马列主义文艺理论家，在香港出版的一个进步的文艺刊物上，发表了一篇长文，题目大概是什么《文坛一瞥》之类，前面有一段相当长的修饰语。这一位理论家视觉似乎特别发达，他在文坛上看出了许多颜色，他“一瞥”之下，就把沈先生“瞥”成了粉红色的小生。我没有资格对这一篇文章发表意见。但是，沈先生好像是当头挨了一棒，从此被“瞥”下了文坛，销声匿迹，再也不写小说了。

一个惯于舞笔弄墨的人，一旦被剥夺了写作的权利，他心里是什么滋味，我说不清；他有什么苦恼，我也说不清。然而，沈先生并没有因此而消沉下去。文学作品不能写，还可以干别的事嘛。他是一个精力旺盛的人，他是一个闲不住的人，他转而研究起中国古代的文物来，什么古纸、古代刺绣、古代衣饰等等，他都研究。凭了他那一股惊人的钻研的能力，过了没有多久，他就在新开发的领域内取得了可喜的成绩。他那一本讲中国服饰史的书，出版以后，洛阳纸贵，受到国内外一致的高度的赞扬。他成了这方面权威。他自己也写章草，又成了一个书法家。

有点讽刺意味的是，正当他手中写小说的笔被“瞥”掉的时候，从国外沸沸扬扬传来了消息，说国外一些人士想推选他做诺贝尔文学奖的候选人。我在这里着重声明一句，我们国内有一些人特别迷信诺贝尔奖，迷信的劲头，非常可笑。试拿我们中国没有得奖的那几位文学巨匠同已经得奖的欧美的一些作家来比一比，其差距简直有如高山与小丘。同此辈争一日之长，有这个必要吗！推选沈先生当候选人的事是否进行过，我不得而知。沈先生怎样想，我也不得而知。我在这里提起这一件事，只不过把它当作沈先生一生中一个小小的插曲而已。

我曾在几篇文章中都讲到，我有一个很大的缺点，我不喜欢拜访人。有很多可尊敬的师友，比如我的老师朱光潜先生、董秋芳先生等等，我对他们非常敬佩，但在他们健在时，我很少去拜访。对沈先生也一样。偶尔在什么会上，甚至在公共汽车上相遇，我感到非常亲切，他好像也有同样的感情。他依然是那样温良、淳朴，时代的风风雨雨在他身上，似乎没有留下什么痕迹，说白了就是没有留下伤痕。一谈到中国古代科技、艺术等等，他就喜形于色，眉飞色舞，娓娓而谈，如数家珍，天真得像一个大孩子。这更增加了我对他的敬意。我心里曾几次动过念头：去看一看这一位可爱的老人吧！然而，我始终没有行动。现在人天隔绝，想见面再也不可能了。

有生必有死，是大自然的规律。我知道，这个规律是违抗不得的，我也从来没有想去违抗。古代许多圣君贤相，聪明一世，糊涂一时，想方设法，去与这个规律对抗，妄想什么长生不老，结果却事与愿违，空留下一场笑话。这一点我很清楚。但是，生离死别，我又不能无动于衷。古人云：太上忘情。我是一个微不足道的凡人，无论如何也做不到忘情的地步，只有把自己钉在感情的十字架上了。我自谓身体尚颇硬朗，并不服老。然而，曾几何时，宛如黄粱一梦，自己已接近耄耋之年。许多可敬可爱的师友相继离我而去。此情此景，焉能忘情？现在从文先生也加入了去者的行列。他一生安贫乐道，淡泊宁静，死而无憾矣。对我来说，忧思却着实难以排遣。像他这样一个有特殊风格的人，现在很难找到了。我只觉得大地茫茫，顿生凄凉之感。我没有别的本领，只能把自己的忧思从心头移到纸上，如此而已。

1988年11月写于香港中文大学会友楼

怀念乔木

乔木同志离开我们已经一年多了。我曾多次想提笔写点怀念的文字，但都因循未果。难道是因为自己对这一位青年时代的朋友感情不深、怀念不切吗？不，不，绝不是的。正因为我怀念真感情深，我才迟迟不敢动笔，生怕亵渎了这一份怀念之情。到了今天，悲思已经逐步让位于怀念，正是非动笔不行的时候了。

我认识乔木是在清华大学。当时我不到二十岁，他小我一年，年纪更轻。我念外语系而他读历史系。我们究竟是怎样认识的，现在已经回忆不起来了。总之我们认识了。当时他正在从事反国民党的地下活动（后来他告诉我，他当时还不是党员）。他创办了一个工友子弟夜校，约我去上课。我确实也去上了课，就在那一座门外嵌着“清华学堂”的高大的楼房内。有一天夜里，他摸黑坐在我的床头上，劝我参加革命活动。我虽然痛恶国民党，但是我觉悟低，又怕担风险。所以，尽管他苦口婆心，反复劝说，我这一块顽石愣是不点头。我仿佛看到他的眼睛在黑暗中闪光。最后，听他叹了一口气，离开了我的房间。早晨，在盥洗室中我们的脸盆里，往往能发现革命的传单，是手抄油印的。我们心里都明白，这是从哪里来的。但是没有一个人向学校领导去报告。

从此相安无事，一直到一两年后，乔木为了躲避国民党的迫害，逃往南方。

此后，我在清华毕业后教了一年书，同另一个乔木（乔冠华，后来号“南乔木”，胡乔木号“北乔木”）一起到了德国，一住就是十年。此时，乔木早已到了延安，开始他那众所周知的生涯。我们完全走了两条路，恍如云天相隔，“世事两茫茫”了。

等到我于1946年回国的时候，解放战争正在激烈进行。到了1949年，解放军终于开进了北京城。就在这一年的春夏之交，我忽然接到一封从中南海寄出来的信。信开头就是：“你还记得当年在清华时的一个叫胡鼎新的同志吗？那就是我，今天的胡乔木。”我当然记得的，一缕怀旧之情蓦地萦上了我的心头。他在信中告诉我说，现在形势顿变，国家需要大量的研究东方问题、通东方语文的人才。他问我是否同意把南京东方语专、中央大学边政系一部分和边疆学院合并到北大来。我同意了。于是有一段时间，东语系是全北大最大的系。原来只有几个人的系，现在顿时熙熙攘攘，车马盈门，热闹非凡。

记得也就是在这之后不久，乔木到我住的翠花胡同来看我，一进门就说：“东语系马坚教授写的几篇文章……毛先生很喜欢，请转告马教授。”他大概知道，我们不习惯于说“毛主席”，所以用了“毛先生”这一个词儿。我当时就觉得很新鲜，所以至今不忘。

到了1951年，我国政府派出了建国后第一个大型的出国代表团：赴印缅文化代表团。乔木问我愿不愿参加，我当然非常愿意。我研究印度古代文化，却没有到过印度，这无疑是一件憾事。现在天上掉下来一个良机，可以弥补这个缺憾了。于是我畅游了印度和缅甸，留下了毕生难忘的印象，这当然要感谢乔木。

但是，我是一个上不得台盘的人，我很怕见官。两个乔木都是我的朋友，现在都当了大官。我本来就不喜欢拜访人，特别是官，不管是多熟的朋友，也不例外。解放初期，我曾请南乔木乔冠华给北大学生做过一次报告。记得送他出来的时候，路上遇到艾思奇。他们俩显然很熟识。艾说：“你也到北大来老王卖瓜了！”乔说：“只许你卖，就不许我卖吗？”彼此哈哈大笑。从此我就再没有同乔冠华打交道，同北乔木也过从甚少。

说句老实话，我这两个朋友，南北二乔木都没有官架子。我最讨厌人摆官架子，然而偏偏有人爱摆。这是一种极端的低级趣味的表现。我的政策是：先礼后兵。不管你是多么大的官，初见面时，我总是彬彬有礼。如果你对我稍摆官谱，从此我就不再理你。见了面也不打招呼。知识分子一向是又臭又硬的，反正我决不想往上爬，我完全无求于你，你对我绝对无可奈何。官架子是抬轿子的人抬出来的。如果没有人抬轿子，架子何来？因此我憎恶抬轿子者胜于坐轿子者。如果有人说这是狂狷，我也只等秋风过耳边。

但是，乔木却决不属于这一类的官。他的官越做越大，地位越来越高，被誉为“党内的才子”、“大手笔”，俨然执掌意识形态大权，名满天下。然而他并没有忘掉故人。特别是“文化大革命”以后，我们都有独自的经历。我们虽然没有当面谈过，但彼此心照不宣。他到我家来看过我，他的家我却是一次也没有去过。什么人送给他了上好的大米，他也要送给我一份。他到北戴河去休养，带回来了许多个儿极大的海螃蟹，也不忘记送我一筐。他并非百万富翁，这些可能都是他自己出钱买的。按照中国老规矩：来而不往，非礼也。投桃报李，我本来应该回报点东西的，可我什么吃的东西也没有送给乔木过。这是一种什么心理？我自己并不清楚。难道是中国旧知识分子，优秀的知识分子那种传统心理在作怪吗？

1986年冬天，北大的学生有一些爱国活动，有一点“不稳”。乔木大概有点着急。有一天他让我的儿子告诉我，他想找我谈一谈，了解一下真实的情况。但他不敢到北大来，怕学生们对他有什么行动，甚至包围他的汽车，问我愿不愿意到他那里去。我答应了。于是他把自己的车派来，接我和儿子、孙女到中南海他住的地方去。外面刚下过雪，天寒地冻。他住的房子极高极大，里面温暖如春。他全家人都出来作陪。他请他们和我的儿子、孙女到另外的屋子里去玩，只留我们两人，促膝而坐。开宗明义，他先声明：“今天我们是老友会面。你眼前不是政治局委员、书记处书记，而是六十年来的老朋友。”我当然完全理解他的意思，把我对青年学生的看法，竹筒倒豆子，和盘托出，毫不隐讳。我们谈了一个上午，只是我一个人说话。我说的要旨其实非常简明：青年学生是爱国的。在上者和年长者唯一正确的态度是理解和爱护，诱导与教育。个别人过激的言行可以置之不理。最后，乔木说话了：他完全同意我的看法，说是要把我的意见带到政治局去。能得到乔木的同意，我心里非常痛快。他请我吃午饭。他们全家以夫人谷羽同志为首和我们祖孙三代围坐在一张非常大的圆桌旁。让我吃惊的是，他们吃得竟是这样菲薄，与一般人想象的什么山珍海味、燕窝鱼翅，毫不沾边儿。乔木是一个什么样的官，也就一清二楚了。

有一次，乔木想约我同他一起到甘肃敦煌去参观。我委婉地回绝了。并不是我不高兴同他一起出去，我是很高兴的。但是，一想到下面对中央大员那种逢迎招待、曲尽恭谨之能事的情景，一想到那种高楼大厦、扈从如云的盛况，我那种上不得台盘的老毛病又发作了，我感到厌恶，感到腻味，感到不能忍受。眼不见为净，还是老老实实地待在家里为好。

最近几年以来，乔木的怀旧之情好像愈加浓烈。他曾几次对我说："老朋友见一面少一面了！"我真是有点惊讶。我比他长一岁，还没有这样的想法哩。但是，我似乎能了解他的心情。有一天，他来北大参加一个什么展览会。散会后，我特意陪他到燕南园去看清华老同学林庚。从那里打电话给吴组缃，电话总是没有人接。乔木告诉我，在清华时，他俩曾共同参加了一个地下革命组织，很想见组缃一面，竟不能如愿，言下极为怏怏。我心里想：这次不行，下次再见嘛。焉知下次竟没有出现。乔木同组缃终于没能见上一面，就离开了人间。这也可以说是抱恨终天吧。难道当时乔木已经有了什么预感吗？

他最后一次到我家来，是老伴谷羽同志陪他来的。我的儿子也来了。后来谷羽和我的儿子到楼外同秘书和司机去闲聊，屋里只剩下了我同乔木两人。我一下回忆起几年前在中南海的会面。同一会面，环境迥异。那一次是在极为高大宽敞、富丽堂皇的大厅里。这一次却是在低矮窄小、又脏又乱的书堆中。乔木仍然用他那缓慢低沉的声调说着话。我感谢他签名送给我的诗集和文集。他赞扬我在学术研究中取得的成就，用了几个比较夸张的词儿。我顿时感到惶恐，觳觫不安。我说："你取得的成就比我大得多而又多呀！"对此，他没有多说什么话，只是轻微地叹了一口气，慢声细语地说："那是另外一码事儿。"我不好再说什么了。谈话时间不短了，话好像是还没有说完。他终于起身告辞。我目送他的车转过小湖，才慢慢回家。我哪里会想到，这竟是乔木最后一次到我家里来呢？

大概是在前年，我忽然听说：乔木患了不治之症。我大吃一惊，仿佛当头挨了一棍。“斯人也，而有斯疾也。”难道天道真就是这个样子吗？我没有别的办法，只能寄希望于万一。这一次，我真想破例，主动到他家去看望他。但是，儿子告诉我，乔木无论如何也不让我去看他。我只好服从他的安排。要说心里不惦念他，那是根本不可能的。六十多年的老友，世上没有几个了。

时间也就这样过去，去年八九月间，他委托他的老伴告诉我的儿子，要我到医院里去看他。我十分了解他的心情：这是要同我最后诀别了。我怀着沉重的心情，同儿子到了他住的医院里。病房同中南海他的住房同样宽敞高大，但我的心情却无论如何也不能同那一次进中南海相比，我这一次是来同老友诀别的。乔木仰面躺在病床上，嘴里吸着氧气。床旁还有一些点滴用的器械。他看到我来了，显得有点激动，抓住我的手，久久不松开。看来他知道，这是最后一次握老友的手了。但是，他神态是安详的，神志是清明的，一点没有痛苦的表情。他仍然同平常一样慢声慢气地说着话。他曾在《人物》杂志上读过我那《留德十年》的一些篇章，不知道为什么他现在又忽然想了起来，连声说：“写得好！写得好！”我此时此刻百感交集，我答应他全书出版后，一定送他一本。我明知道这只不过是空洞的谎言。这种空洞萦绕在我耳旁，使我自己都毛骨悚然。然而我不说这个又能说些什么呢？

这是我同乔木最后一次见面。过了不久，他就离开了人间。按照中国古代一些知识分子的做法，《留德十年》出版以后，我应当到他的坟上焚烧一本，算是送给他那在天之灵。然而，遵照乔木的遗嘱，他的骨灰都已撒到他革命的地方了，连一个骨灰盒都没有留下。他是“赤条条来去无牵挂”。然而，对我这后死者来说，却是极难排遣的。我面对这一本小书，泪眼模糊，魂断神销。

平心而论，乔木虽然表面上很严肃，不苟言笑，他实则是一个正直的人，一个正派的人，一个感情异常丰富的人，一个脱离了低级趣味的人。六十年的宦海风波，他不能无所感受，但是他对我半点也没有流露过。他大概知道，我根本不是此道中人，说了也是白说……

我同乔木相交六十年。在他生前，对他我有意回避，绝少主动同他接近。这是我的生性使然，无法改变。他逝世后这一年多以来，不知道是为什么，我倒常常想到他。我像老牛反刍一样，回味我们六十年交往的过程，顿生知己之感。这是我以前从来没有感到过的。现在我越来越觉得，乔木是了解我的。有知己之感是件好事。然而它却加浓了我的怀念和悲哀。这就难说是好是坏了。

随着自己的年龄的增长，我现在越来越觉得，在人世间，后死者的处境是并不美妙的。年岁越大，先他而走的亲友越多，怀念与悲思在他心中的积淀也就越来越厚，厚到令人难以承担的程度。何况我又是一个感情常常超过需要的人，我心里这一份负担就显得更重。乔木的死，无疑又在我心灵中增加了一份极为沉重的负担。我有没有办法摆脱这一份负担呢？我自己说不出。我怅望窗外皑皑的白雪，我想得很远，很远。

1999年11月28日

晚节善终，大节不亏

——悼念冯芝生（友兰）先生

芝生先生离开我们，走了。对我来说，这噩耗既在意内，又出意外。约摸三四个月以前，我曾到医院去看过他，实际上含有诀别的意味。但是，过了不久，他又奇迹般地出了院。后来又听说，他又住了进去。以九十五周岁的高龄，对医院这样几出几进，最后终于永远离开了医院，也离开了我们。难道说这还不是意内之事吗？

可是芝生先生对自己的长寿是充满了信心的。他在八十八岁自寿联中写道：

何止于米？相期以茶。

胸怀四化，寄意三松。

“米”寿指八十八岁，“茶”寿指一百零八岁。他活到九十五岁，离茶寿还有十三年，当然不会满足的。去年，中国文化书院准备为他庆祝九十五岁诞辰，并举办国际学术讨论会。他坚持要到今年九十五周岁时举办。可见他信心之坚。他这种信心也感染了我们。我们都相信，他会创造奇迹的。今年的庆典已经安排妥帖，国内外请柬都已发出，再过一个礼拜，就要举行了。可惜他偏在此时离开了我们，使庆祝改为悼念。不说这是意外又是什么呢？

在芝生先生弟子一辈的人中，我可能是接触到冯友兰这个名字最早的人。1926年，我在济南一所高中读书，这是一所文科高中。课程中除了中外语文、历史、地理、心理、伦理、《诗经》、《书经》等等以外，还有一门人生哲学，用的课本就是芝生先生的《人生哲学》。我当时只十五岁，既不懂人生，也不懂哲学。但是对这一门课的内容，颇感兴趣。从此芝生先生的名字，就深深地印在我的心中。我认为，他是一个高不可攀的大人物。屈指算来，现在已有六十四年了。

后来，我考进了清华大学，入西洋文学系，芝生先生是文学院长。当时清华大学规定，文科学生必须选一门理科的课，逻辑学可以代替。我本来有可能选芝生先生的课，临时改变主意，选了金岳霖先生的课。因此我一生没有上过芝生先生的课。在大学期间，同他根本没有来往，只是偶尔听他的报告或者讲话而已。

时过境迁，我大学毕业后，当了一年高中国文教员，到欧洲去漂泊了将近十一年。抗日战争后，回到了祖国。由于陈寅恪先生的介绍，到北大来工作。这时芝生先生从大后方复员回到北平，仍然在清华任教。我们没有接触的机会，只是偶尔从别人口中得知芝生先生在西南联大时的情况，也有过一些议论。这在当时是难以避免的。至于真相究竟如何，谁也不去探究了。

不久就迎来了解放。据我的推测，芝生先生本来有资格到台湾去的。然而他留下没走，同我们共同度过了一段既感到光明，又感到幸福的时刻。至于他是怎样想的，我完全不知道。不管怎样，他的朋友和弟子们从此对他有新的认识，这却是事实。他曾给毛泽东同志写过一封信，毛回复了一封比较长的信。“十年浩劫”期间，我听他亲口读过。他当时是异常激动的。此是后话，这里暂且不表了。

不久，我国政府组成了一个文化代表团，应邀赴印度和缅甸访问。这是新中国开国后第一个比较大型的出访代表团，团员中颇有一些声誉卓著，有代表性的学者、文学家和艺术家。丁西林任团长，郑振铎、陈翰笙、钱伟长、吴作人、常书鸿、张骏祥、周小燕等等，以及芝生先生都是团员，我也滥竽其中。秘书长是刘白羽。因为这个团很重要，周总理亲自关心组团的工作，亲自审查出国展览的图片。记得是1951年整个夏天，我们都在做准备工作，最费事的是画片展览。我们到处拍摄、搜集能反映新中国新气象的图片，最后汇总在故宫里面的一个大殿里，满满的一屋子，请周总理最后批准。我们忙忙碌碌，过了一个异常紧张但又兴奋愉快的夏天。

那一年国庆节前，我们到了广州，参加了观礼活动。我们在广州又住了一段时间，将讲稿或其他文件译为英文，做好最后的准备工作。此时，广州解放时间不长，国民党的飞机有时还来骚扰，特务活动也时有所闻。我们出门，都有便衣怀藏手枪的保安人员跟随，暗中加以保护。我们一切都准备好后，便乘车赴香港，换乘轮船，驶往缅甸，开始了对天竺和缅甸的、长达几个月的长征。……

从此以后，我们全团十几个人就马不停蹄，跋山涉水，几乎是一天换一个新地方，宛如走马灯一般。脑海里天天有新印象，眼前时时有新光景，乘船、乘汽车、乘火车、乘飞机，几乎看尽了春、夏、秋、冬四季风光，享尽了印缅人民无法形容的热情的款待。我不能忘记，我们曾在印度洋的海船上，看飞鱼飞跃。晚上在当空的皓月下，面对浩渺蔚蓝的波涛，追怀往事。我不能忘记，我们在印度闻名世界的奇迹泰姬陵上欣赏“琼楼玉宇高处不胜寒”的奇景。我不能忘记，我们在亚洲大陆最南端科摩林海角沐浴大海，晚上共同招待在黑暗中摸黑走八十里路，目的只是想看一看中国代表团的印度青年。我不能忘记，我们在佛祖释迦牟尼打坐成佛的金刚座旁留连瞻谒，我从印度空军飞机驾驶员手中接过几片菩提树叶，而芝生先生则用口袋装了一点金刚座上的黄土。我不能忘记，我们在金碧辉煌的土邦王公的天方夜谭般的宫殿里，共同享受豪华晚餐，自己也仿佛进入了童话世界。我不能忘记，在缅甸茵莱湖上，看缅甸船主独脚划船。我不能忘记，我们在加尔各答开着电风扇，啃着西瓜，度过新年。我不能忘记的事情太多太多了，怎么说也是说不完的。一想起印缅之行，我脑海里就成了万花筒，光怪陆离，五彩缤纷。中间总有芝生先生的影子在，他长须飘胸，道貌岸然。其他团员也都各具特点，令人忆念难忘。这情景，当时已道不寻常，何况现在事后追思呢？

根据解放后一些代表团出国访问的经验，在团员与团员之间的关系方面，往往可以看出三个阶段。初次聚在一起时，大家都和和睦睦，客客气气。后来逐渐混熟了，渐渐露出真面目，放言无忌。到了后期，临解散以前，往往又对某一些人心怀不满，胸有芥蒂。这个三段论法，真有点厉害，常常真能兑现。

但是，我们的团却不是这个样子。

我们自始至终，都是能和睦相处的。我们团中还产生了一对情侣，后来有情人终成了眷属。可见气氛之融洽。在所有的团员和工作人员中，最活跃的是郑振铎先生。他身躯高大魁梧，说话声音洪亮。虽然已经渐入老境，但不失其赤子之心。他同谁都谈得来，也喜欢开个玩笑，而最爱抬杠。团中爱抬杠者，大有人在。代表团成立了一个抬杠协会，简称“杠协”。大家想选一个会长，领袖群伦。于是月旦群雄，最后觉得郑先生喜抬杠，而不自知其为抬杠，已经达到抬杠圣境，圆融无碍。大家一致推选他为杠协会长，在他领导之下，团中杠业发达，皆大欢喜。

郑先生同芝生先生年龄相若，而风格迥异。芝生先生看上去很威严，说话有点口吃。但有时也说点笑话，足证他是一个懂得幽默的人。郑先生开玩笑的对象往往就是芝生先生。他经常喊芝生先生为“大胡子”，不时说些开玩笑的话。有一次，理发师正给芝生先生刮脸，郑先生站在旁边起哄，连声对理发师高呼：“把他的络腮胡子刮掉！”理发师不知所措，一失手，真把胡子刮掉一块。这时候，郑先生大笑，旁边的人也陪着哄笑。然而芝生先生只是微微一笑，神色不变，可见先生的大度包容的气概。《世说新语》载：“王子猷、子敬曾俱坐一室，上忽发火。子猷遽走避，不惶取屐。子敬神色恬然，徐唤左右，扶凭而出，不异平常。世以此定二王神宇。”芝生先生的神宇有点近似子敬。

上面举的只是一件微末小事，但是由小可以见大。总之，我们的代表团就是在这种熟悉而不亵渎、亲切而互相尊重的气氛中，共同生活了半年。我得以认识芝生先生，也是在这一段时期内的事。屈指算来，到现在也近四十年了。

对于芝生先生的专门研究领域，中国哲学史，我几乎完全是一个门外汉，不敢胡言乱语。但是他治中国哲学史的那种坚韧不拔的精神，我却是能体会到的，而且是十分敬佩的。为了这一门学问，他不知遭受了多少批判。他提倡的道德抽象继承论，也同样受到严厉的诡辩式的批判。但是，他能同时在几条战线上应战，并没有被压垮。他坚持真理，修正错误，不惜以今日之我非昨日之我，经常在修订他的《中国哲学史》，我说不清已经修订过多少次了。我相信，倘若能活到一百零八岁，他仍然是要继续修订的。只是这一点精神，难道还不值得我们认真学习吗？

芝生先生走过了九十五年的漫长的人生道路，九十五岁几乎等于一个世纪。自从公元建立后，至今还不到二十个世纪。芝生先生活了公元的二十分之一，时间够长的了。他一生经历了清代、民国、洪宪、军阀混战、国民党统治、抗日战争，一直迎来了解放。道路并不总是平坦的，有阳关大道，也有独木小桥，曲曲折折，坎坎坷坷。然而芝生先生以他那奇特的乐观精神和适应能力，不断追求真理，追求光明，忠诚于自己的学术事业，热爱祖国，热爱祖国的传统文化，终于走完了人生长途。仰不愧于天，俯不怍于地。我们可以说他是晚节善终，大节不亏。他走了一条中国老知识分子应该走的道路。在他身上，我们是可以学习到很多东西的。

芝生先生！你完成了人生的义务，掷笔去世，把无限的怀思留给了我们。

芝生先生！你度过漫长疲劳的一生，现在是应该休息的时候了。你永远休息吧！

1990年12月3日

后记——父亲的梦[①] /季承

父亲爱做梦。一生不知做过多少梦。这是他去世前在医院里的时候对我讲的。按他的说法，只要睡得好，就会做梦。但他有失眠的毛病，终生大部分时间，特别是在成年之后，都靠安眠药过日子。吃安眠药，能睡得好，所以做梦的机会还是很多的。

幼年在农村的时候，应该也做梦，可是不能记得了。那些梦，我想，不外乎到举人太太大奶奶家吃白面膜，到老娘隔壁屠户家喝牛肉汤。及至进了城，在叔父家寄居，年龄稍长，对于梦就有了记忆。那时，他梦的是什么呢？父亲对我说过，他所梦到的多半是自己的母亲。他怀念母亲，但是不能回家；城里的生活好，能念书，可是独居一室，孤单冷清，再加上婶母另眼看待，使他心情非常压抑，思乡思母之情在夜间就化成了梦。当然，也只不过是梦而已！

念中学的时候，他也经常做梦，梦的是毕业后如何养家糊口，如何把母亲也接到城里来，让她摆脱极为穷困的生活，并和自己在一起过日子。那时，他已经奉命结婚，梦里自然不会有自己的妻子，恐怕更多的是他的意中人“荷姐”。可是这一点，父亲从来没有对我说过。

那时还有一个强大的梦，就是去念大学——非北大、清华莫属！这个梦后来实现了。

在清华大学读书的时候，他的梦更多。他梦见的不是成了诗人、作家、教授，这些都是在白天想到的——白天想到的事，一般在梦

① 本文选自季承《那些不为人知的事》一书。

里不会再现。那时，他确实有一个梦想，而不是梦，一个大的梦想，就是出国留学，特别渴望能到德国去留学。这件事他在梦里没有梦到过，可是这的确是他的梦想。这个梦想，在经过一年多的渴望后也实现了。

于是他到了德国。在那里他仍然做梦。梦之多，使他自己也极为吃惊。所以，他打算把自己的梦记录下来，以便结成集子，让大家了解。1936年7月，他刚到德国哥廷根不到一年的时间，因做梦做的太多，就真的准备了一个小本子来做记录，并给小本子起了个名曰“梦集”。现在我找到了这个小本子，一看，它还有一个副标题是“哥城八十二梦集”。可见，当时可以记录的就至少已经有八十二个梦了。这么多的梦，实际上真正记下来的却很少，其中有1936年6月30日夜的，也有1938年4月4日夜的，甚至还有1942年4月8日夜的，等等。读了这些记下来的梦，我觉得却没有什么可向大家介绍的，基本上都是一些典型的梦呓。不过有一段可以写给大家看看：“不知从什么地方来的，反正现在是在集上，什么地方呢？……像一个小村庄。……我就沿着街走去，迎面走来的是外祖母。她正在找我。现在我知道，这个小村庄就是王里长屯。转了几个弯，就到了她的家。这时我仿佛觉得我是从很远的远方才回到故乡去的。所以有很多人从远方向我看，但我对他们也没多注意，就走进了屋子里去。右面是一座土炕，上面摆了许多小碟子，里面满盛着青是杏红是枣什么的。对面是一只大缸。我把缸盖掀开，一阵水花散开来，一阵清光射上去，水面平静之后，我看到水里有一条扁身长嘴的鱼。就想到，只有它这个小小的动物，伴着我的外祖母度过了多少寂寞的时光，我的泪再也忍不住了。于是我渐渐地向梦外走去，竟然真的听见了自己的啜泣。”这个梦可以见证父亲对家乡和亲人的思念。

其实，父亲在德国的时候，真正的梦只有两个：一个是怀念自己的母亲，一个是怀念自己的故国。到了晚年的时候，父亲曾想把当年的这种怀念写成文字，为此他曾仔细翻检过自己的日记，可是终归没能实现。

至于回国后父亲都是做的什么梦，他没有对我说过，也没有发现有文字的记载。我想，他一定仍然会做梦，那梦可以想象，也是随着他命运的变化而变化的。有好梦也有噩梦，好梦是大量的，噩梦也不在少数！

然而，在他生命的最后时刻，他却多次向我谈及他喜欢做梦的事，并且向我讲述了他近日所做的一个特别的梦：他感到自己睡得特别深沉，忽然他呼唤自己的儿子延宗赶快过来。因为他看到有大批的人群拥着秦始皇来了。人们要把秦始皇五马分尸，就像商鞅曾被秦惠帝车裂一样。于是他吩咐我按住秦始皇的头，接着便有许多人上来把秦始皇的四肢绑好，像四个方向拉去。……

父亲很奇怪，他为什么在梦里想到了秦始皇？

这恐怕是父亲做的最后一个梦。

2010年4月20日